你的心跳

Your Heartbeat

Zoody 著

呼吸作用

柠檬茶乐队

中国致公出版社

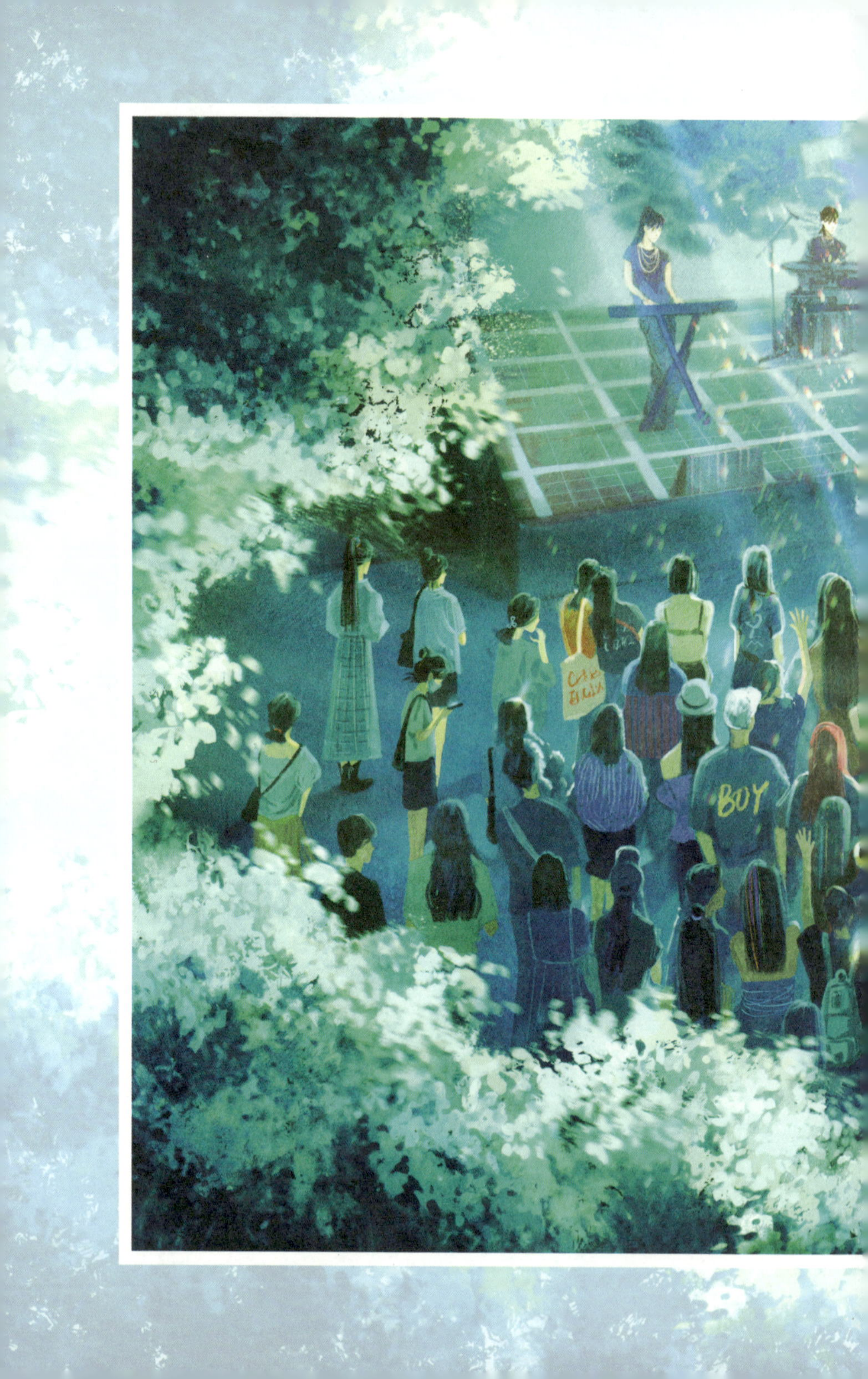
BOY

——你听到了吗?
——什么?
——心跳

楔子　　　　　　　　　/ 001

第一卷　我的"神"他心比石硬

01　"神"的降临　　／ 005
02　高飞和布鲁托　／ 039
03　温暖的冬　　　／ 071
04　无生相门　　　／ 099
05　三个愿望　　　／ 137
06　海上飞鸟　　　／ 167
07　清醒梦　　　　／ 199
08　去见你　　　　／ 231

第二卷　会遇到心软的"神"吗？

01　你好，同学　　/　259

02　我讨厌冬天　　/　273

03　春暖花开　　　/　287

番外　平行时空　　/　299

——那我们在这儿干吗?好无聊。
——上次的故事没讲完,还想听吗?
——想!

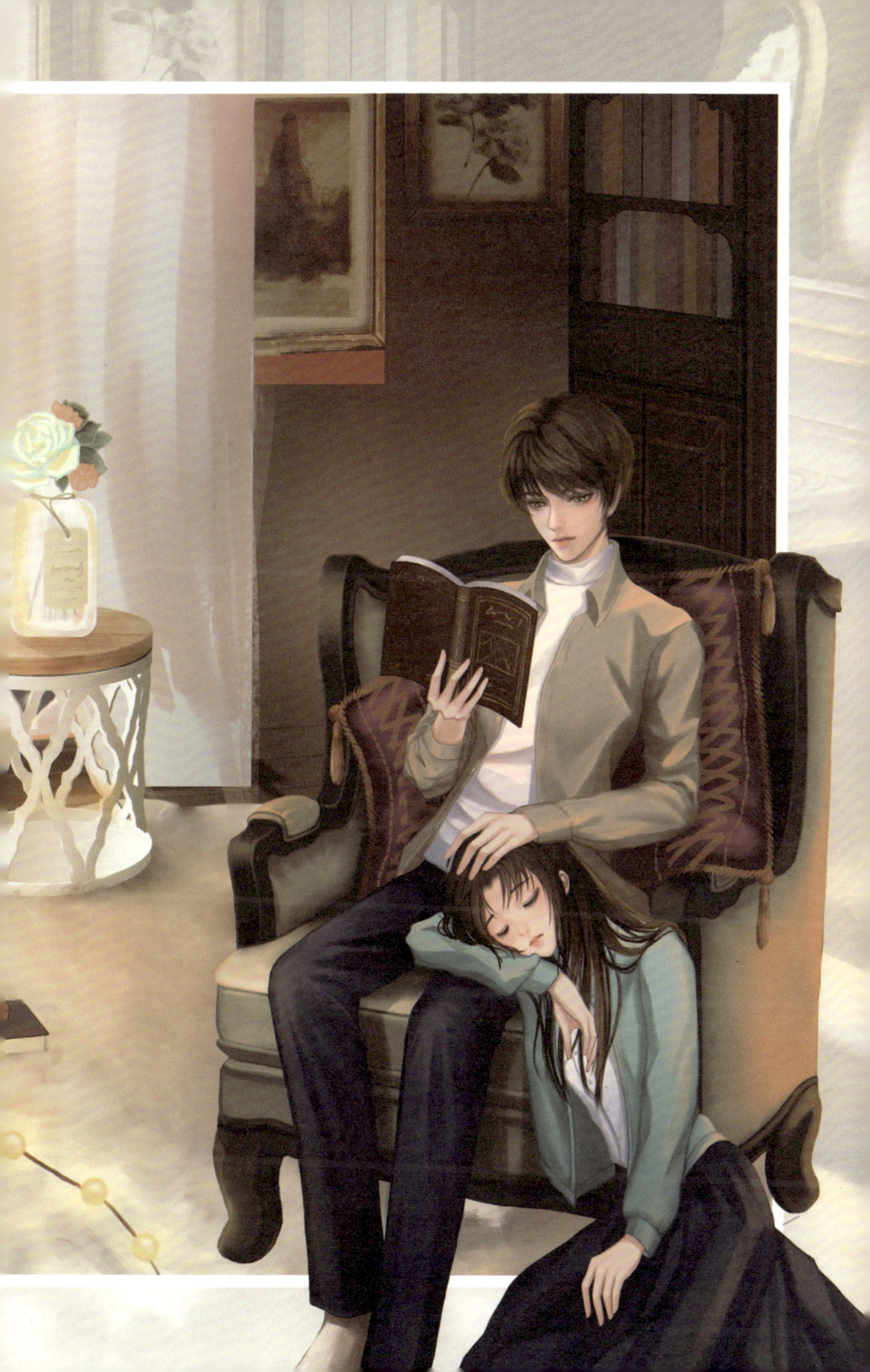

冬

陆氧

偶然相逢的你我
无声燃烧的烈火
寒风从耳边刮过
神明合目犯下错
我们在时间里漂流
春日携自由
我们在风里看花开
等爱人归来

楔子

齐鹭的十八岁生日礼物是一台笔记本电脑。同一年，她开始尝试写作。

齐鹭认为，虽然人的肉身脆弱，随时面临着天灾人祸的威胁，但在天马行空的想象里，人的灵魂是自由的，它们无所不能、无所不至。

她在书里读到有关神学的诞生与演变的内容时常常会想，这个世界上会不会真的存在所谓的"神"。

她想写一个情节荒诞的故事，越离奇越好——一位孤寂的神明游走在世间，本想旁观一切，却还是被卷入凡尘之中。

齐鹭的手指在键盘上敲下一行行文字。她沉浸在持续迸发的灵感中，不知疲倦地写着，酣畅淋漓。

她笔下的故事经过起承转合，笼罩在真相之上的迷雾渐渐消散。

在无数个寂静的夜里，年轻的女孩儿用文字构造出一个荒诞而浪漫的异想世界……

看到发光的红线,我才意识到在这个世界上不是只有黑白和灰暗。你是情绪、是真实,那一刻,是你让我重生。

第一卷
我的"神"他心比石硬

01 "神"的降临

下课铃声响起,学生们从阶梯教室里鱼贯而出。

室外,冷风拂面,陆氧缩了一下脖子,觉得鼻子发痒。她停下脚步,打了一个喷嚏。

陆氧将外套最上方的扣子扣好,从包里拿出黑白格纹的针织围巾和棒球帽给自己戴上,只露出了一双眼睛,无声地抗议着低温。

这才不过十月底,秋天还没来得及留下踪迹,一夜之间就入了冬。

陆氧早晨从衣柜里匆匆翻出的羊羔毛外套还有股霉味,穿了一天了,樟脑丸的气味还没完全消散。

陆氧的托特包里装满了杂物,笨重的衣服又让人行动不便,她停在路边,支起一条腿,架着包,艰难地摸到蓝牙耳机盒,取出耳机给自己戴上。

完成这一系列动作后,她把口罩拉开一点儿,长长地呼出一口气。

所以她最讨厌冬天，做什么都很麻烦。

傍晚六点，夜幕降临。路灯发出昏黄的光，马路上来往的车辆拥堵着，成群结队的大学生出校觅食。

耳机里的歌声为陆氧营造出一个只剩她自己的世界。她大部分时间都是独行，虽然听着歌走路是个恶习，但能在很大程度上削弱孤独感。

快走到人行横道时，陆氧看见发着绿光的数字开始闪烁。她不慌不忙，继续慢悠悠地走。

"快点儿，快点儿！"陆氧身旁有对情侣手牵着手跑了起来。风把女孩儿的头发吹起，空气里留下了好闻的木质香。

陆氧把手插在口袋里，面无表情地看着他们。

那对情侣在绿灯结束前三秒一路狂奔，最终成功到达马路对面，叉着腰喘气。即使隔着那么远的距离，陆氧也能看见女孩儿在笑。

红灯开始倒计时，陆氧收回目光，从口袋里摸出手机，开始刷微博。

用碎片信息消磨时间，这是她的第二个恶习。

"今年会遇到心软的神吗？"

陆氧停下手指，好奇地点进这个热门话题。

原来这是个短视频变装挑战，俊男靓女们利用转场、打光和滤镜，营造出冬日初雪的氛围。

这个话题的内容出自几年前的一部热播剧，那部剧中的经典场面至今还在被人拿来反复鉴赏。

"流行梗"是网络文化催生出的快消品，只是以这样的形式引导大众跟风效仿，多多少少带了些千篇一律的俗味。

陆氧退出微博，轻"呵"一声，心想：世界上要真有心软的神，希望他能让冬天早点儿来，也早点儿走。

绿灯亮起，陆氧跟随人群过马路，她把手重新插进口袋里，抬起头的下一秒却倏地屏住呼吸，整个人僵在原地。

陆氧周围的空气像是凝固了一般。一阵寒风掠过，将她的黑色半裙吹得鼓了起来，又迅速地瘪了下去。

凉意从她的小腿肚向上钻，从耳后蔓延到头皮。

她看见马路对面站着一个瘦瘦高高的男人。他的脖子上缠绕着一根散发着微光的红色细线。

那根线飘在空中，一路延伸至她的心脏，又好像她这里才是起点。

陆氧微张着嘴，难以置信。

也许是心理作用，也许是那根诡异的红线的原因，陆氧感觉胸口隐隐作痛。她隔着厚厚的衣服摸了摸自己的心脏，陷入自我怀疑中。

见鬼了吗？

行人匆匆赶路，无人注意到这离奇的一幕，又或许他们压根儿看不见。

陆氧看不清楚那个男人脸上的神情，也不敢细看。

绿灯还有十五秒结束，她抬了抬僵硬的腿，险些摔倒。

他在向她走来。

陆氧睫毛微垂，紧紧攥着肩包的带子。她能看见随着两个人距离的拉近，那根红线变得越来越清晰，颜色越来越鲜明。

十秒钟后，他们几乎并肩而行。

陆氧深吸一口气，想加快步伐迅速逃离。然而她没有成功，在即将擦肩而过时，男人伸手抓住了她的胳膊。

陆氧像只受惊的鸟，迅速地抬起脑袋，与男人四目相对。她大气儿都不敢出，面部肌肉发颤，而那个男人的眼里竟也露出一丝讶异。

他的视线落在他抓女孩儿胳膊的那只手上,像是不敢相信自己能这样抓住她。

"我……"陆氧从喉咙里艰难地挤出一个字。

"继续往前走。"男人松开手,神色恢复平静,冷冰冰地说。

陆氧像是没听明白:"啊?"

男人不带情绪地补充道:"忽视我的存在,继续去你要去的地方。"

陆氧不敢多问,本能地点点头。她调整了一下呼吸,目视前方,重新迈步向马路对面走去。

走出去没几步,她微微侧过头,顺着红线,偷偷地看了那个男人一眼。

他没再说话,隔着两步远,一言不发地跟在她身后。

陆氧收回视线,没再管他,走进一家拉面馆。

此时正是饭点,店里亮着温暖的光,香气四溢。他们到的时候,恰好有一桌空出两个座位。

陆氧在木椅上坐下,解下脖子上的围巾,抬头去看男人。

他站在原地,视线慢慢扫过周围,不知在考量些什么。

陆氧壮着胆,借机仔细端详他——咖啡色长风衣,内衬是黑色的线衫,再往下是黑色长裤和黑色皮鞋。

他的装扮一尘不染,衣服笔挺到没有一处皱褶。

他的侧脸线条清晰,鼻梁高挺,肤色白皙,眼型狭长。

可他的眉目并不像他的打扮这般成熟,清澈明亮的眼睛里明明带着少年独有的干净。

陆氧失神地盯着那双眼睛,直到男人冷不丁地回望过来。她吓得挺直背,欲盖弥彰地低下头。

他在她的对面坐了下来。

沉默了一会儿,男人问她:"你不点菜吗?"

"哦。"陆氧这才想起来自己是来吃饭的，赶紧摸出手机扫码点单。

"那个……"陆氧抬起眼皮，小心翼翼地问，"你吃什么？"

她刚把手机递过去，就听见他说："我不吃。"

"好的。"陆氧收回手，给自己下单了加溏心蛋的豚骨叉烧拉面。

等菜上桌期间，男人没说话，陆氧也不敢主动搭话。屋里喧嚣热闹，唯独他们这桌弥漫着死一般的冷寂气息。

这期间，店里又来了新客人，一个扎着丸子头的女孩儿在他们桌边停下，指着男人的位置问陆氧："这里有人吗？"

陆氧看看她又看看对面的人，艰难地咽下口水，点头说："有的。"

"哦，打扰了。"女孩儿走开了。

陆氧惊恐地向男人求证："别人看不见你，对吗？"

男人回答她："显而易见是这样。"

陆氧问："那为什么我可以？"

他不说话了。

"懂了。"陆氧点点头，看起来快哭了，问，"你是死神，对吧？我是不是要死了？"

男人眯了眯眼，说道："如果要死了你还在这儿吃什么饭？"

陆氧失落地说："断头饭是吧？我应该是在刚刚那条人行道上出车祸的，对吗？"

男人歪了歪脑袋，问："什么？"

阿婆把一碗冒着热气的拉面端到她面前。

也许是她看上去太绝望了，善良的阿婆拍拍她的胳膊，笑出几道眼尾纹，说："小姑娘，不开心呀？都是大学生了，漂亮的脸要多笑笑。"

陆氧尴尬地挠挠脸颊，向她扯了扯嘴角。

笑不出来，她都要死了还怎么笑得出来？

陆氧用了三十秒钟给自己做心理建设。人终有一死，她认了，反正她对这世界也没多少热情，只是一想到死前还没和父母、陆选见一面，她就又有点儿舍不得。

眼里蒙了层雾气，陆氧吸吸鼻子，拿起筷子埋头吃面。

"哎。"男人喊她，"把你的手机拿出来。"

陆氧警惕地用手掌盖住自己的手机，含混不清地嚷道："我不要。"

男人静静地看着她。

"就算你是死神，也要尊重一下别人的隐私吧。"陆氧直直地瞪着他，顿了顿，又改口说，"死人的隐私……"

男人把刚才没说完的话说完："把你的手机拿出来，打开相机架在桌上，假装你在吃播。你'自言自语'很久了，有人看你的眼神已经变得奇怪了。另外，你没死，我也不管人类的生死。"

陆氧闻言松了一口气，又忽然愣住，吃惊地说："你还知道吃播呀？"

男人始终没什么表情，但陆氧看出来了，他在用眼神表示无语。

她没再多话，乖乖地把相机打开，将取景框对准自己，再把手机横放，靠在纸巾盒上。

"好了。"

男人说："我不知道你为什么能看到我，也不知道这根红线从哪里来的。你认识我吗？"

陆氧摇摇头，说："我不记得见过你。"

男人皱了一下眉头，沉思起来。

陆氧陡然感到一股寒意，大概是有人进出，大门漏风，她缩了缩肩膀。

"所以,你是神吗?"

"是,也不是。我的职位是'临管者'。"男人说出一个超出陆氧认知范围的名词。

陆氧:"什么者?"

男人没有回答她,转而问:"你来杭城多久了?"

陆氧回答说:"一年多,我在这里上学。"

"一年?"他的语气听起来像是很惊讶。

陆氧低头吃了口面,管他见鬼还是遇神,该吃的晚饭还是得吃。

橙黄的溏心蛋是拉面的精髓。陆氧边吃边问:"你们神要吃饭吗?"

"不吃。"

"喝露水?"

"那是电视剧里的仙女。"

"你还知道电视剧?"陆氧控制不住好奇心,问题一个接一个地抛出来,"你对人类很了解吗?你在这儿活了多久了?你是因为前世心有执念所以变成现在这样的吗?"

男人还是安静地看着她,半晌后才开口:"我每年有四分之一的时间在人类世界。"

"在这里干吗?"

看样子他又不愿意回答。

陆氧放下筷子,一脸认真地说:"如果你也想搞清楚这是什么东西。"

她试着去抓那根红线,却扑了个空——它并不是实体。

陆氧抿了抿嘴唇,继续说:"我们最好还是彼此坦诚一点儿。"

男人看了一眼别处,低咳一声:"创始者让世界诞生,临管者负责调和、管控这个世界，维持人类世界的秩序就是我的工作。"

陆氧似懂非懂地点点头，问："所以，你也是给别人打工的人？"

男人的眼神躲闪了一下，嘴里蹦出四个字："我不是人。"

陆氧心想，这位神虽然是个面瘫，但还是有些幽默细胞的。她咧开嘴笑了笑，说道："行，你不是人。"

她和这位来历不明的"临管者"共进了晚餐，尽管只有她在大快朵颐。

陆氧喝了最后一口浓郁的豚骨汤，抽出一张纸巾，擦了擦嘴，说："我吃完了。"

"走吧。"男人率先起身。

陆氧戴上口罩跟着他。

街道上车辆寥寥，一阵风吹过，树影在地上"张牙舞爪"。

陆氧虽说早就过了相信超人存在的年龄，但她知道这个世界上还存在着科学解释不了的事情。

不管此时此刻是虚幻的梦境还是现实，她至少能确定这个男人不会伤害她。

她不怕他了，甚至大步走到他身边，主动搭话："你说你不管人类的生死，那你管什么？"

男人停下脚步，指着不远处摇摇晃晃的树枝说："那个。"

陆氧的眼睛看过去："树？"

"风，北风。"

"风？"陆氧不太理解，管风的是个什么职位。

男人说："四季一轮回，风起风停，季节交替。"

听他这么一解释，陆氧悟了："哦，所以你象征着冬天？"

"可以这么理解。"

他的话音刚落，陆氧就皱着五官弯下腰，打了个响亮的喷嚏。

女孩儿的胸脯起伏着,用苦大仇深又充满嫌弃的眼神看向他,脱口而出:"原来就是你让天气突然变得这么冷的,你这么爱上班吗?那你今年能不能别在人间赖着,早点儿走呀?"

风神,更准确的说法是主管北风的那位临管者,他彻底愣住了,双眸失去光亮,微张着嘴,不敢相信自己刚刚从一个人类女孩儿口中听到了什么。

"什……什么?"

陆氧下意识地往后挪了一小步。

狂风呼啸,树叶发出的沙沙声像是恐怖电影里的音效,树枝鬼魅的黑影在脚边晃动,仿佛下一秒就会伸出一只魔爪将她拖进深渊。

上网太多,养成了说话口无遮拦的毛病,是陆氧的第三个恶习。

神仍是那张喜怒不形于色的脸,但她深深地感受到了神的愤怒。

陆氧抱住弱小的自己,颤抖着声音认怂:"对不起,我其实最喜欢冬天了。"

风停了。

陆氧呼出一口气,目光落在眼前的男人身上,问:"你刚刚……是生气了吗?"

他说:"我不会生气。"

这句话听起来有些答非所问。陆氧皱了皱眉。

"你讨厌冬天。"他用的是陈述的语气。

陆氧搓搓胳膊,说道:"很少有人喜欢冬天吧?"

男人不说话了。

他的脸上总是只有一种表情,但陆氧能隐约感觉到他的失落和委屈。

她笑了笑，安慰他说："但我很喜欢下雪。"

"可杭城的冬天并不常下雪。"

陆氧"嗯"了一声。

他又说："既然你喜欢雪，为什么不去靠北一点儿的城市上学？"

陆氧深吸一口气，把手插进口袋，说道："我爸妈不想让我出省，这样我能离家近一点儿。"

男人抬起胳膊，风衣的袖子掉下来一截，只见他纤细的手腕上戴了一块表。

那块表的外观与寻常的表并无区别，只是黑色表盘上光秃秃的没有数字，也没有指针。

"我该走了。"他说。

陆氧下意识地问："去哪儿？"

男人顿住，像在思考该如何回答她，过了几秒，他说："下班。"

"下班？"陆氧指了指周围的树，问，"那风呢？不吹了？"

"这是风灵的工作，不是我的。"

"那你的工作是什么？管理什么风灵？"

他点头，告诉她："这根线是什么来历，我会回去弄清楚，到时候再来找你。"

陆氧"哦"了一声。

他越过她向前走，两个人之间的那根细线逐渐变得暗淡了。

她傻站在原地没动，当红线近乎消失时，她回过头，视线里只剩下空荡的街道。

他消失得无影无踪。

在红线即将消失的那一刻，陆氧忽然听到耳边"咚"的一声响，像是有什么东西在拉拽她的心脏，突如其来的刺痛感让她双腿一软。她的视野变得一片灰白,眼中的世界好像在崩塌。

她的呼吸变得急促起来,捂着胸口蹲到地上,用力扯下脖子上的围巾。

陆氧的膝盖磕在地上,用一只手撑着地,另一只手从口袋里摸出手机。

可不管她多么努力地睁大眼睛,都看不清屏幕上的字。

陆氧想呼救,可她不知道自己张开的嘴巴到底有没有发出声音。

在无措和恐慌的情绪中,陆氧痛苦地闭上了眼睛。

下一刻,她发颤的手被人握住,疼痛感神奇地消失得无影无踪,仿佛刚刚发生的一切只是她的错觉。

陆氧抬起眼,看到视线里多了根红线,那个男人半蹲在她身前,面色惨白,嘴唇的颜色也很浅。

他喘着气问:"你怎么了?"

"我……我好像……"陆氧才发现自己的声音不自觉地带上了哭腔。

"心脏疼?"

陆氧点头。

男人扶着她起身,把手腕上的表摘了递给她,说:"应该是红线的原因,它连接着我们身上的什么东西,一旦断开,身体会有反应。"

陆氧握着那块表,问:"为什么会这样?"

"我不知道。"他向陆氧摊开手,"也给我一样你的东西。"

陆氧摸了摸口袋,想找找有没有什么能给他的东西。纸巾不行,发圈好像不太合适,最后她取下右手上的手绳。手绳上面串了一颗金苹果,是有一年她过生日母亲送给她保平安的礼物。

"这个给你。"

男人接过手绳,说:"先试试这样行不行吧。"

"哎,"陆氧叫住他,"你怎么知道我出事了?你刚刚也觉得疼吗?"

他很轻地"嗯"了一声。

陆氧接着问:"哪里疼?"

男人没有回答她,转身离开了。

这次他放慢了速度,红线又渐渐地淡了下去。

陆氧看着他的背影,直到他彻底隐入黑夜。

那阵疼痛感没有再出现,他的办法奏效了。

陆氧把手里的表放进口袋,想想又觉得这样容易丢,索性戴在了手上。

男式表的表盘太大了,陆氧在表带上抠了一个孔,戴在手上还是觉得有些松。

陆氧回到学校宿舍,看见室友们都在做着各自的事。

陆氧坐到自己的书桌前,打开台灯,摘下了棒球帽和围巾。

"小氧。"胡楚欣喊她,"我们明天晚上准备去吃火锅,你要一起去吗?"

陆氧说:"不好意思,明天上完课我要回家。"

"哦,好吧。"室友对她笑了笑。

陆氧解锁手机,屏幕上是她刚刚胡乱点开的翻译软件,输入框里有一串乱码。

她删除干净,退出去,点开微信,翻阅着未读消息。

二十分钟前,陆学恺在家庭群里给她留言。

"女儿,明天老爸去校门口接你,你下了课直接过来!"

陆氧捧着手机打字回复:"知道了。"

她刚在群里回复,陆选就私聊她:"姐。"

陆氧:"干吗?"

陆选:"回来的时候别忘了带电脑。"

后面还跟了两个表示可怜的表情。

陆氧:"知道了,你的作业做完了?"

陆选:"我把物理和化学作业做完了,在等周嘉亦一起做数学作业。"

陆氧叹了口气,叮嘱他:"把手机藏好,别被老师发现了。"

陆选:"怎么可能被发现?"

陆选:"不说了,下课了,我和周嘉亦去小卖部买夜宵了。"

陆氧:"零花钱够不够?"

陆选:"够是够,你要想给,我也不客气。"

陆氧轻轻笑了一声,给他发了一百元的红包。

陆选的电子产品都被父母没收了,现在用的是陆氧偷偷给他的旧手机。

陆氧洗完澡回来就看见手机屏幕上有来电显示,她擦着头发接起电话。

电话那头的江玉兰喊她:"宝贝。"

"喂,妈妈,怎么了?"

"没事,妈妈就想给你打个电话。"

"我明天不就回家了嘛。"

江玉兰说:"明天又要降温,你多穿一点儿哦。"

"知道了。"

"哟,宝贝,你的声音怎么不太对呀?多喝点儿热水,不要感冒了。"

陆氧拿起手边的保温杯喝了口水,夸张地"哈"了一声说:"在喝呢。"

"对了,妈妈。"

"嗯？"

"你帮我问问郁医生周末有没有空吧。"

江玉兰一下子紧张起来，问："怎么了？"

陆氧说："没事，就是我最近有点儿失眠。"

江玉兰心疼地说："是不是压力太大呀？哎哟，你不用那么用功的，上了大学就多出去玩玩，别那个什么'卷'。"

"'内卷'。"

"对，别'内卷'。"

陆氧取下毛巾，换了只手拿手机："我不'内卷'，我'躺'得平平的。不说了，我要吹头发了。"

江玉兰最后说："一定要吹干呀，不要感冒了。"

"好。"

第二天是星期五，气温依旧低得离奇，好在有阳光。

陆氧下午只有一节课。她背着包走到西校门门口时，陆学恺的车已经停在路边了。

陆氧走过去，打开车门上车，意外地发现陆选也在。

"你今天不上课呀？"

陆选一看见她就笑嘻嘻的。姐弟俩都是内双眼皮，但脸型和嘴巴不太像。陆选像母亲，脸型偏长，而陆氧像父亲多一点儿，圆脸圆鼻头。

"学校开运动会，不上课。"

车里开了空调，很暖和。陆氧边摘围巾边问："那你有没有参加什么项目？"

说到这个，陆选可激动了："废话，跑步、跳高、跳远都参加了，我可是全能型选手！"

陆学恺"哼"了一声，开始泼冷水："怎么没见你语文、数学、英语全能?"

陆氧"哈哈"笑起来。

陆选不乐意了:"哎哟,爸,你烦不烦。我受不了你了。"

陆氧帮忙转移话题,问:"我妈呢?"

陆学恺回答说:"她在你外婆家。我们等会儿回去的时候顺路去接她。"

"哦。"

陆选戳了戳陆氧的胳膊,用口型问她:"电脑呢?"

陆氧拍了拍自己的包,同样用口型回答:"带了。"

陆选满意地笑了,从口袋里摸出一根棒棒糖递给她。

陆氧拿在手里看了看,草莓牛奶味的。她拆开包装纸放进嘴里,问:"哪儿来的呀?"

"班里女生给的。"

陆氧用奇怪的腔调说:"可以哦。"

车子平稳地行驶在高速公路上,不到两个小时就到了湖城。

陆氧隔几个星期就会回家一趟,一般都是陆学恺接送。

回到家,陆选抱着她的包"噔噔噔"地跑上楼,回到了自己房间。

陆学恺和江玉兰其实对姐弟俩的小动作心知肚明,但他们懒得管。

"小氧。"江玉兰在厨房里喊陆氧。

"来了。"

"我问郁攸了,明天下午带你过去。"

陆氧点头:"好。"

江玉兰把洗好的水果递给她,说道:"和你弟吃去吧,饭马上做好。"

陆氧端着盘子上了楼。陆选的房间在她隔壁,她推开门却没见到人。

她回到自己房间,果然看见陆选四仰八叉地躺在床上。

"你在我这儿干吗?"陆氧把果盘放到床头柜上。

陆选神情专注地看着屏幕,头也不抬地说:"我房里不安全。"

陆氧叹着气摇头,坐到书桌前。

"哎哟,姐,"陆选说,"你是不是谈恋爱了?"

"你哪只眼睛看出来的?"陆氧觉得他莫名其妙。

看到他手里拿着那块黑色手表,陆氧扑过去抢走,同时警告他:"你别乱翻我的包,还有,手表是我买的。"

"它自己掉出来的。"陆选戏谑地打量她,"谁呀?你同学还是学长?有我高吗?有我帅吗?"

陆氧不理他,只说:"你再这样就把电脑还我。"

陆选立刻结束了这个话题:"好,好,好,我不说了。"

"欸,不过你干吗买块这么奇怪的表呀?指针都没有,怎么看时间呢?"

陆氧随口回答:"电子的,摁一下会亮。"

陆选一听,眼睛亮了,说:"这么酷?那你也给我买一块,我也要。"

陆氧突然僵住,猛地回过头,问他:"你能看见?"

陆选挠挠头,茫然地看着她:"我又不瞎,当然能看见了。"

陆氧眨眨眼睛,收回视线,"哦"了一声。

陆选看着她,惊恐地吸了口凉气,问:"姐,你上大学把脑子上坏了吗?"

陆氧笑了笑,心想:说不定还真是。

江玉兰不上班,平时就在家照顾姐弟俩。

星期六下午,她开车带陆氧去了郁攸的工作室。

这天气温终于回升了一些，陆氧上半身套了件黑色衬衫。

下车后，江玉兰牵着女儿走进了写字楼。她总觉得哪里不对，低头一看，这才注意到陆氧的右手手腕上少了件东西，问："小氧，你的手绳呢？"

陆氧低头看了一眼手腕，说："哦，昨天摘下来忘记戴了，在包里吧。"

江玉兰叮嘱她说："保平安的东西不要瞎放，好好戴着，那是你奶奶拿去开过光的。"

"知道了。"

她咬了咬下嘴唇，为了求证心中的猜想，故意把戴着黑色手表的左手手腕举到江玉兰面前，喊："妈。"

江玉兰看了一眼她的手，问："怎么了？"

陆氧皱了一下眉，又很快松开，扯了扯嘴角，说："这件衬衫好像小了，袖子好短。"

江玉兰打量着她说："是哦，那要不晚上带你和陆选去商场买衣服？"

陆氧点头答应。

母亲看不见那块手表。陆氧确定了。

她耸了耸肩，轻轻地叹了口气。

和陆氧八年前初来时一样，这里仍旧贴着柔和色调的壁纸，角落里摆满了绿植。

助理带着陆氧敲开郁医生办公室的门，江玉兰则在外面等她。

"郁医生。"陆氧轻声叫道。

坐在白色办公桌后的人起身，笑着对她说："小氧，好久不见了，你最近怎么样？"

陆氧在浅黄色的沙发上坐下，回答她："挺好的。"

说完她自己又笑了："不过要是真挺好的就不会来找你了。"

郁攸温柔地看着女孩儿，说道："不好就说不好，在我这里不用隐瞒，只要坦诚。"

她坐在陆氧右侧的单人沙发上，拿出纸笔，问："你妈妈说你最近有点儿失眠，是因为学习才焦虑的吗？"

陆氧没有立刻回答，郁医生耐心地等着她。

几秒后，陆氧抬起左胳膊，说："你看。"

郁攸的眼珠动了动，问："怎么了？"

陆氧放下胳膊，说："我上次来这儿好像就穿的这件衣服，现在穿着袖子都变得这么短了，时间过得好快。"

郁攸翘起嘴角，说："是呀，你长大了，懂事了，也变漂亮了。"

陆氧说："可是郁医生你好像一点儿都没变。"

陆氧戴着一块与女孩儿气质极不相符的手表。这块表的表盘上没有指针和数字，戴在手上松松垮垮的，如果郁医生能看见，一定会问她。

可对方好像看不见。

这个世界上真的存在鬼神，和一个本来心理状态就有问题的"怪胎"得了臆想症，哪一个更有可能？

答案显而易见。

于是陆氧告诉郁医生："我没什么大事，就是最近感觉做什么事都提不起精神，睡眠质量也不太好。"

"这很正常。"郁医生说，"焦虑症在年轻人群中普遍存在，最重要的是自己不要给自己太大的压力……"

这位温柔又漂亮的大姐姐第一次见陆氧时就对她说："在这里你可以说你想说的任何话，只要说的都是实话。"

也许面前这位经验丰富的心理医生之前遇到过比她还可笑、

还不可思议的臆想症患者，也许患者向她求助后就可以得到药物治疗，配合治疗就可以慢慢恢复正常。

但陆氧没办法坦诚。

陆氧坐在这里，看着这间办公室里的一切，突然感到厌倦，就像她厌倦医院里的消毒水味，厌倦一次又一次地住院、出院一样。

她们聊到了很多其他话题，比如今年反常的气温和某家餐厅推出的新品菜式，比起诊疗，这更像一次叙旧。

最后郁医生给陆氧开了些安眠的药物，告诉她如果失眠对她的学习和生活造成困扰，可以吃药，但不能过度依赖药物。

陆氧点点头，向她道谢。

"小氧。"出门前，郁攸又喊住她，说，"只有你先向我求助，我才能真的帮到你。"

陆氧愣了愣，总觉得她那双明亮清澈的眼睛已经察觉到了什么。

"知道了，谢谢郁医生。"

看着女孩儿走出办公室，郁攸回到办公桌前。她盯着面前的笔记本，撑着下巴陷入沉思。过了好一会儿，她打开手边的一格抽屉，从里面拿出了一张信纸和一支羽毛笔。

这些物件在手机成为必需品的现代社会似乎是老古董一般的存在。

郁攸提起笔，用未蘸墨水的羽毛笔流畅地写下了一行字。

信件写完，她放下笔，将纸张对折。

透明烟灰缸旁放着一个打火机。

郁攸打着火机，"嚓"的一声，一簇火苗燃起。

她用另一只手打了个响指，那簇火苗便悠悠地飘起，化为一个拖着尾巴、发着微光的红色生灵。

"帮我带给水系的维衡者郁苍。"

小火灵转了一圈,那封信便像被它吞噬掉一般不见了。

"哎,等等。"郁攸又叫住它,改口说,"还是给他的夫人吧,风的主管者扶摇。"

小火灵的头颤抖了一下,像是点了个头,随后飘飘忽忽地消失在空中。

陆氧从郁攸办公室出来已有一个多小时了。她坐在车里,没精打采地把脑袋靠在车窗玻璃上。

江玉兰抚了抚女儿柔软的发丝,柔声说:"困了?等会儿回家睡一觉。"

"嗯。"陆氧轻吐出一口气。窗外的阳光晃过她的脸,她皱起眉,抬手遮挡。

"这天气真奇怪,今天的气温又有二十多度了。"江玉兰嘀咕着。

陆氧抬眼向外看,发现树枝没有摇晃。

是因为那位神不在吗?所以今天没有一丝风。

下一秒,她又自嘲般地笑了笑,自己也太入戏了。

回家后,陆氧在房间里一觉睡到天黑,晚饭也没有下楼吃。

饭桌上,陆选问江玉兰:"那我们还去逛商场吗?"

"不去了。"

陆选失落地"啊"了一声,说:"姐不要新衣服我要呀。"

陆学恺瞪他:"你衣服还不够多?每天穿那么花哨去学校里干吗?你给我多把心思放在学习上!"

陆选不吭声了,埋头吃饭。

陆学恺往楼上看了一眼,对妻子说:"你要不上去叫醒她?都睡多久了。"

江玉兰摇摇头，压低声音说："我不去，要去你去。"

陆学恺咳嗽了一声，把目光转向儿子："陆选，你去。"

陆选啃着鸡翅说："我也不敢。"

他的嘴唇油亮亮的，稍做犹豫后开口说："我说真的，我老觉得姐有时候阴森森的，尤其是她不说话或者不笑的时候。你们怕她，我更怕。"

陆学恺和江玉兰对视一眼，表情都有些不自然。

"你少瞎说，你才阴森森的。"

陆选知道父母偏心也不是一天两天了，他拉下脸，埋怨地说："好，好，好，我阴森森的，她是宝贝女儿，我是爹不疼娘不爱的多余人。"

陆学恺推了一下他的脑袋，简直要被气笑了："又胡说八道呢，你吃你姐的醋干吗？"

江玉兰附和："就是，你和你姐比什么，再怎么样爸爸妈妈认识她比你早四年，怪就怪你来得太晚了。"

陆选哑口无言，气鼓鼓地"哼"了一声。

二楼没开灯，陆氧站在黑暗中，安静地看着楼下温馨的一家人。

她父母平时没事就爱逗陆选，这小孩儿没心没肺的，不会计较什么，还特别好哄。

她抿起嘴笑了笑，放轻脚步重新回到卧室。

陆氧在书桌前坐下，打开台灯。镜子里的女孩儿黑发过肩，两颊带着刚睡醒的红晕，身上的白色睡裙缀着花边娃娃领，两侧的袖口各系着一个蝴蝶结。

女孩儿看上去一副很乖巧文静的模样。

可她越是这么盯着自己看，就越觉得陌生，好像镜子中的这个人不是自己。

那又是谁呢?

漆黑的瞳孔像是深渊,一口一口地吞噬着她的自我意识。

陆氧慌乱地移开视线,将镜子倒扣在桌上,捂着胸口吐出一口气。

她起身转头在床上躺下,将脸埋进松软的被子里,淡淡的茉莉香萦绕在鼻头,终于觉得舒服了一些。

她感觉有什么东西硌着她,举起手臂放到眼前,原来是男人留给自己的手表。

陆氧把它取下,沿着表盘仔细地摸了一圈,发现表上没有任何可以操作的按键。

那要怎么用它呢?那天他是怎么看时间的来着?

她正仔细琢磨着,视线中突然多了片红色。

陆氧迅速坐起身,果然,那根红线又出现在她的胸口,越来越亮。

她爬下床,赤着脚走到窗边,拉开窗帘往外看。她的视线沿着红线延伸,却被一棵树遮挡住了。

陆氧随手拿起椅背上的外套,开门下楼。

厨房里的江玉兰听到从楼梯传来的脚步声,提高声音问:"是小氧起来了吗?妈妈给你把饭热一下,好不好?"

"不用了,我出去吃。"陆氧匆匆套上外套,踩着帆布鞋出了门。

"小氧!"江玉兰走出来时,只听到"砰"的关门声。

她追在后面喊:"别跑呀,慢慢走!"

江玉兰越想越觉得不对劲儿,又去楼上叫陆选:"陆选,你先别玩了,去看看你姐。"

陆选抬起头问:"我姐怎么了?"

"她突然就下楼跑出去了,说去外面吃东西。"

陆选的眼睛重新回到电脑屏幕上,并不在意地说:"那她就是饿了吧,都多大的人了,你还不放心。"

江玉兰看向屋外,叹了口气,小声说:"怎么放得下心。"

夜里降了温,晚风带着凉意吹在皮肤上,一出门陆氧就打了个喷嚏。她放慢脚步,张着嘴喘气。

她一路跟着红线延伸的方向走,在一棵树下看见了那天碰到的男人。

他今天穿着黑色的衬衫和西裤,安静地站在那里,仿佛和夜色融为了一体。如果没有红线的指引,陆氧觉得自己可能都看不到他。

陆氧走过去,在距离男人半米远的地方站定。

"你怎么找到我的?"她先开口问。

没等男人出声,她又说:"我那天忘了告诉你了,周末我要回家。"

"没关系,找你很容易。"他的视线落在她的手腕上,问,"表呢?"

陆氧低头看了一眼手腕,答:"哦,好像在我的床上。"

男人叮嘱她:"随身带着,不要乱丢。"

陆氧点头说:"知道了。红线的事你弄清楚了吗?"

男人垂下睫毛,沉默不语。

陆氧很轻地笑了一声。

"你……"她问,"一直忘了问你,你叫什么呀?我叫陆氧,陆地的陆,氧气的氧。"

男人回答她:"我没有名字。"

"啊,没有名字?那别人……别的神都怎么称呼你呀?"

他嘴唇一张一合,说出一个字:"朔。"

"朔,你的代号?"

"我的职位。"

陆氧眨眨眼睛,说道:"哦,朔风的那个朔对吧?可是读起来很拗口。"

朔没出声,等着她继续说。

"要不我帮你取个名字吧。"陆氧手指着自己的胸口,顺着红线将手指向男人的脖子,嘴角呈现出一个上扬的弧度,"你看这个东西像不像狗链?我要不叫你'汪汪'吧?我奶奶家就有一只柴犬叫……"

朔抬头冷冷地看了她一眼。

陆氧没再说下去,问:"不好笑吗?"

朔走了过来。陆氧发现,他走路时不仅没有脚步声,而且地上也没有他的影子。

树旁停了辆小轿车,她侧目看向车窗玻璃,上面的倒影只有她一个。

他到底是神还是鬼呢?

哦,都不是,只是她的幻想,幻想自然没有痕迹。

黢黑的夜里雾气弥漫,树叶时不时地发出"簌簌"的响声。

陆氧打了个寒战,似乎朔附近的温度会更低一些。

他们之间的距离只剩一步远,陆氧仰起头才能看到他的脸。那根细绳发出的红光变得极其明艳。

不知为何,陆氧的心跳在不受控制地加快,像是感应到了什么。

"你不怕我吗?"他的眼睛里带着不解和审视的意味。

陆氧抬起头,直视他黑亮的眼眸,笑着回答:"你说你不是鬼,也不是死神,我为什么要怕你呀?"

"不是这种怕。"他换了个说法,"是敬畏,人类都敬畏神明。"

从这个女孩儿刚刚的口吻和表情来看，她分明是在刻意嘲弄他。他甚至怀疑她想故意激怒他。

陆氧看着他，微微一笑："如果有人敬畏神明，那是因为他们相信这个世界上真的有神。"

朔皱起眉，读懂了她话里的意思，然后问："你不相信我的存在？"

陆氧脸上的笑意渐渐没了，眉目间多了层晦暗不明的情绪，她压低声音说："那你告诉我，这红线是什么东西？"

"我不知道。"他的语气听上去理直气壮的。

"你不知道？"陆氧冷笑了一声，说道，"你莫名其妙地出现，拉住我，告诉我你是什么'临管者'，你说你管北风，又没有名字，请问我是在做梦还是……"

陆氧一句快过一句地逼问，咬着牙质问面前的男人："还是我有病？"

"你……"

陆氧背过身去，不愿再谈，只说："我要回家了。"

朔想拉住她，却被女孩儿一把甩开。她往后退了一步，拉开距离，那根牵着他们的红线也随之颤了颤。

"我求求你了！"她每个字都咬得很重，眼眶被冷风吹得发红。她说："神明大人，我求你赶紧消失吧，行不行？我是没有朋友，我孤僻，我讨厌和人接触，没有人喜欢我，但我不需要通过这种方式来找安慰，我就想做个普通人，不行吗？你……"

她哽住，抽泣着挤出剩下的话："你让我觉得自己很荒唐可笑。"

在陆氧关于童年的记忆里，很少会出现游乐园、冰激凌或是毛绒玩具，她想起来的只有尖锐的针头、看不清脸的医生叔叔、头顶明亮的灯泡和洁白的天花板。

因为要住院，她经常请假，所以她也没有要好的玩伴。

在她还相信动画片里的世界真实存在时，她曾在心底祈祷：来救救我吧，来陪我，来做我的朋友，来爱我。

但这个人好像真的出现了，陆氧又害怕起来，想要赶他走。

需要用一个幻想中的人物来满足内心的空虚，这太可笑、太可怜了。

陆氧只想融入这个平凡的世界，当个最不起眼的普通人，忙碌所有人的忙碌，烦恼所有人的烦恼。

她不想特立独行，更不想成为怪物。

平静镇定不过是她高明的伪装，现在的她浑身颤抖着，脆弱得像是一碰就会碎。

朔皱着眉，看着她，向她伸出手。

陆氧立刻往后退，警惕地瞪着他。

"过来。"他的语气不算温柔，但也不强硬。

陆氧抗拒地摇摇头，转身迈步，却没有往家的方向走。她一边走一边抹去脸上的泪水，外套的袖子被泪水浸成深灰色。

红线始终没有消失，男人就跟在她身后，她咬着牙假装看不见。

小区门口有家便利店，陆氧走进去，在柜台上随意挑了几串关东煮，结账后坐在吧台上发呆。

她选择逃避，不看、不想，也许就可以当作什么都没发生过。

"妹妹。"

听到有人喊自己，陆氧吓得一激灵，抬起头，看到一张年轻的笑脸。

穿着绿色马甲的店员姐姐递给她一个纸杯，说："给你杯热水喝，吃完早点儿回家，你穿得太少了。"

陆氧吸了一下鼻子，小声道谢。

她捧着纸杯小口小口地抿，热水滑过她的喉咙，皮肤上的毛孔也随之舒张开来。

他始终在她周围。

已经快 21 点了，陆氧怕再不回去父母会担心，便裹紧外套走出便利店。

自动门缓缓向两边推开，陆氧刚迈出左脚，手就突然被人抓住，吓得她猛抽一口气。

千万道刺眼的光涌入她的眼睛，她抬起胳膊挡住眼睛，再睁眼时，眼前已是一个陌生的世界。

这里明亮如昼，熟悉的街道、树木、便利店像是未经上色的黑白线稿，看起来很怪诞。陆氧想伸出手触摸那些熟悉的事物，但她与那些事物之间好像隔了层半透明的玻璃。

陆氧呆住了。

"这儿是哪里？"她问。

朔牵着她的手，告诉她："我所看到的世界。"

"那我呢？我在你的眼里也是这样的吗？"

"你不一样。"

心脏一阵刺痛，陆氧屏住呼吸，捂住胸口。

她下意识地想抽回自己的手，却被男人用更大的力牵住。

"马上就好。"朔以为她想离开，加快了语速说，"对于我来说，你的出现也是莫名其妙的，不管你信不信我的存在，你都没办法忽视它。红线的事我会继续查的，可能对你来说没什么影响，但对我来说，它很重要。"

陆氧问："为什么？"

"它也许是答案。"

"什么答案？"

他没再回答。

朔抬手遮住陆氧的眼睛。当她再次睁眼时，世界已恢复如常。

他松开了陆氧的手，说："你回家吧。"

陆氧还没从刚刚的场景里缓过神儿来，呆呆地点头，心不在焉地走出去几步。她意识到朔还跟着她，回头对他说："你不用跟着我了，我家就在前面。"

"你没戴手表。"

"哦，对。"陆氧抿了抿嘴，所以他刚刚一直没走是怕她的心脏难受。

大概是她出门的时间太久，陆选也出来找她了。

陆氧隔着大老远就看见弟弟的身影，踮起脚，挥手喊："陆选！"

"姐，你在这儿呢！"陆选听见她的声音，朝她跑过来。

陆氧侧目看向朔，眼里有些慌张。

朔不以为意地说："没关系，他看不见我的。"

离他们还有几十米远时，陆选放慢了脚步，脸上的表情有些古怪。

陆氧顺着弟弟的目光看去，落点就在朔身上。

她闭着嘴唇，用气声问："你确定他真的看不见你吗？"

"应该是吧……"

"陆氧！"陆选突然吼了一嗓子，吓得陆氧一哆嗦。

"干吗呀？"

陆选竖起手指，直直地指向朔，满腔激愤地说："你还骗我说没谈恋爱！都出来偷偷约会了！"

"手表就是你的吧？"陆选边说边逼近朔，捏紧拳头，仿佛下一秒就会扑上去。

陆氧展开手臂，将朔护在她身后，对陆选说："你冷静一点儿，事情不是你想的那样。"

陆选一看他姐这副护犊子的模样,就气不打一处来。

他龇着牙,冲上去把陆氧扯到他身边,问:"什么时候的事?他是谁?家住哪儿?多大了?干什么的?"

陆氧张了张嘴,发现这些问题她都答不出来,总不能说朔是在气象局工作的吧。

她瞄了朔一眼,看见他正盯着陆选,嘴唇紧紧抿着。

树枝摇晃,冷风吹得她手脚冰凉。

"他……"陆氧的大脑飞速运转,现编了个故事,"他是我的学长,也是湖城人,而且就住附近,他刚刚喊我吃夜宵我就出来了。"

陆选"哼"了一声,瞪着朔质问:"大晚上的喊小姑娘出去吃夜宵,你打的什么主意呀?"

朔丝毫不惧,半垂着眼皮扫了他一眼,反问道:"你说呢?"

陆选本就是虚张声势的,被朔这么一呛,气焰立刻低下去了一半。他咳嗽了一声,转向陆氧,说:"姐,你看,他多嚣张呀!"

"你别添乱了。"陆氧踮起脚拍了他的后脑勺一掌,"你先回家,我马上就回去。"

陆选挽着陆氧的胳膊,说:"不行,你跟我一起回去!"

陆氧翻了个白眼,抽出自己的手,说:"陆选,你姐我现在已经二十岁了,就是真谈恋爱了又怎么样?"

陆选着急地说:"可你……"

陆氧不容置疑地说:"你快回家!"

陆选委屈地噘起嘴说:"哦,那你谈吧。"

他一步一回头地看着那位"学长",朝着他喊:"不许干别的!早点儿送我姐回来!最多十五分钟!不然我带我爸出来逮你!"

陆氧扶额,长叹了口气。

"你弟弟……"朔欲言又止。

陆氧替他说完："看起来不太聪明是吧？呆头呆脑的。"

回想起刚刚的场面，朔问："他能看见那块表？"

陆氧点头说："对，其他人好像都看不见，只有他可以，为什么呀？"

朔也不知道答案，皱紧眉头。

在经历过刚刚那一幕后，陆氧开始相信眼前的人，哦，不，神，也许真的存在。

他真是神？

陆氧想到点儿什么，就顺口说了出来："我记得有种说法是因为小孩儿心思单纯，所以能看见那些脏东西。"

朔面无表情地看着她。

陆氧抿了抿嘴唇，翘起两侧的嘴角，说道："我不是那个意思啦，不是说你是脏东西。"

朔收回视线，也叹了口气。这姐姐看起来也不太聪明。

"他看着也不是个小孩儿了吧。"

陆氧认同地点点头，也对，哪有一米八的小孩儿呢？

"那你说为什么呀？"

朔打了个响指，下一秒，他的手中凭空出现了一本旧书和一支羽毛笔。

陆氧再一次目瞪口呆。

他翻开书，在泛黄的纸张上写下一行字。

陆氧踮起脚尖，伸长脖子努力凑过去看，只见那行字很快就消失了，紧接着那页纸上浮现出了密密麻麻的图文。

"我的天！"陆氧忍不住惊叹，"这是什么？你们神仙的智能平板？"

朔回答她："这只是一样工具罢了，它记载了万事万物的起因和变迁。"

陆氧指着那根不用蘸墨水就自动出墨水的羽毛笔问:"这是感应笔?你们也用蓝牙连接吗?"

朔瞥了她一眼,无言以对。

他迅速浏览完书上的信息,合上书对陆氧说:"我没有查到太有用的内容。"

陆氧撇撇嘴:"那你还看了半天。"

朔继续说:"不过有一条线索可以参考。"

陆氧仰起脸:"什么?"

"眼、心、血,谓人之三元,生而有灵,不死不灭,溯本求源。"

陆氧:"说点人听得懂的。"

"你弟弟能看得见我,也许归根结底还是因为你。"

陆氧抠抠额角:"因为我和他是血亲?可我妈看不见呀。"

她夸张地吸了一口气:"难道我们不是我妈亲生的?不可能呀,我看着他从我妈肚子里出来的。"

朔等她碎碎念完才开口说:"你给你弟弟输过血吗?"

陆氧摇摇头,说道:"近亲之间是不可以输血的,而且他是熊猫血。"

"熊猫血?"

"Rh 阴性,罕见血型,所以他可是我们家的大宝贝。"

朔苦恼起来:"那怎么会呢?"

陆氧一拍手说:"对了,他小时候跟我奶奶在庙里待过,你说会不会是大师给他开了天眼,所以他才能看见你?"

朔对于人类的那些把戏嗤之以鼻:"你信吗?天眼?那才是人类自欺欺人的臆想。"

陆氧笑出了声:"我都相信你的存在了,还有什么不相信的?这已经是我遇到过的最离谱的事了。"

朔提醒她:"十五分钟要到了,你该回家了。"

陆氧还有话要说,加快了语速问他:"等等,你刚刚说什么三元,所以这根红线和我的心脏也有关系?"

"应该是。"

"在你的那本智能书里查不到吗?"

"查不到。"

陆氧的老毛病犯了,忍不住嘲讽:"要什么没什么,你还说它什么都知道呢,就这?"

朔举起那本旧书,说:"它确实是无所不知的,但查不到就是查不到。"

陆氧看着他,嘲弄似的眨了眨眼睛。

"就像这世界广袤无际,可你用肉眼只能看见其中的一小部分。"

陆氧还想继续说,朔终止了对话:"你回家吧。"

他站在来时的那棵树下,一动不动地看着陆氧。陆氧不情不愿地转身回家,看着胸前的红线一点一点暗淡下去。

"明明他就站在那儿,你们是不是年纪大了眼神不好使?那大高个儿多显眼呀,这都看不见?"

"真的没有,老婆,你看见了吗?"

"我也没看见,那儿不就你姐一个人吗?陆学恺,你靠边站,别挡着我。"

陆氧隐约听见窃窃私语声,往院子里看去,见父母和陆选正鬼鬼祟祟地躲在栅栏后,不知道在那儿偷看了多久了。

察觉到她要回来了,那三个人赶紧猫着身子往屋里跑。

陆氧觉得好笑,这么大的动作,她又不瞎。

她开门回家时,三个人正围坐在沙发上,有说有笑的,演技精湛。

"我回来了。"陆氧和他们打招呼。

"回来啦。"江玉兰起身,接过陆氧手里的外套,笑眯眯地看着她。

"看我干吗?"陆氧摸摸脖子,挨着陆选坐下。

江玉兰招招手,满脸期待地说:"你快和爸爸妈妈说说呀。"

陆氧装傻:"说什么?"

"啧,你这孩子。就那个学长呀,他学什么的呀?"

陆氧顿了顿,随口胡扯:"和我一样,法律。"

陆学恺满意地笑起来,说道:"不错,不错,以后他还能在学习上给你提供帮助。"

陆选问:"那他叫什么?"

陆氧瞥到茶几上的唐老鸭马克杯,嘴里蹦出两个字:"高飞。"

陆学恺默念了两遍,开口说:"高飞,这名字挺好的,男孩子就要志向高远。"

江玉兰附和:"对,对,简单好记,不错!"

只有陆选笑起来,戳了戳陆氧的胳膊问:"他家里是不是还有只狗叫布鲁托?"

陆氧佯装生气,捶了他一拳:"去你的。"

其实她心里也觉得好笑,陆选真不愧是她的亲弟弟,两个人的思维频率高度一致。

女儿谈恋爱无疑是家里的头等大事,陆学恺和江玉兰唠叨个不停,叮嘱她女孩子要注意保护好自己。

客厅的电视里播着一档新的音乐选秀综艺节目,主持人情绪饱满地喊:"有请下一位参赛选手登场!"

屏幕上插播了一段选手的个人简介。

"我叫向则,七年前组了自己的第一支乐队,是个酒吧驻唱歌手……"

听到向则这个名字时，或是听到向则的声音时，陆氧就愣住了。她刚抬起头看向电视，画面已经转到了另一个频道。

是陆学恺拿起遥控器换了台。

父母的脸色都不是很好看。

"那个什么剧开播了，你妈要看。"陆学恺有些僵硬地解释。

陆氧微微笑了一下，起身说："我回房间休息了，你们也早点儿睡。"

陆选跟着站了起来，说："我也上去了。"

上楼时，陆选喊住她："姐。"

"嗯？"

男孩儿摸着后脑勺，露出一个满是少年气的笑容，对她说："能看到你现在这样，爸妈和我都特别高兴。"

陆氧问他："现在哪样？"

"就……这样。"

陆氧换了种问法："那我以前是什么样呀？"

陆选刚想说，她就打断他："算了，我困了，晚安。"

陆氧打开卧室的灯，把手表重新戴在手上。

红线已经彻底消失不见了，朔走了。

"又忘了问他这东西到底要怎么用了。"她懊恼地敲了敲脑门儿。

她发誓，下次一定要问他。

02 高飞和布鲁托

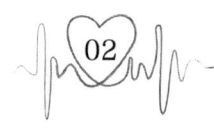

和人类的想象不同,所谓的"神界"并不在天上,而在街角一扇不起眼的门背后。

穿着黑色衬衣的男人迈过门槛,从夜晚踏入白昼。这里的世界洁白无垢,冰冷的直线分割出不同的区域,走廊尽头是一处无限延伸的阶梯。

他在一扇门前停下,轻轻叩响门扉。

"咚咚咚——"

第三声结束后,木门被人打开了。

"你终于开门了。"朔迈进屋里。

白桌后的女人从成堆的公文里抬起头,笑起来时眉眼弯弯的,很有亲和力:"不好意思啊,我最近比较忙。"

就像他告诉陆氧的那般,他在这里的身份是临管者,主管北风,称号为"朔",与他平级的还有称号为"和""熏""金"的三位临管者。

而他面前的这个女人,级别要比他高一等,她是风的主管者,叫作扶摇。

　　天地中,自然万物分为五系——金、木、水、火、土。风隶属于水系,水系的维衡者叫郁苍,也是扶摇的丈夫。

　　也许像扶摇、郁苍这样的主管者或维衡者才是人类口中的"神"吧。至于他们这些临管者属于什么,朔不知道,姑且也可以被当作神吧。

　　朔直截了当地说:"我想查点儿东西。"

　　扶摇问:"查什么?"

　　"我以为你已经知道了。"

　　扶摇顿住,放下手中的羽毛笔,站起身与他对视。

　　她收起笑,用严肃的口吻说:"我已经多给了你一个月的时间,还给你开放了杭城的权限。"

　　"但还不够。"

　　扶摇的语气强硬:"已经够了。"

　　朔知道她不会轻易动摇,转而问:"那个女孩儿呢?她和我有什么关系吗?"

　　扶摇转身,后腰靠在桌沿上,从收到郁攸的信后她就开始苦恼:"那是一次失误,你别提了,因为这件事我又要挨郁苍的骂了,我这两天都不敢回去。"

　　"我见过那根红线。"朔开口说。

　　扶摇回过头问:"什么?"

　　"大概两年前,应该是木系的某位临管者,他的手腕上缠了一根红线,另一头连着一位老妇人。我偶然看见过一次,只是当时没放在心上。"

　　扶摇的眼神躲闪,回答:"哦,是吗?"

　　"所以不会是什么失误吧?那根线到底从哪里来?她和我到底有什么关系?"

扶摇揉了揉头发，越来越懊恼自己为何要一时心软。

她面露难色，说："我真的不能告诉你。"

朔把手中的旧书摊开放到她面前："这上面连你和你老公的风流往事都记得一清二楚，却查不到有关临管者的任何内容。"

扶摇的脸微红，提醒他："你有点儿没大没小了。"

"所以我想应该不是它没有记载，而是我无权查看。"朔合上书，说出自己的目的，"我不用你告诉我，给我开放权限就好。"

扶摇仍然摇头，说道："不行，而且，就算你知道了答案，也没有意义。"

朔收紧手指，沉声问："一无所知就有意义吗？每天为那些与我毫不相干的人类效力，却连自己是谁都不知道就有意义吗？人类管这样的人叫行尸走肉，那我算什么？明明有自我意识，却要我装作对什么事都不关心，这种感觉有多痛苦，你应该比我更了解吧？"

扶摇看着他，没有底气再反驳。

从他成为临管者，成为新一任的"朔"开始，他就一直在追寻这个问题的答案。

每一个临管者起初都会好奇，想知道自己是谁，从何而来，那些卸任的临管者又去了哪里？他们没有记忆，会被分配到各自的岗位，在主管者的领导下维持人类世界的平衡。

只是时间长了也就漠然了，知道了又能如何呢？他们什么也改变不了。

除了眼前的这位，五年的时间里一直执着于找到问题的答案。

扶摇沉默良久，最后只给了他一条线索："那就保护好她，她对你来说很重要。"

朔知道她已经尽她所能了，于是不再追问下去，点点头，轻声道谢。

走到门口时,他又折返回来,在她桌前站定,问:"我问了你这么多年你都不松口,为什么最近突然愿意让我去查了?"

扶摇挑起眉,微微笑着。朔莫名其妙地觉得她看着自己的眼神中充满了怜悯——来自神的怜悯。

"不知道,也许是因为最近太安生了,想要你们给我惹点麻烦。"

朔点了一下头,又说:"我知道了,另外,我要请假。"

扶摇收起笑容,睁大眼睛,问:"你请什么假呀?金叔度假去了,你罢工了谁管风?"

朔不以为意地说:"不还有那两个小孩儿吗?"

扶摇闭眼深吸一口气,问:"你是真觉得我最近过得太安生了,是吧?"

拂晓时分,朔走出自己的住所。

在开始这天的工作前,他先去了趟百无坊。

不像秩序井然、冰冷肃穆的主管大楼,百无坊是神界难得有"人气"的地方。

百无坊算是神界的百货大楼,它打着"应有尽有、无穷无尽"的口号,已经经营了数百年。百无坊的现任店主是一对兄妹,哥哥的本体是一只长尾鹿,名叫天禄,妹妹的本体是一只灵龟,唤生生。

伴随着丁零当啷的清脆响声,木门打开了,朔跨过门槛。

柜台后的男人抬起眼皮看了一眼来客,懒洋洋地问:"买货还是取件?"

朔走到前台,回答:"我要过镜门。"

天禄愣了一下,收起慵懒的姿态,问:"你要过镜门干什么?"

朔言简意赅地说道:"办公务。"

这可不是件小事，天禄眯起眼仔细地打量着面前的男人，继续问："什么公务？"

"阜苑镇山火。"

前几日阜苑一带突然生了场山火，火势迅速蔓延，烧毁了一整片森林，而在神界的命格录上并未记载此事。

火系和木系为此吵了好几日，火系称这件事与自己无关，此次山火的火源并非由他们的火灵降下，木系则紧咬着不放，硬要对方给个说法。

可惜那火系的维衡者郁攸不管事已久，手下的主管者们顶不住压力，最后还是郁苍出面主持大局，扬言要追查到底，两边才暂时消停。

扶摇同意了朔的申请，但也不能让他白白放假，正好把这棘手的任务丢给他。

天禄把双手枕在脑后，又恢复了懒散的模样，说道："哦，我听说了。"

朔轻挑眉，问："看来你知道事情原委？"

百无坊的访客络绎不绝，这里是神界消息最灵通的地方。

天禄笑着摇摇头，说："不知道，但大概能猜出来。"

"什么？"

"既非天灾，那必是人为咯。"天禄从躺椅上起身，伸了个懒腰，说，"你说你一个临管者，权限也够大了，何必还要过镜门？"

朔将夹在书缝里的纸轻放到桌上，说："你也说了，大抵是人为，自然要个人类身份才好查。"

在神界，五系虽有维衡者坐镇，但真正管事的都是主管者。主管者们操控全局、下达任务，他们手下的临管者再到人界代为执行。

为了保持神界与人界隔绝的状态，所以在临管者与人界之间设有一道屏障，也就是陆氧那天所见的"玻璃"。

这道屏障让普通人看不见临管者，也让临管者无法触碰人类。

唯一能打破这道屏障的，就是收藏在百无坊的这扇"镜门"。

尽管百无坊不归属任何一系，但因为镜门惹了几次祸后，五系维衡者还是经过商讨决定对其加以约束，规定所有临管者非必要不得过镜门，如果真有需要，那也得经过层层审批。

天禄拾起桌上的文书，检查主管者与维衡者是否已签字、盖章。

倒是稀奇，上一次开镜门都是数十年前的事了。

他确认无误后，将文书收进抽屉里，然后取出一张申请单递给朔，说道："把这张单子填了。你应该知道吧？过镜门也有说法，去了人界，你的身份地位全由你现在的功为值决定，功为值越高，资产就越多。你可别嫌烦，这都是你们那些领导要求的。"

"知道。"朔匆匆浏览完上面的条目，姓名、年龄、户籍、职业……条条框框有好几十栏。

他皱了一下眉，一时觉得无从落笔，便放下纸问："这张单子能让我带走填吗？之后再给你。"

天禄点头说："也行，你什么时候填完我什么时候给你开门。我先帮你查查你有多少功为值，水系的？"

"水系，风目，朔。"

天禄一边小声重复，一边翻阅手里的册子："水系、风目、朔，有了，你在职五年，功为有……一万零五百八十斛？！"

他的声调都变了，本就大而乌黑的眼睛这下像是要把眼珠子都瞪出来。

朔不知他的反应为何如此激烈，疑惑地问："很多吗？"

天禄张着嘴，难以置信地问："你们水系的待遇这么好？"

朔认真回答："可能是我从来没花过。"

天禄皱着八字眉瞪着大小眼，指着他手中的书，质疑道："你这本万晓书，售价一千斛，你没花功为值买？"

朔低头看了看，感到奇怪："这不是统一发的吗？还要买？"

天禄闷在胸口的一口气差点儿没吐出来："这可是我研发了三天三夜做出来的升级款，纸张丝滑，即问即答，别的临管者都求着买！还有你身上的这件衣服，是我店里刚出的限量款，三千石呢！"

看着他伸出的三根手指，朔眨眨眼睛，声音低了下去："是吗？它就放在我家门口，我以为是发给我们的工作服。"

天禄快被气晕了，叉着腰原地打转，过了一会儿终于反应过来，从齿缝中恶狠狠地挤出几个字："归——生——生，给我出来！"

被叫到名字的女孩儿慢悠悠地掀开帷幔走了出来，伸着胳膊打着哈欠问："叫我干吗呀？"

天禄一把揪住她的耳朵，快把她整个人都提起来了："你个败家女，偷偷给人家送东西是吧？你倒是无私，小王八，我就说最近的账目为什么对不上！"

"你说谁王八呢？我是灵龟！"

天禄加重了手里的力道。

"哎，哎。"女孩儿龇牙咧嘴地求饶，"哥，哥，我错了，你先松手。"

看着眼前混乱的场面，朔挠了挠眉毛，微微欠身鞠了个躬，拿起桌上的申请单，默默地离开了百无坊。

陆氧这次回湖城，主要是为了去接她奶奶。

自从她爷爷离世后，奶奶每年大部分时间都在寺庙里吃斋念佛。

星期天上午,他们一家四口开车到了法华寺。

江玉兰想着既然来都来了,也进庙里烧了一炷香,在佛前拜了拜。

从山上下来,陆学恺带着一家老小去了农家乐吃午饭。

不知道是年纪大了反应慢,还是因为在寺里待太久了,奶奶不太习惯与人交流了。奶奶手里捻着串珠,面色平静,似乎对外界的一切都不关心,像是真脱俗了。

陆氧和陆选一人一边搀着她,在江玉兰的眼神暗示下尽量和她找话说。

"奶奶,我运动会跑步一千米用了三分钟不到,厉不厉害?"

奶奶笑了笑,拍拍他的手说:"你从小就活蹦乱跳的,小时候爷爷一直喊你小猴子,你记得吗?"

她又看向陆氧,问:"小氧,最近身体怎么样?"

陆氧回答:"挺好的。"

陆学恺点了一桌子菜,看这家土鸡汤做得好吃,走之前还又打包了一份,说要给两个孩子补补身体。

吃过饭,他们把奶奶送回乡下。

陆学恺想把老人家接到城里和他们一起住,但老人家不肯,总说怕老伴儿想家了,回来找不到她。

大人们劝不动,也只好由着她。也许爷爷真的会回来,他们不知道,但奶奶可能是知道的。

几天前江玉兰就找人来打扫过屋子了。

奶奶进门第一件事就是去看爷爷。五斗柜上摆着的黑白照片是从他们的结婚照上裁下来的,那时的爷爷风华正茂,笑容灿烂,眼神明亮。

爷爷像样的照片就这一张,奶奶又说这张里的他最好看。

"小氧、小选,过来给爷爷磕个头。"奶奶喊他们。

陆氧收回视线,应了一声,和陆选走过去。

下午一家人就在乡下的老房子里度过,直到天黑了才回家。

离开前,奶奶拉着陆氧,递给她两枚平安符:"小选的先放你这儿,等到家了再给他,省得他弄丢了。"

陆氧答应,然后把东西揣进兜里。

这已经成了惯例,每次从庙里回来,奶奶都会给他们塞东西。

只是这次奶奶还神神秘秘地叮嘱她:"孩子,我让大师给你算了一卦,卦象有些凶,你最近要多小心呀。"

陆氧对这些话无感。她从来不信大师,在她看来,那不过是些糊弄人的把戏。

只是想到那根红线和莫名其妙出现的男人,她又犹豫了。

"奶奶。"陆氧问,"这世上真的有神吗?"

老人语调沉缓地说:"你信就会有。"

陆氧撇撇嘴,难道不是因为有神存在才相信的吗?

奶奶告诉她:"人总得有个念想才能活下去。"

回家的路上,陆氧把脑袋歪在车窗上,用手指摩挲着左腕上的表盘。

电台放着慢歌,大家都累了,车里很安静。

> 终于找到了,
> 闭着眼睛的你,
> 透明的你,
> 终于看见了,
> 沉睡在这荒原,

我另一半的火焰。

……①

前奏响起时,陆氧的耳尖敏感地颤了颤。

这首歌在她的收藏列表里,是她喜欢的风格。

那些伤感的、沉痛的、苦涩而带着悲悯的,不唱爱情而唱生命的歌……

念想吗?她好像也曾经拥有过。

那么现在呢?

陆氧从口袋里摸出平安符,用胳膊肘碰了碰陆选:"你的。"

陆选看了一眼,说:"这玩意儿我都有一抽屉了。"

陆氧塞到他手里,说:"拿着吧,保佑你平安。"

回到家,陆氧走在楼梯上,倏地一僵。

她身后的陆选吓了一跳,问:"怎么了?"

"没事。"陆氧加快步伐,匆匆推开卧室的门。

红线又出现了,陆氧打开窗户。

下一秒,她吓得几乎失声叫出来,往后退了两步跌坐在床上,抚着胸口说:"你在这儿干吗呀?"

一阵风吹过,再睁开眼,刚才还坐在树枝上的男人转眼就到了她面前。

陆氧站起身,看看窗外又看看朔,惊讶地说:"你能瞬移吗?"

说出口她又觉得自己这话太蠢了,他是神,瞬移应该是最基本的技能吧。

朔问她:"还记得那天你看到的世界吗?"

---

① 出自许含光和詹宇庭创作的歌曲《西伯利亚》。

陆氧点头,那画面她大概永生难忘。

朔告诉她:"那就是风,风会把我带到任何我想去的地方。"

陆氧失神地看着他,每次他说出一些令人匪夷所思的话时,都会莫名其妙地变得很迷人,神秘、危险,又充满诱惑力。

窗外树枝乱颤,月色被打碎,冷白的光照在他的发丝和两肩上。

陆氧看得出了神,在心里感慨:神就是神,脸上一点瑕疵都没有,皮肤光滑白皙到让人嫉妒。

陆氧还没看够呢,突然眼前一黑。

朔在她的脑门儿上拍了张纸。

"这是什么?"陆氧拿下那张纸。

朔没回答她,只说:"帮我填好。"

陆氧看了看,上面不知写的是哪国的语言。她说:"这是什么呀?我看不懂。"

朔抱着胸叹了口气,说:"坐那儿,我告诉你该怎么填。"

"哦。"陆氧在书桌前坐下,打开台灯,从笔筒里抽出一支黑色水笔。

"第一格,名字。"

陆氧提起笔,却发现她的笔在这张纸上留不下任何痕迹,她抬头去看朔。

"抱歉,忘了。"朔打了个响指,随即掌心多出了一支羽毛笔,"用这个写。"

陆氧咬着下嘴唇接过笔。可恶,她才不信他是忘了。

她在纸上一笔一画地写上自己的名字,"氧"字刚写了个"气",脑袋就挨了不轻不重的一下。

"打我干吗?"

"你写你自己的名字干什么?"

陆氧挠挠头问:"不然呢?"

"写我的。"

"你的?"

"你那天怎么介绍我的,照着那个填上。"

"哦。"陆氧明白了,那天她急中生智,谎称他是同系的学长来着。

她把自己的名字画掉,重新在空白处填好。

"高飞?"头顶传来男人的声音。

陆氧咳嗽了一下,莫名有些心虚:"我和我爸妈说你叫高飞,这名字还可以吧?"

"嗯。"

陆氧松了口气。

"就是有点儿耳熟。"

陆氧赶紧岔开话题:"下一格,下一格,下一格填什么?"

"年龄,下一行是职业。"

陆氧一边写一边忍不住好奇地问:"填这个有什么用?"

朔回答她:"世界上会多一个叫高飞的人。"

完全是句废话。陆氧又换了个问题:"你一直在等我回来吗?"

"嗯。"

"等很久了吧?你不是可以知道我在哪儿吗?为什么不直接去找我?"

一直没听到回答,陆氧抬起头去看他。

"你难道希望自己的一举一动都被我监视吗?"朔垂着眼皮问,他补充道,"除了这里和学校,我不会去别的地方找你。"

陆氧低下头躲开他的目光,意思是,他尊重她的个人隐私,不会贸然来打扰她吗?

他还真是个有人情味儿的神呢。

"好了。"陆氧把填好的纸拿给朔,说道,"我写的是汉字,没关系吧?"

朔的表情告诉陆氧,她又问了个很蠢的问题。

他捏着纸的上下两端轻轻抖了一下,上面的字迹悉数改变,全部变为统一的不明字符。

陆氧"哇"了一声,惊叹地说:"这是什么神奇的技能?能帮我翻译英语作业吗?"

朔瞥了她一眼,说道:"人类不是已经发明出翻译器了吗?"

陆氧愣住,不知道自己刚才在大惊小怪什么。

朔把纸叠好,夹进书里,问她:"明天回学校?"

陆氧点头:"嗯。"

"那等你回杭城了我再找你。"

"找我干吗?"

"有事。"

"嗯……"

朔以为她不情愿,于是开口说:"放心,我不会让你白白帮忙的。"

陆氧眼睛亮了亮,说道:"那你帮我把期中论文写了吧,这样我之后几天都能有空。"

朔冷笑一声,听得陆氧心里发毛。

"真当我是你学长?我又没学过你们人类的法律。"

陆氧伸出手打了个响指,可惜没打响:"那你能不能变一份给我?你不是神仙吗?这你都做不到?"

朔坦然承认:"做不到。"

陆氧的嘴角向下撇着,说:"真的吗?我不信。"

桌上的手机屏幕亮了,有一条新推送。

朔指着屏幕问陆氧:"这是什么?"

陆氧看了一眼，原来他说的是她的手机壁纸："哦，迪士尼新出的小狐狸。"

"你喜欢？"

陆氧用力点头，然后说："她超可爱的，我给你找她的视频看呀。"

朔的反应冷淡："不用了，我要走了。"

他将羽毛笔和旧书收好。

陆氧赶紧拉住他的衣袖："等等。"

朔转过身子面向她。

陆氧开口问："那个，有什么办法可以让我召唤你吗？"

朔皱起眉头。

陆氧继续说："就是类似于'我吹灭一根蜡烛你就会出现'那种。"

"我为什么要被你随叫随到？"

陆氧张了张嘴，一时无言。

她"啪"地打开窗户，皮笑肉不笑地说："慢走，不送。"

这男的倒还真像阵风，来无影去无踪的。一眨眼，房间里空空荡荡的，又只剩陆氧了。

她刚把窗户关上，就听到敲门声。

"进来吧。"陆氧拉上窗帘。

陆选开门进来，把一杯水放到她手边，说："妈让我提醒你，别忘了吃药。"

"没忘。"陆氧从包里摸出药瓶，倒出相应剂量的药片，用温水送服。

陆选靠在她的书桌边，鬼鬼祟祟地问："刚刚你和高飞老大哥打电话呢？"

陆氧心里一紧，问："你听到了？"

"啊,不过我可没听你们具体说什么。"陆选摆摆手,说,"我尊重你的隐私。"

陆氧放下玻璃杯,赶他走:"没事就回你房间去吧,作业做完了?明天就星期一了。"

"做完了,用不着你操心。"陆选换了个坐姿,看样子并不急着走。他问,"姐,你有没有在微博上看见……?"

陆氧对于他这种说话说一半的行为非常不屑,翻了个白眼,问道:"看见什么?"

她拿起手边的一叠本子,摆好叠齐,又把桌面上的笔都收进笔筒里。

"向则,你没看见?他火了。"

陆氧手停了一下,将手中的笔投进笔筒里,语气平淡地说:"哦,他拿冠军了?"

陆选说:"不是,没进二十强就被淘汰了,但是他人火了,谁让他长得帅呢?我们班好几个女生都在朋友圈里转发他了。"

陆氧面无表情地说:"那挺好的。"

在陆选下一次开口前,陆氧抢先问:"爸妈让你来探口风的?"

"不是。"陆选极快地否认道,"你还不知道吗,他们对向则简直就是谈虎色变。是我看你那天的反应不太对,想和你聊聊。"

"我哪里不对了?"

陆选轻声说:"你那个时候,看起来有点儿难过。"

陆氧垂下眼睛,没接话。

陆选继续说:"现在有那么多人喜欢他,你心里难受吗?姐。"

陆氧摇头说:"不会,我为什么要难受?"

陆选说:"他可是你的初恋呀。"

陆氧深吸一口气,无奈地解释:"我说过很多次了,我和他不是你们想象的那种关系。"

陆选只当她是要面子不愿意承认："我懂，可你们不就是互相喜欢的吗？"

陆氧轻轻笑了。几年前无论她怎么解释，父母都一口咬定他们的关系是不正确的"早恋"。她那时委屈、无措又恼怒。

现在她再听到这样的话，只是想笑。

"如果你们非要这么说，也可以，但把我们想得太俗了。在你们所有人都把我当成一个随时会爆炸的定时炸弹的时候，只有他对我不一样，懂吗？"

看着弟弟茫然不解的表情，陆氧失去了继续说下去的兴致，疲惫地说："算了，不说了，你们就是觉得我是个'恋爱脑'呗，但是看到他现在过得好，我真的比谁都高兴。"

此刻在陆选紧张又担忧的目光里，陆氧又看见了那个被当作脆弱的玻璃娃娃、易燃易爆的危险品的自己。

她把手边的电脑塞到他怀里说："拿去玩吧，记得帮我充好电。"

陆选抱着电脑说："那我走了。"

陆氧点了点头。

陆选走出她的卧室，轻轻带上门。

听到房门落锁，陆氧呼出一口气，搓了搓脸，趴在桌子上。

她确实没怎么关注向则的动态，也不知道是刻意不去看还是最近真的忙忘了。

陆氧打开手机，在微博搜索栏里输入"向则"。

和他关联的词条仅有那档综艺节目，还有各种各样的花边消息，"向则、柠檬茶"这个话题夹在一个不起眼的位置。

陆氧的手指轻点，在这个话题里翻了翻。

"救命，我的宝藏小乐队怎么被发现了。回忆起了高中晚自习时把随身听藏在袖子里偷偷听的日子,呜呜,我在有生之年还能等到他们出新歌吗?"

"谁知道连一张照片都没有的小乐队居然能在今年被挖了出来,当年只听声音我就觉得向则好帅。"

"谁的青春回来了?意思是我的青春。"

"所以我们可以求一个柠檬茶合体演出吗?"

"向则,我可以问问鸥鸥去哪儿了吗?惦记好多年了,呜呜呜!"

陆氧随手点进向则的微博,发现最近一段时间关注他的人超过了三十万,他的主页很简单、很官方,没什么生活照。

最新一条微博是一首歌的分享链接,那是他在综艺节目上演唱的歌曲,也是柠檬茶乐队的歌曲。

热门评论第一条是:"所以柠檬茶的其他人都怎么样了,我的鸥鸥呢?她还好吗?"

向则只回复了这一条,只有简短的五个字:"我也想知道。"

陆氧没敢继续看下去。她把手机扣在桌面上,额头磕在桌沿上。

她想戴上耳机,想听听过了四五年后,他再唱这首歌是一种什么感觉。可犹豫许久,她还是没伸出手。

从陆氧家出来,朔立刻去了百无坊。

门外是无边黑夜,踏过门槛,神界的景象是落日时分。

听见铃铛响,天禄抬起了头。他看到了朔,问道:"填好了?"

朔"嗯"了一声,走到前台,问:"你们这儿什么都能买到?"

"废话,我们百无坊应有尽有。"

朔又问:"那人类的东西呢?"

天禄笑出了声:"我说大哥,看来你确实不常逛我的店。我们百无坊卖得最好的，就是人界的物件。我也不知道你们这些神是怎么想的，尽喜欢一些没用的东西。你要什么？"

"一个玩偶，粉红色的狐狸，你这儿有吗？"

"粉红色的狐狸？"天禄想了想，"哦，你说的是这个吧？"

他打了个响指，身后的货柜开始"咯噔咯噔"地运转。没过多久，原本空空如也的架子上出现了一排粉色毛绒玩具，大小各异，款式也各不相同。

朔点头说："对，就是这个。"

"你要哪种？大的五十石，小的三十石。"

朔想起自己的功为值总额，抬眸问："这么便宜？"

天禄挑眉说："哟，那听您这意思是？"

"这些都要了。"

天禄双眼放光地看着朔，如今这粉狐狸可紧俏了，价格被他翻了好几倍，这位爷真是财大气粗。

那头长尾鹿的脸上露出一个无比灿烂的笑容，热情洋溢地喊道："好嘞！那就给您全装了。归生生，出来点货！"

交易成功，还有一桩正事要办呢。

朔把填完的表单递给天禄。

"高飞？"

"嗯，怎么了？"

天禄看了他一眼，揉揉鼻子咳嗽了一声，说："没事，挺好的。"

朔隐隐觉得他似乎在……憋笑？

"哎，你这亲属一栏怎么没填？"天禄指着空出来的那行问他。

"一定要填吗？"

"最好填一个，随便找个人就行，只要是人，都有自己的交际圈。"

朔拿回纸，提笔在上面写下陆氧的个人信息。

天禄问："那你和她要构建什么关系？"

"随便。"

"哦。"天禄瞄了一眼信息——女，二十岁，大二学生。他又联想到这位临管者刚刚一掷千金的壮举，心中了然，在空格里补上了"情侣"二字。

"好了，跟我来。"

帷幔后是条长廊，两旁安着数丈高的柜子，一格一格的抽屉里不知装的是什么。

快要走到尽头时，天禄拐了个弯，打开一扇门。

一路跟在他们身后的灵龟少女归生生突然拽了拽朔的衣袖，小声说："过镜门可能会有点儿疼，帅哥哥，你忍一忍，很快就没事了。"

朔微微颔首。

"生生，东西呢？"天禄喊她。

"在我这儿。"归生生从腰间的百宝袋里掏出一个瓶子递给他，"这瓶。"

天禄拔出瓶塞，往里看了一眼，瞬间变了脸色。

归生生看他这反应，也踮脚凑上去看，同样倒吸一口凉气。

"怎么了？"只有朔还不明所以。

天禄回答他："啊……不是什么大事，就是你过了镜门之后，可能会有点儿副作用，这个东西我也说不准。"

朔蹙眉："副作用？"

他之前从没听说过。

天禄挥动手指，将里头的东西引了出来。

两缕红色的烟雾从瓶中飞出。

朔从未见过这种生灵，不禁好奇："这是什么？"

"过镜门的钥匙罢了,去吧,门已经开了。"

看样子他们是不打算说了,朔也不打算追问,迈步走进那间屋子。两缕红雾环绕在他身边,跟他一起前行。

这间屋子很独特,望不见尽头,寂静而宽广。朔的脚下是一片平静的水面,像大地一样承载着他。房间的正中央摆着一面镜子。

朔不想浪费时间,径直踏入镜门。

过门的一瞬间,那两缕红雾突然改变了轨迹,一缕飞速地钻进他的眼睛,他感觉从瞳孔深处传来一阵细密尖锐的刺痛感。他闭上眼睛,屏住呼吸,闷"哼"了一声。

他还没重新站稳,紧接着另一缕红雾又分散成群星状,分别刺进他的手腕、颈侧、耳后。

这次的疼痛感减轻了许多,他只感觉皮肤下有什么东西在熊熊燃烧,烫得他胸腔发颤。

他站在原地平缓呼吸,等不适感渐渐消退,才尝试着睁开眼睛。

再睁开眼时,他所处的地方已经不是百无坊了。

他发现自己站在十字路口的人行道上,耳边是车辆行驶和风吹的声音。这里是人界。

他慢慢地转动眼睛,看见了碧绿的树叶、黑白的轿车,以及红、黄、绿交替闪烁的交通灯。

他闻到空气里飘着的甜香,那是桂花香。

没有屏障,入目的一切都鲜活、艳丽而真实。

三轮红绿灯过去,朔还站在原地。

他在观察、熟悉、适应这个世界。

"那个,请问一下。"

朔低下头,面前不知何时站了一个女孩儿。

她戴着白色口罩，只露出一双眼睛，眼中是藏不住的紧张和羞涩。

"可以和你交换手机号吗？"她紧紧地捏着手机，小心翼翼又满怀期待地提出请求。

除了陆氧，这是朔第一次和人类交流，他手指蜷缩，面无表情地说："不好意思，我……"

他还没说完，那女孩儿就急匆匆地打断他："没关系，没关系，对不起，打扰了！"

她说着就跑开了。

朔还没有手机。

他现在可以感知温度，觉得有些闷热。

朔抬头看了一眼天空，觉得阳光刺眼，他皱着眉，眯起了眼睛。目前应该是"和"在代他的班，气温可以有所回升但也不至于一下子就回到了夏天。

夏天……

朔叹了口气，那两个小孩儿又瞎来了。

要不是朔没留给自己联系方式，陆氧真想打个电话问问他，他们这些神上班是不是都很随心所欲？前两天大降温，气温只有个位数，冷得她裹上了大棉袄。今天温度竟然直接飙升到了30度，这不是闹着玩儿吗？

她坐在教室后排撑着脑袋，昏昏欲睡，仿佛找到了夏天上课的感觉。

下课铃声响起，陆氧揉了揉眼睛，边打哈欠边收拾东西。

朔那天说会来找她，但也没给个具体时间，这都星期三了。

陆氧像往常一样出校吃晚饭。她这天打算吃石锅拌饭。

夕阳西下，天边的云呈现出渐变色。

陆氧走在路上,脑袋突然疼了一下。她停在原地,揉了揉太阳穴,忽然又不疼了,仿佛刚刚的痛感只是她的错觉。

陆氧继续迈步,然后看见校门口站着一个瘦高个男人,他穿着样式最简单的卫衣和牛仔裤,手里提着一个大袋子。

红线亮了。

陆氧正要和朔打招呼,不知为何,她突然不由自主地笑了起来,像偶像剧中的女主角一样踮起脚朝他挥手,用近乎甜腻的声音喊了一声:"学长!"

接着,她眼睁睁看着自己扑进了男人的怀里,搂着他的脖子,还用脑袋蹭了蹭他的脖颈,撒娇说:"我好饿哦,我们去哪里吃饭呀?"

从女孩儿结实地砸进他怀里,用她细软的发丝蹭过他的脖颈,由此产生的酥麻感,一路席卷到天灵盖,再到她用甜得像掺了蜜的声音问他去哪里吃饭。他经历了成神以来最跌宕起伏、惊险刺激、刻骨铭心的三分钟。

他冷着脸,机械地低下头,手掌"啪"的一下盖在女孩儿的额头上,然后手腕使劲儿,将她从自己身上拉开。

同时,被他摁着脑袋的女孩儿像是被定了身一样,目视前方,神情呆滞。

几秒后,朔松开手。

陆氧如大梦初醒一般,捂着胸脯,惊慌失措地说:"我刚刚……"

"应该是设定程序的时候把你也算进去了,没事。"

陆氧皱着眉,心情非常复杂。

朔干咳一声,用手背抹了抹下巴,说:"怎么说都是我被占便宜了吧?你又不亏……"

陆氧鼓了鼓腮帮子,目光看向别处,脸红了。

"欸，你刚刚说的程序是什么东西？"

朔回答她："你填的那张表，上面写的就是我现在的身份。"

"那我刚刚为什么……"

朔不吱声了。

陆氧刚要再开口，手机响了，她摁下接通键。

"喂，楚欣。"

电话那头的人问她："小氧，我们想去吃猪肚鸡，你要一起去吗？"

陆氧看了面前的男人一眼，支支吾吾地说："我不去了，我……"

室友像是明白了什么一样，说："我懂，和学长有约会是吧？"

陆氧蒙了："学长？"

"你和高学长刚在一起肯定黏糊，没关系，我们不在意，你们好好玩！"

陆氧稀里糊涂地挂了电话。

"什么情况？"她抬头问朔。她不记得自己和胡楚欣提过高飞的事呀。

朔启唇告诉她："我现在是个人。"

这话乍一听挺荒谬可笑的。陆氧低下头，看见脚边的人影不止她一个。

她又环顾四周，轻声地说："大家好像都在看我。"

"是我们。"

她想起那天和他的对话。

"填这个有什么用？"

"世界上会多了一个叫高飞的人。"

陆氧扬起脸问他："你现在是人类？是高飞？"

朔点头。

世界上就这么凭空多出来一个人。

陆氧越想越觉得诡异,身边的人以及自己都被修改了记忆。

"为什么你要变成人?"陆氧问。

"查点事情。"

"那……等你回去了,'高飞'怎么办?再删除大家的记忆吗?"

"不用,这对他们来说并不重要,只是一个暂时的记忆,他们自己就会忘掉。"

陆氧看着男人问:"那我呢?"

朔迎上她的目光:"什么?"

"我也会忘记你吗?"

"问你自己。"

朔把手里的纸袋递给她。

陆氧接过来,觉得纸袋沉甸甸的,她问:"这是什么?"

"报酬。"

陆氧伸手扒了扒,发现是一大袋毛绒玩偶。全部都是粉色的狐狸,满目的粉色让她头脑发昏。

她把手从袋子里抽出来,掐住自己的人中。

朔被她这反应吓到了,以为她身体不舒服,连忙问:"怎么了?"

陆氧摇摇头,拿起一只小狐狸捧在怀里,用脸颊蹭了蹭它,毛茸茸的感觉让她觉得幸福。她的表情看上去像是快要哭了。

"你从哪里搞来的呀?"

朔挠挠眉毛,答:"某个地方。"

陆氧愣住,把玩偶举到眼前问:"这不会是'山寨'的吧?"

朔脱口而出:"怎么可能?"

陆氧仔细看了看,这做工就算真是"山寨"的也值了。她又把玩偶抱进怀里，恨不得把整张脸埋进去。

朔要是早说给神仙办事能得到这种好处，她第一次见面就对他深信不疑了，干吗还怀疑自己得了臆想症呢！

也许是被陆氧脸上洋溢的快乐感染，朔的眉目在落日余晖里也显得比往常柔和了："就这么喜欢？"

"我很讨厌这个世界，每天有太多事让我烦心。"陆氧慢慢地开口，"但是，出于种种原因，我又得好好活下去。活着是很耗费能量的，所以我要找很多事情给自己'充电'，睡觉、打游戏、看电影、看小说，或者是拥有一只聪明可爱、勇敢活泼的小狐狸。"

她把手里的玩偶举到朔的面前晃了晃，玩偶身后的大尾巴随着她的动作一颤一颤的。她问："光看着它就会觉得很开心，对吧？"

朔盯着那只小狐狸看了一会儿，随后将目光移到了陆氧的脸上。

这次他盯得更久，久到陆氧的脸都红了，慌张地移开视线。

朔的眼睛太干净了，明亮又清澈。也许是因为有了人的形态，他的脸上多了些血色，不像之前，是病态的苍白色。

"让你看它，你看我干什么？"陆氧捋了一下头发，小声嘟囔。

朔收回目光，重新接过她手里的袋子，说："你不是饿了吗？想吃什么？"

陆氧搓搓自己的脸颊，问："你想吃什么？"

"我不吃。"

"你不是变成人了吗？哪有人不吃东西的？"

"不吃。"

"是不能吃，还是不想吃？"

朔顿了顿，答："不想吃。"

陆氧笑起来,说道:"那就是能吃。"

绿灯即将变色,她拉起男人的胳膊,加快步伐,说:"快点儿!要红灯了。"

既然有人陪着,陆氧决定将晚饭的规格从石锅拌饭提升到烤肉,顺便带这位"新生儿"见见世面,让他尝尝人类的食物有多美味。

饭店大堂里喧嚣热闹,烤盘上的五花肉滋滋冒油。陆氧一只手拿着夹子,另一只手拿着剪刀,拨弄着烤盘上的食物。她的胳膊伸得很长,脸使劲儿往后躲,生怕热油溅到自己身上。

她的动作生疏,把肉剪得大小不一。朔看不下去了,接过她手里的工具说:"我来吧。"

让陆氧意外的是,他把肉剪得大小均匀,还知道时不时要给没熟的肉翻个面。

一盘五花肉烤完,朔举起手,示意服务员换个盘子烤蔬菜。

陆氧看看盘子里的肉,又看看对面的人,疑惑地问:"你怎么连烤肉都会?你吃过?"

朔语气肯定地回答:"没有。"

陆氧摸着下巴打量他:"刚下凡的神仙不应该洋相百出吗?"

朔蹙眉问:"谁告诉你的?"

"电视剧里都这么演,不谙世事的神下凡,这个不知道、那个不知道的。"

"要焦一点儿的吗?"

陆氧"嗯"了一声,之后她又觉得不对劲儿,问:"你怎么什么都懂?"

朔把一块烤得焦香的五花肉夹到她的碗里,说:"吃吧。"

陆氧嚼着肉嘀咕:"太神奇了。"

朔放下剪刀和夹子，拿起手边的湿毛巾擦了擦手，端起杯子喝了口水。

别说是陆氧，连他自己也觉得奇怪。

为什么当他第一次闻到街道上的香气时，就知道那是桂花香？为什么他明明没吃过烤肉，却对烤肉的程序烂熟于心？就好像是本能一般。

朔还是不太习惯吃人类的食物，在陆氧的盛情邀请下勉强吃了两口，剩下的时间，他就安静地坐着。

陆氧觉得被人看着吃饭怪不好意思的，便把手机屏幕解锁后递过去："要不你玩我的手机吧？"

朔挑眉问："当时不是死都不让我看吗？"

陆氧说："你别点开照片、短信、微博就行，你可以玩游戏，看看视频。"

朔对她说的这些都没兴趣，不过干坐着确实无聊。他拿起她的手机，随意划了划，点开某个搜索引擎。

听说这是人类的"万晓书"，什么都能查到。

他点进空白的方框，还没想好输入什么问题，就看见了方框下面的历史搜索记录。

"红线代表姻缘吗？

"世界上真的有鬼神吗？

"神仙平时都忙什么呢？

"人格分裂的表现症状？

"臆想症的发病原因？

"我好像能看见鬼？"

朔抬眸看向陆氧，后者正用勺子往嘴里塞泡菜炒饭。察觉到他的目光，她看过来，问："干吗？"

朔摇摇头，视线又回到了手机屏幕上。

他没什么好奇的东西,瞥到旁边从纸袋里露出半个脑袋的毛绒玩具,于是在键盘上打下了"玲娜贝儿"四个字。

两分钟后,男人一掌拍在桌子上,桌上的勺子、筷子碰撞在一起发出响声。陆氧被吓得手一抖,刚夹起的一块土豆片掉到了桌子上。

"你干吗呀?"她嗔怪道。

朔的脸阴沉着,把手机屏幕举到她面前,"哼"了一声:"高飞?"

画面上是一只长着大耳朵、戴着绿色帽子的憨厚大狗,那是经典的动画形象——高飞先生。

陆氧心虚地咬住下嘴唇:"嗯……"

她把双手放到胸前,身子往后倾靠在椅背上,可怜巴巴地说:"对不起,你不喜欢我们可以换一个……"

朔放下手机,深吸了一口气。

手机发出"叮"的一声响,是最新的新闻推送。

"快讯!仙苓镇附近的一处山林突发大火!守林员已被紧急送医就诊,生命垂危!"

"别吃了。"

陆氧咬着土豆片抬起头:"啊?"

"走,出事了。"

他自顾自地起身离开。陆氧赶忙把最后一块烤肉塞进嘴里,拿起包挎到身上,大步追上他。

她跟在朔的身后离开烤肉店,可出门看到的,不是那条繁华的街道。

陆氧在原地转了个圈,发现这里是个荒废的天台,昏暗幽僻,像是在郊外。

她心里瘆得慌,紧紧攥着朔的袖子,声音颤抖地问:"这是哪儿呀？"

"看那里。"朔指了一个方向。

在漆黑的夜幕下，那里火光漫天，浓烟滚滚。

"着火了？"陆氧踮起脚，探头张望。

好像察觉到了什么，朔的眼神一凛，将陆氧拽到身后。

"朔哥！"来者是个少年模样的人。

朔松了口气，喊道："熏。"

"到底是谁啊？闲着没事干，到处放火烧山。"同为风目临管者的熏看着火光，抱怨道。

朔问："和呢？"

"他在调度附近的生灵控制火势，人类那边的消防队也到了，火势应该很快就能控制住。"

朔点点头，看来这次的损失较先前的阜苑火灾会小很多。

朔交代说："你去找雨目的临管者，让他们在附近的山区降雨，我看很快还有第三次火灾。"

"好。"熏看见躲在他身后的陆氧，挑了挑眉问，"这位是谁呀？"

朔直视着熏，回答说："不重要。"

熏并未起疑，说："哦，那我先走了。"

"去吧。"

感觉那个人已经离开了，陆氧才探出脑袋问："你刚刚在和谁说话呀？"

看来陆氧除了朔，看不见其他临管者。

朔回答说："同事。"

陆氧"哦"了一声。

"回去吧。"他抓住陆氧的手腕，抬脚踹开了天台那扇破旧的铁门。

穿过铁门后,他们已经在H大的宿舍楼下了。

"我办完事再来找你。"

陆氧点点头,看来神仙也挺忙的。她刚走出去几步,突然惊叫了一声:"哎呀!"

朔没走,问她:"怎么了?"

陆氧跑到他身边,着急地说:"玩偶忘拿了,还在烤肉店。"

"哦。"朔这才想起来,刚刚走得太急没顾上,那袋小狐狸落在座椅上忘了拿。

"你先别急。"他安抚陆氧。

陆氧怎么可能不急。她就知道好运不会落到自己头上。她失落地垂着脑袋,自暴自弃地说:"现在去拿肯定没了吧?算了,可能我不配拥有它们。"

朔站在路灯下,打了个响指,树影晃动,起了一阵风。

他用手掌做了个托举的动作,像是在和什么东西说话。

"找到了。"

陆氧抬起脑袋,不知何时,那袋玩偶出现在他的手上。

她瞪大眼睛,嘴角不自觉地上扬,问:"你变来的?"

"让风灵去找的,没丢,现在可以安心了吧?"

陆氧眉目舒展,紧紧地抱着失而复得的袋子说:"安心了,安心了,不然我今天晚上都睡不着觉。"

"上去吧,我走了。"

"等等!"陆氧叫住他,眼睛亮闪闪地看着他说,"那个,我有一个小小的请求。我想要一只风灵,可以吗?"

朔面无表情地看了她一会儿,抬手打了个响指,然后把出现在掌心的东西递给她:"给你。"

陆氧抿紧嘴唇,无语了。

她把装饰着蓝白羽毛的风铃扔回给他,气呼呼地说:"是风灵，不是会响的风铃，你糊弄我呢！"

朔把双手插进卫衣口袋里，问："你要风灵干什么？"

陆氧低头去踢地上的树叶，半天才憋出两个字："使唤。"

朔忍不住笑出了声。她倒是坦诚。

朔的右手举在半空中，指尖微微抬了一下。

下一秒，陆氧感觉有什么毛茸茸又凉凉的东西在她的手背和脸颊上蹭来蹭去。

她左顾右看，疑惑地说："我怎么看不到它？你把风灵给我了吗？"

"风当然是不可见的。"

"那我怎么知道它在不在？"

"你会知道的，就像刚刚一样。"

陆氧心里疑惑，不过很快又有其他事情引起了她的注意。

"我可以给它取个名字吗？"

"随你。"

陆氧摊开手掌，她虽然看不见风灵，但她好像真的能感觉到此时小风灵正躺在她的掌心。她说："那就叫你布鲁……"

"嗯？"

陆氧心虚地看了朔一眼，清清嗓子改口："就布鲁，可以吧？"

等朔刚转身离开，陆氧立刻把风灵的名字补全了："布鲁托。"

她的一缕刘海被风吹起，看来这小东西还挺调皮的。她压平头发，对着空气喊："布鲁托，帮我看看我的学生证在哪儿，我找了好几天了。"

陆氧的脸颊有点痒。她抓了抓。

她回到寝室，和室友打了声招呼，放下纸袋，随后在自己的座位上坐下。

那本消失已久的学生证此刻正躺在她的课本上。

陆氧紧紧攥着暗红色的小本,要不是怕吓到室友,她恨不得尖叫一声来表达她此刻的兴奋。

朔真是给了她一个宝贝。

可惜布鲁托看不见、摸不着,否则陆氧真想亲亲它的小脸。

03　温暖的冬

星期五早上，陆氧坐在食堂里吃早餐。她一边用吸管喝豆浆，一边点开小程序，完成这日的健康打卡，意外地发现社交软件里有一个新的联系人申请，网名是"朔"，备注里写着"高飞"。

陆氧瞪大眼睛，愣怔着点击了同意。

她放下豆浆，双手捧着手机打字："你有手机了？"

朔："嗯，这样比较方便。"

陆氧想象着朔摆弄手机的样子，禁不住笑出声来："你会用吗？"

她等了两分钟，也没见朔回消息。

陆氧又问："你找我有事吗？"

朔："今天有课？"

陆氧："上午有节课。"

陆氧还在打字，耳边传来了熟悉的声音。

"吃完没？"

陆氧抬起头，朔不知何时坐在了她对面，红线飘在餐桌上方。

"你什么时候来的?"

朔把手机拿给陆氧看,手指着她刚才发的那句"你会用吗?"

陆氧用双手捂住脸,自己刚刚发消息时的表情他也看见了?

"走吧。"

"去哪儿?"

"上课。"

"那你呢?"

"我等你下课,今天要带你去一个地方。"

"哦。"

朔走出去几步,发现身后的人没跟上来,回头去找她:"发什么呆?"

陆氧回过神来,迈步跟了上去。

"快走,不然后排没有座位了。"

陆氧瞪大眼睛问:"你怎么连这个都知道?你们神仙也上大学吗?"

"不上。"

"那你怎么知道?"

"你怎么这么多问题?"

陆氧抿着嘴唇,不问了。

朔人高腿长的,走路很快,陆氧始终落在他身后半步的距离,也正好趁机肆无忌惮地偷看他。

清晨的阳光和煦,照在他线条清晰的侧脸上。

他今天穿了件白色T恤和棕色灯芯绒衬衫外套,搭配深色牛仔裤和球鞋,是最普通的男大学生打扮。

杭城回温后日日晴朗,不过周边的山区却接连下了好几天雨,气象专家说这是很反常的现象。

气象学家在研究之后会得出什么样的结论呢?会有人相信这

是因为北风之神正在人界做她的男朋友吗?

真荒唐。

陆氧一路走,一路开着小差。

直到踏入教室时,她才被一阵起哄声唤醒。

"学长来陪你上课呀?"

"好幸福哦,陆氧!"

"救命,人家早课都有人陪,我找谁陪?"

"你找周公陪呗。"

陆氧不太习惯在众人中成为焦点,尴尬地笑了笑,拉着朔,不,是高飞学长,赶紧找了空位坐下。

上课铃声响起。诉讼法老师是个五十多岁的男人,长得又高又壮,讲课很有意思,讲案例时很喜欢拿同学们的名字当被告和原告。

上节课做了场小测验,课代表把试卷分发下来。

陆氧考了七十五分,很满意。

"你怎么第一道题就错了?"

陆氧脸上的笑容一下凝固了,剜了男人一眼。

朔伸手在她的试卷上点了点,说:"这不是一看就选 B?"

陆氧皱眉疑惑地说:"什么?"

讲台上,老师向众人说:"选择题答案我写在黑板上了,自己对一对,很多都是基础知识,我就不每道都讲了。"

陆氧看了一眼黑板,第一道题的答案还真的是 B。

"在生效判决执行过程中,被执行人向人民法院提供担保,并经申请执行人同意的,人民法院可以(决定暂缓执行)。"

陆氧看看题目,又看看朔,难以置信地问:"你为什么会做?"

朔挑眉说:"你猜。"

陆氧又指了一道错题给他看,问:"那这道呢?"

——当事人、法定代理人可以委托（　　）作为诉讼代理人。

　　读完题目，朔立刻给出答案："一至二人。"

　　陆氧把试卷"啪"地拍在桌子上，抱着脑袋失落地说："连你都知道，我却记不住，这书真念不下去了。"

　　陆氧一整节课都没精打采的，用手撑着脑袋，时不时在试卷上写些连她自己都看不懂的文字。

　　在她又打了个长长的哈欠后，朔看不下去了，提醒她："你上课能不能有点儿激情？学不会不是更要好好学吗？"

　　陆氧动了动身子，懒洋洋地回答他："我活着都没多大激情，你还指望我上课能有什么激情。"

　　朔不解地问："这不是你自己选的专业吗？"

　　"是呀，我也不知道那时候为什么要选法律，我又不是正义感很强的人，还讨厌背书。你倒是提了个好问题。"陆氧换了只手撑下巴，说道，"我为什么要选这个专业呢？"

　　朔摇摇头，不理她了。这位颓废的女大学生没救了。

　　在让人昏昏欲睡的清晨阳光和讲课声里，陆氧终于熬过了这节课。

　　下课铃声悠悠地响起，她舒服地伸了个懒腰，收拾东西时脸上露出一个大大的笑。

　　朔问她："不困了？"

　　陆氧"嘻嘻"地笑着，说："不困了，都周末了还困什么？"

　　他们随着人群走出教室，陆氧问朔："我们今天去哪儿？"

　　"溪湖。"

　　陆氧"啊"了一声，问："去溪湖干吗呀？"

　　"你小时候每年都会去一次溪湖。"

　　陆氧警惕地看着他，问："你怎么知道？"

　　朔回答："我找土系的临管者查了一下你的行程。每个人在什么时间去了什么地方在他那里都会有记录。"

"那为什么要去溪湖?"

走到一楼大厅时,他们与人群错开,走向没人走的偏门。

朔推开门,踏过门槛,两个人就到了熙熙攘攘的街道上。一旁的路牌上写着"溪湖区"。

"我和这里有关系。"

陆氧听不明白,又问:"这里?杭城?"

"嗯,在我成为临管者之前。"

陆氧低头去看胸前的红线,说道:"所以你觉得我们以前可能见过?"

"也许。"

陆氧抬起头,视线慢慢扫过周遭的一切,缓缓吐出一口气,说:"我有好久没来这里了。"

他们走在马路内侧。天空是浅蓝色的,白云悠悠,树叶红黄交错。

记录上显示陆氧从十岁到十五岁每年都会来一次杭城。朔问她:"为什么十五岁之后不来了?"

起了一阵风,陆氧的黑色半裙被吹得鼓了起来,露出一截她的小腿肚。

"五年前爷爷带我和陆选来杭城,出了车祸,他走了。"

陆氧说得缓而轻。她逼着自己不去想关于那场意外的太多细节,只说:"我小时候身体不太好,基本没离开过家,爸妈工作也忙,只有爷爷会开车带我和弟弟来杭城玩。"

女孩儿额前的头发被风吹乱,空气里飘着淡淡的茉莉花香。

"我不记得自己见过你。"陆氧说。

朔点头:"嗯。"

他停下脚步,拉着陆氧的胳膊,开口说:"回去吧。"

"啊，这就走了？"

他转身往回走，面无表情地留下一句："不想让你不开心。"

陆氧怔在原地，半晌后轻轻地笑了，把下巴埋进外套的领口里。

她迈步追上他："哎，来都来了，要不要去趟法喜寺？"

"去那里干吗？"

"听说那里求姻缘很灵的，我室友暑假来玩儿，给我也求了。"

朔刚要张口，陆氧抢先说："我懂，我懂，你是神仙你当然不信这个，但一起去吧，好不容易来一趟。"

"不是都求过了吗？"

陆氧扬起脸，笑吟吟地说："所以要来还愿呀，高飞学长。"

他们到了法喜寺门口。朔不愿进去，对她说："你去吧，我在外面等你。"

陆氧抱着他的胳膊不撒手："一起去呗，知道你看不起这些东西，但去看看嘛，看看又不会怎么样。"

"不是不想和你进去，是不方便。金系的主管者驻守在这些地方，你们人类可以自由进出，但我……"朔抬起手，突然愣住了。

陆氧歪了歪脑袋："怎么了？"

朔手往前探，嘀咕着："界限呢？"

陆氧放开抱着朔的手，也学着他的样子在空中摸了摸："什么东西呀？"

"嗯？"

"你怎么了？"

朔重新牵住陆氧的手，认真地说："牵着你的手好像就没事了。"

陆氧反应过来："你进不去？"

"嗯，不同系之间有界限。"

"你们神仙还防着自己人？"

朔皱眉纠正她："不是防。"

五系相生相克，各司其职，泾渭分明。设置界限不是为了防范，只是有些东西要分清楚。

陆氧想起那天她看见的"玻璃"，临管者和人类世界也隔着一层界限。

看来做神仙也不是很自在快活，有那么多的规矩和限制。

他们的手牵在一起，彼此的掌心都有些汗，陆氧往回抽了抽。

朔问她："怎么了？"

陆氧咳嗽一声，挠挠脸颊，小声说："没和男的牵过手，别扭。"

朔立刻松开，说道："那还是你自己去吧，我在外面等你。"

"哎，别。"陆氧挽住他的胳膊，说道，"这样……这样挽着你就行了，一起去吧。"

他们沿着石阶往里走。僻静的寺庙树木茂盛，在这个季节，更显得肃穆。

陆氧压低声音问："欸，你刚刚说什么金系的临管者在这儿，所以真的有菩萨住这儿？"

"首先，我们并不凌驾于人类之上，不住在'天上'，事实上神与人共处一方世界，不可分割。其次，在这里的不是临管者，而是主管者。"

"主管者？"

朔换了种通俗的说法："就是我们的上司。"

"哦，那他们在这里干什么呀？"

"具体职责我也不清楚，但金系的维衡者有推演命格的能力，万事万物的起因和变迁都由他们负责记录。"

陆氧越听越觉得玄，问："预知未来？所以每个人的命运真的早就被定好了？"

"是，也不是。总会有意外的。"

"你们神仙也预料不到吗？"

朔停下脚步，眼前是一潭池水，香客们在此投币祈愿。有只大龟伏在石块上，像是镇守在此处的灵兽。

他眯了眯眼，收回视线回答陆氧："命格可以被预测推演，但人心难测，一念之间，结果就会天差地别，哪怕是神也没办法预知一切。"

朔迈步向池边走去，陆氧问他："要投个币吗？"

他在大乌龟前站定，和它大眼瞪小眼地对视了几秒，问："归生生？"

陆氧怀疑自己是不是真得精神病了，因为她听见那只龟开口说了人话："嗨，帅哥哥。"

居然还是只能发出少女音的小乌龟。

陆氧微张着嘴，目光呆滞，好像灵魂出窍一样。

朔问："你在这里干什么？"

归生生答："我哥不放心你，让我跟过来看看。"

"不放心我？"

归生生钻进水里，向他游近了些，关切地问："你有哪里不舒服吗？"

"没有。"

"那这个女的为什么牵着你？"

朔看了陆氧一眼，答："哦，通行证，这样我才可以进来。"

被当作"工具人"的陆氧气得翻了个白眼。

她想收回手，可刚一动就被男人用力握住手腕。朔沉声警告她："别乱动。"

陆氧怂了，没胆量惹他生气，只好乖乖地挽着他。

朔对归生生说："你回去吧，我没事。"

"那你多加小心！你毕竟少了……"话说到一半她又打住，转而说，"我走了哈！你要有哪里不舒服就回百无坊找我！"

朔察觉到异样："你这么着急回去，出了什么事？"

池里的乌龟缩了缩脖子，很小声地说："无常神来了！你也注意一点儿！我先溜了！"

大乌龟沉了下去，游向池底深处。水面荡起涟漪，很快又归于平静。

陆氧忍不住好奇地问："她说的无常神是什么？黑白无常？"

"差不多吧，管人类生死的双子。"

那不就是死神？陆氧感到后背发凉，收紧手指，往他身上靠了靠，问道："这里要死人了？"

"一般的生死他们是不会出面的，除非……"

陆氧整个人都快贴到朔身上了，颤抖着声音问："除非什么？"

"像我刚刚说的，一念之间，原定的命格出现了偏差。走吧，我不想和他们撞上。"

陆氧的问题总是多得问不完，她又问："为什么？"

"岁聿神不太待见我们这些临管者。"

"为什么？"

朔耸了一下肩，说："谁知道呢！"

陆氧算是看明白了，什么临管者，在神界也就是"弼马温"一类的职务吧，顶头有上司，哪儿都不能去，还不招其他神待见。

"啧。"

"你这是什么表情？"

陆氧收起表情："没……"

话没说完，她的眼前突然一黑。朔一只手捂住她的眼睛，另一只手摁着她的后脑勺把她扣在了他的怀里。

陆氧气息不稳地问："怎么了？"

"哟，你怎么在这儿？"

附近传来一个有些阴冷的声音，让陆氧不由自主地心生惧意。

"岁聿，走了。"另一个声音则要温和许多。

被唤作岁聿的人冷哼了一声，用警告的口吻说："别到处瞎跑，我可不想给你们这些蠢货收拾烂摊子。"

朔沉默不语，但陆氧听到他的呼吸变得急促。

半晌后，他才松开她。

陆氧还没缓过神来，愣愣地问他："那就是黑白无常？他们好像真的很讨厌你。"

朔淡淡地"嗯"了一声。

陆氧感到疑惑："那天在天台上，和你说话的人我听不到他的声音也看不到他的人，但是刚刚的乌龟我看得见，那两个无常的声音我也听得到，为什么？"

"那天的那个人也是临管者，和我一样。"

"因为有那个像玻璃一样的界限吗？像是单向镜一样，我们看不见你们。"

"嗯。"

"只有你们临管者是不会被人看见的。"

朔没说话。

陆氧看着他，心情复杂。

所以被关在屏障里的，到底是人，还是临管者呢？

"哦，对了。"陆氧突然上前一步，手搭在朔的肩膀上，将耳朵靠在他的左胸膛上。

她突然靠过来，把朔吓得往后退了半步："你干什么？"

"嘘。"陆氧拍了他一下，"别说话。"

半晌，她直起身子，苦恼地说："真的听不到。"

"什么？"

"你的心跳声。"

"是不是衣服太厚呀?"陆氧说着就去扒他的外套。

朔的上身不自觉地绷紧,抓住陆氧的两只手腕,把她推开。

陆氧不依不饶,继续猜:"还是你的心脏长在右边?"

朔整理好自己的衣服,说:"你听不到很正常,你也感受不到我的体温。"

"可是……"

"你别忘了,我和你是不一样的。"

朔越过她向前走。

陆氧垂下眼,咬了咬嘴唇。

感受不到吗?可是牵手的时候,陆氧感觉到了他手心的温热。

他们各怀心思,心不在焉地走,过了一会儿才发现走错了方向。

"前面好像是后院了,是和尚们住的地方,我们快走吧。"陆氧小心地环顾四周,生怕扰了佛门清净。

她一回头,发现朔站在原地,正专注地盯着某处。

"怎么了?"

朔的脸色不太好看,眉头紧锁,薄唇紧抿,下颌绷得紧紧的。

陆氧看不见,此刻后院上空飘着三缕红雾,与朔过镜门时的场景如出一辙。

红雾盘旋了一会儿,又排成一列坠落下去。

"吱呀"一声,木门被推开,有人从里面走了出来。

朔拽了陆氧一把,两个人闪到墙角躲着。

"等会儿踏过相门,一路往前走,会有人来接你。"

是先前听见过的温润男声。

陆氧想探头去看,却被朔拉回来捂住眼睛。

"现有哪个职位空着?"

"我看看,最近出现的差错也太频繁了,蠢货真是一年比一年多。"

"现在倒是没有空缺的职位,明年冬天水系倒是空了一个。"

"那就给他安排到那儿去吧。"

走在两位无常神中间的是位和尚,他的眼神空洞,脸色苍白,走路时的肢体动作也僵硬、别扭,看着像是一具行尸。

竹枝摇晃,地上的尘土被风吹起,风停之后,先前的那三个人已经不见踪影,后院又归于平静。

朔松开了捂着陆氧眼睛的手。

陆氧揉揉眼睛,重新适应了光亮。她问:"为什么不能让我看?"

"你想遭遇厄运?看过无常神眼睛的人,轻则抱恙,重则精神失常。"

陆氧吸了一口冷气问:"真的?"

朔少见地笑了一下,说道:"我也不知道真假,反正不看就对了。"

陆氧抱紧自己,搓了搓手,说:"我们快走吧。"

"嗯。"

两个人刚踏出一步,朔的眼前突然漆黑一片,他眨眨眼睛,世界又恢复如初,那阵异样的感觉转瞬即逝。

他皱起眉,仔细琢磨。

"我们接下来去哪儿?"

陆氧的声音把他拉回现实,他略加思索,回答:"饿了吗?找个地方吃饭吧。"

"好!我想吃铁锅炖!"

出了寺庙,看见路边有家无人便利店,于是他们决定把便利店的门当作前往下一个地点的通道。

陆氧搭着朔的手臂，两个人一起跨过门槛。

等了四五秒钟，见周围没有什么变化，陆氧小心翼翼地问："我们是不是还在便利店？"

"嗯，好像是。"

陆氧偏过脑袋看朔："什么情况？"

"不知道。"

"你发动技能还需要时间？你没神力了？"

朔抿着唇，转身走出店，说："再试一次。"

时间快到正午，阳光刺眼，朔闭上了眼睛，低下了头。

陆氧跟在他身后，一出门就看见他半跪在地上，捂着胸口，像是喘不上气。

"你怎么了？"她赶紧蹲下，扶住他。

朔说不出话。

陆氧问："因为你刚刚看了无常神的眼睛？"

朔摇头。

陆氧急得语速都变快了："刚刚那个大乌龟说你要是不舒服就去找她，怎么找？喂，朔？高飞？你听得见我说话吗？"

他的脸色急剧地变白，嘴唇也毫无血色。

陆氧手足无措，神仙生病总不能叫救护车吧？而且神仙怎么会生病呢？

"姐姐，没事吧？你男朋友怎么了？"

一个善良的路人看到这一幕上前询问。

陆氧抬起头，随口解释说："没事，他没吃早饭低血糖。"

那个年轻女孩儿从包里翻出一块巧克力递给她："这个给你。"

"谢谢，谢谢。"陆氧接过来，连声向她道谢。

"我也有低血糖的毛病，所以包里会带着巧克力。"女孩儿戴着口罩，笑起来眼睛弯弯的。她说，"那我先走了，那边有长椅，你可以扶他去休息一下。"

陆氧又道了声谢,告别路人后,她赶紧压低声音喊:"布鲁托,布鲁托,赶紧出来,你的主人快不行了!"

陆氧的手背有点痒。她知道它来了:"你快想办法,去找那只大乌龟!"

"不用。"朔艰难地发出声,"扶我起来。"

陆氧先把他的胳膊架到自己肩上,再用一只手搂着他的腰,咬着牙扶他站了起来。

朔看上去没有刚刚那么难受了。

他扶着门框站稳,努力平复呼吸,然后牵住陆氧的手,带着她重新跨过门槛。

这一次门后的世界终于有了变化。他们站在一间光线昏暗的屋子里,偌大的客厅摆着一张白色的沙发,黑色的茶几上空无一物。

陆氧问:"这是哪里?"

"我家。"

陆氧听到他的喘气声又粗重起来,不知道是不是这一次施法耗光了他仅剩的力气,她赶紧搀着他在沙发上躺下。

陆氧伸手替他抹去额头上的冷汗。

她起身望向窗外,这里现在竟然是夜晚。

"吧嗒吧嗒",几声开关响后,屋里的灯光亮起,是布鲁托开的。

它蹭了蹭陆氧的脸,紧接着将朔随身携带的那本古书飘浮在空中,用羽毛笔写起了字。

"你这写的是什么呀?我看不懂。"

纸张翻了一页,羽毛笔又动了起来,这次布鲁托不写字了,改成画画。

"你的意思是让我先照顾好他,你去找……鹿?这是鹿还是马呀?"

古书合上,轻轻落在茶几上,小风灵离开了。

陆氧蹲在沙发边,叹了口气,她连照顾人类的经验都没有,更别提照顾一个神了。

她的心脏隐隐发痛。她用手掌抚了抚胸口,从背包里翻出药瓶。

可这空空荡荡的房子里既没吃的又没水,她把药重新放回包里,盘腿坐在地上,撑着脑袋等布鲁托回来。

口袋里有刚刚路人给的一块巧克力,陆氧剥开包装纸把它吃了。

朔平躺在沙发上,闭着眼睛,一只胳膊搭在眼睛上,手腕上戴着陆氧给的红手绳。

陆氧不知道他有没有睡着,呼吸听上去有些急促。她四处看了看,找到开关,把客厅的灯关了。

屋里又陷入寂静,只有缠绕在他们身上的细线发着红光。

陆氧坐在沙发边上,摸出手机看新闻。

明星板块她不感兴趣,一直划到最底下的同城热搜。

以前她不会关注这一板块,但瞥到"山火""寺院高僧"几个词后,陆氧怀着沉重的心情点开词条。

阜苑、仙苓接连发生大火,不免有人将其联系到一起。

官方的调查结果还未公布,有网友猜测,这是因为近几年山林开发动作太大,生态环境遭到破坏,所以上天降下灾害警示世人。

沙发上传来动静,陆氧抬起头。

朔醒了。

"你没事吧?"

他摇摇头。

"那你是怎么了？"

朔也回答不上来，也许这就是天禄交代过的副作用。

他打了个响指，屋里亮起灯。陆氧闭了闭眼睛，对他说："布鲁托去找大乌龟了，他们应该有办法吧？"

"布鲁托？"朔的嗓子哑得厉害。

陆氧心虚地笑了笑，转移话题说："有水吗？我看你家里什么吃的都没有，也没有厨房。"

她用手撑着沙发想站起身，一动才发现坐得太久腿麻了，双腿又痒又无力。

"嗞！"陆氧的面部表情扭曲，不像站也不像坐地靠在沙发上。

"怎么了？"

陆氧带着哭腔回答："腿麻了。"

朔叹了口气，起身，迈开腿，跨过她。

屋里响起烧水声，不知道他从哪儿变出了一间厨房。

半晌后小风灵回来了，衔着一封信。

陆氧拖着还未完全恢复知觉的腿走到他身边问："信上写什么了？"

朔浏览完后转述给她听："他们目前也没有解决办法，给了我一瓶缓解疼痛的药，还让我快点儿办完事回去。"

"办事？查红线？"

"不是，调查阜苑和仙苓的山火才是我的正事。"

"哦，我看新闻了，所以真是天灾吗？山神为了惩罚人类降下山火？"

朔轻轻笑了一声："你信？降下山火，没有什么人员损失，反而是山里的动植物遭到毁灭。"

陆氧想了想："对哦。"

"所以不是神惩罚人，而是有人在向神示威。"

"谁？"

"不知道。"朔把缓痛药放进口袋，低头问陆氧，"你饿不饿？"

陆氧捂着肚子："快饿死了。"

"走吧。"

走出屋子，他们来到了一条陌生的街道。这里灯火通明，路两旁都是花花绿绿的店家招牌。

"这是杭城吗？"冷空气包围了两个人，陆氧缩着脖子问，"降温了？"

朔清清嗓子说："那个，可能是因为我还没完全恢复。"

陆氧心里一紧："什么意思？"

"你不是说想吃铁锅炖吗。"

陆氧朝旁边看了看，隐隐有种不好的预感："你不会直接把我带到北方了吧……"

"好像是。"

陆氧急得一口气差点儿没上来。

"那我们还能回去吗？"

"应该能。"又是个模棱两可的回答。

陆氧的担心没持续多长时间，很快她就接受了现实："来都来了，那走吧，尝尝正宗的铁锅炖。"

朔扔给她一件皮外套，不知道他什么时候变出来的。

陆氧披上外套。这衣服有些宽大，袖子很长，但很暖和。

她拿出手机看时间，已经是晚上六点了。

"离这儿七百米，有一家饺子馆的评分很高，我们去吃吧？"她翻阅美食点评软件，选中了一家店铺。

"行。"

陆氧一边走，一边打量着这座陌生的城市。从小到大她都没出过省，没想到第一次出省就来了离家这么远的地方。

这里的气温大概只有个位数，冷的感觉也和杭城不太一样，风吹在脸上是干的，像是要把皮肤吹裂。

空气里弥漫着食物的香气，陆氧四处张望，看到路边有个老爷爷在卖烤红薯和炒栗子。

推车上亮着橘黄色的灯，老爷爷穿着旧棉袄，戴着一顶有些脏的毛线帽，还戴了一个棉口罩。他蜷缩着身子坐在路边，瑟瑟发抖。

陆氧看着老爷爷，扭头对朔说："你能不能使唤这里的风灵？"

"当然可以。"

陆氧笑起来，指着老爷爷的方向说："那你让那边的风停一停呗。"

朔看过去，不明所以地问："为什么？"

"你看那爷爷多冷呀，这会儿大家都去吃饭了，他的生意看上去也不太好。"

朔又蹦出三个字："所以呢？"

陆氧从口袋里抽出手，推了他一把："所以快帮帮他，这天寒地冻的。"

朔也套了件黑色长大衣。他面无表情地看着，没有反应："那里是风口，但来往的人多，他自己选择站在那里，我想我没有必要动用我的权柄。"

陆氧觉得不可思议，看着他："可是你只要抬一下手指就可以做到呀，只是举手之劳。"

"是吗？"他的语气平静，"那你怎么不想想那里更冷，路人吹着冷风看到烤的红薯，停下来买的概率也会更大呢？"

狡辩，完全是狡辩。陆氧深吸一口气，胸腔里升腾起一股无名火。

什么心软的神,这家伙心比石硬,不对,他压根儿就没有心!

"呵呵。"陆氧轻蔑地笑了一声,说,"你是不是没这个能力?你就是神界的'弼马温'吧?其实你不是什么北风之神,就是个小喽啰,你没权力掌管风,你糊弄我,是不是?"

朔眯了眯眼,显然有些不悦。

北风呼啸。陆氧被风吹得都有些站不稳了,连头皮都发冷。她把下半张脸埋进外套里,但还是无济于事。

朔不想搭理她,自顾自地往前走。

陆氧赌气,赖在原地,犟上了。

很快两个人之间隔了一条马路,朔大概是察觉到她没跟上来,回头看了一眼。

两个人之间的细线被拉得直直的,光越来越暗。

陆氧用自以为凶神恶煞的眼神瞪回去。

她看见他嘴唇一张一合,好像说了句什么,然后见他伸手打了个响指。

陆氧感觉有风吹在她的耳朵上,痒痒的,她伸手抓了抓,下一秒,耳边就响起了朔带着愠怒的声音:"笨蛋,赶紧过来。"

她睁大眼睛,不敢相信,隔着这么远的距离,他的声音却能那么清晰。

陆氧顾不上其他,加快步伐走过去,一扫刚才的不快,惊喜地说:"我才发现我长了一双顺风耳!"

朔看着她解释说:"是风在说话。"

"风?"

"风能把我的声音带到你耳边,明白了吗?"

"哦。"陆氧努努嘴,嘟囔道,"有工夫玩这些没用的小把戏,就不能抬手帮帮人家?我不理解。"

朔的吸气声很重,像是在极力忍耐。

在女孩儿的唠叨中他还是败下阵来，微抬手指，驱走了在风口中肆意起舞的风灵们。

看到他的举动，陆氧耸了耸肩膀，把下巴埋到外套里，嘴唇碰到了冰凉的拉链。

北风萧萧，可她现在觉得心里很暖。

朔出声嘲讽她："你这么热心，怎么不干脆把他的东西全买了，让他早点儿回家。"

陆氧理直气壮地回答："我没钱。"

朔笑出了声。

他们走进店里，热气扑面而来，温暖着被冻僵的人们。

陆氧搓搓脸，感觉自己终于又活了过来。

她脱下外套，将它挂在椅背上，正要用手机扫码点餐，瞥到对面正襟危坐的朔，生了个小心眼，说："那个，你不是有手机了吗？我教你怎么用呗。"

朔抬起眼皮看了她一眼，从口袋里摸出手机递给她，顺带戳穿了她的小心思："想让我买单直说就行。"

"啧，你看你这说的是什么话，我是那种人吗？你来人间一趟，怎么说都是客人，我能让你付钱吗？"

她嘴上这么说着，却又在朔的手机上点了两份水饺。弹出付款界面时她把手机自然而然地拿到朔面前："密码？"

朔看着她没动。

陆氧脸上的笑容逐渐消失了，说："我等会儿把钱转你，行了吧？"

朔抬手点了六个数字："花吧，反正钱对我来说也没什么用。"

笑容又重新回到了陆氧的脸上："呵，'霸道总裁'哦。"

在小店温暖的灯光下，朔整个人显得柔和而放松。

陆氧收回手的时候，偷偷翘起了嘴角。

确认好订单,她把手机放回朔手边,好奇地问:"那你的钱是从哪里来的?你是不是想要多少就有多少?"

"当然不是,都是拿功为值换来的。"

"功为值?"

"我的工资。"

陆氧张大嘴巴说:"所以你真的就是在打工,那你上次给我买的那么多玩偶,都要花钱吗?"

"嗯。"

陆氧急了,问:"很贵吗?"

"还行。"

陆氧点点头,露出一个微笑,盯着他。

朔眯了眯眼睛,问道:"干吗?"

陆氧双手握拳放在胸前,上身前倾靠着桌沿,像只小狗似的,睁着一双乌黑清亮的眼睛对朔说:"那我这次也有吗?"

"你想要什么?"问完朔又补了一句,"不可以帮你做作业。"

陆氧摆摆手说:"不用,不用,我还没想好,等我想好再说。"

过了会儿,她一拍桌子,提议说:"要不你去把那老爷爷的东西都买了吧?"

朔端起水杯,似笑非笑地看着她。

陆氧没话说了。

很快老板娘端了两份水饺上桌,招呼他们趁热吃,还说不够再加菜。

陆氧拿起手边的调料罐,问朔:"你要蘸醋还是酱油?"

"醋,有白糖吗?"

陆氧向他投去惊喜的目光,她觉得自己终于寻到知音了:"我也喜欢在醋里加白糖。"

"是吗?"

陆氧打开糖罐,往自己的蘸碟里加了两勺糖后将罐子递给朔:"其实我小时候一点儿都不喜欢吃饺子。"

"长大了口味变化很正常。"

陆氧夹起一只饱满的水饺,吹凉后放进嘴里,是白菜猪肉馅的,看似平平无奇,但吃起来却觉得无比美味。

她说:"有的时候我真的觉得挺奇怪的。"

"什么?"看来水饺比烤肉更合朔的胃口,他吃得比那天香多了,尽管还是斯斯文文的。

他吃一个饺子要咬三次,而陆氧喜欢一口一个。

"就是有时会忘了你是个神仙,感觉你就是个人。"

朔顿了一下,抬头问陆氧:"今天你在寺庙后院里,有没有听到些什么?"

"你说黑白无常的对话?"

"嗯。"

陆氧回想了一下:"好像说了什么门,没太听清,也听不明白。"

朔点头说:"先吃饭吧,待会儿再说。"

他们坐在靠门口的位子,客人们进出门时,总是会带来一阵冷风,凉飕飕的。

陆氧这天穿了条裙子,她紧紧并拢双腿,把自己缩成一团,哆嗦了好几下。

"换个位子,你坐里面来。"

陆氧摇头说:"不用,马上吃完了,没事。"

她吃着最后一个水饺,逐渐放慢咀嚼的动作,冷不丁地问朔:"欸,你说,你会不会以前就是个人呀?"

朔的表情很平静,没有一丝波澜,陆氧能想到的,他自然早就想到了。

"是吧?你前世一定在这里生活过。"

朔放下筷子说:"吃好了吗?走吧。"

陆氧拿起外套,跟在他身后。

夜晚的街道上行人寥寥,她看着自己身上的红线,另一头缠绕在他的脖子上。

像是她捆绑着他,束缚着他。

"朔。"

这好像是陆氧第一次用这么认真的口吻喊他。他停下脚步回头。

陆氧问他:"如果你真有前世,那么这根线会不会意味着什么你放不下的东西?电视剧里不都这样演吗?什么羁绊,什么执念的。"

朔的脸色不太好看,轻声回答:"也许吧。"

陆氧低下头,心情突然变得沉重起来,嘴里嘀咕着:"那会是什么样的纠葛呢?"

急促尖锐的闹钟铃声突然响起,打破了原本的安静。

陆氧手忙脚乱地摸出手机,看见屏幕上显示的标签是"吃药"。她关掉闹铃,对朔说:"我们回去吧,好冷呀。"

"嗯。"

他们找了个没人的地方,传送回了朔的那间极简的屋子里。

看来他还没完全恢复,但也算不错了。陆氧安慰自己,至少今晚不用流落街头。

她走进客厅,摘下背包坐到沙发上,长长地叹了口气。

朔端了一杯水,放到陆氧面前:"我明天就想办法送你回去。"

"谢谢。"陆氧拿起玻璃杯,水是温的。她从包里翻出药瓶,抬头看了朔一眼。

他正蹲在柜子前不知道在找什么,并没有看她。她仰头,就着温水吞下手中的药片。

她把玻璃杯放回到茶几上,仰起脖子环顾了一周,没看到屋里有楼梯,也没看到有其他的门。

陆氧不禁怀疑地问:"你这里,有床吗?"

"没有。"

她惊讶地说:"你不用睡觉吗?"

"不用。"

"天哪,那你丧失了人生的一大乐趣。"

朔刚要说话,陆氧又自顾自地说:"哦,忘了,你不能算人……我可不是在骂你呀。"

"你休息吧,我出去办点事。"

陆氧赶紧叫住他:"你去哪儿?你身体还没恢复好呢。"

"我……"

"你别去了吧。"陆氧的声音低了下去,可怜巴巴地看着他,"我一个人待在这儿有点儿害怕。"

"这里很安全,你可以放心。"

陆氧趴在沙发背上,用双手垫着下巴,说道:"那也别去了,如果不是急事。"

朔的喉结滚了滚,妥协了:"好吧。"

他使唤风灵取来被子和枕头:"快到晚上十二点了,你早点儿睡。"

"晚上十二点?不可能吧?"她将信将疑地拿出手机唤醒屏幕,结果上面显示距离晚上十二点还有三分钟。她问,"这是怎么回事?刚刚不还是下午六点多吗?"

朔解释说:"这里时间流逝的速度和人间不太一样。"

陆氧苦着脸说:"那我怎么睡得着呀?我的人生就这么平白无故地少了好几个小时。"

朔心想：就算有这几个小时你也会拿来虚度。

"那你想干什么？"他问。

陆氧左看右看，见他这儿什么都没有，便提议说："要不你给我变个游戏机出来？"

"这个变不出来，得去买。"

"那你现在能去买吗？"

"不能，我现在能力不稳定，万一去了回不来了呢？"

"那你还是别去了。"陆氧耷拉着嘴，问，"你这里就没什么能打发时间的东西？"

"你不是有手机吗？"

陆氧举起手机给他看："电量还剩百分之十九，我以为今天早上上完课就能回宿舍睡个回笼觉，所以没带充电宝。谁知道你来了。"

朔眼睛躲闪，咳了一声。

"有书，你要看吗？"

"什么书？讲你们神仙的？"

"嗯，讲我们的起源、历史之类的，也挺无聊的。"

陆氧伸出手："不无聊，不无聊，给我看看。"

朔打了声响指，茶几上出现了一摞书。

陆氧盘腿坐在地上，随手拿起一本书。书的封面是磨砂质地的，摸起来很有质感。

她饶有兴致地翻开，紧接着，她脸上的笑容就凝固住了。

"这字我看不懂，你帮我切换成简体中文。"她把书递给朔。

朔刚接过来，陆氧又说："要不你讲给我听吧，我不想看。"

"我大概知道你为什么成绩不好了。"

陆氧揪着他的衣袖晃了晃："求求你啦，神仙大人，你给我讲一会儿，说不定我就困了。"

"行吧。"反正也没事干,朔答应下来,"你想听什么?"

"嗯……"陆氧想了想,"你先说说你们神仙是怎么来的吧。"

朔没立即开始讲,先问她:"那你知道人类是怎么来的吗?"

陆氧仿佛在上生物课,回答说:"是由猿猴进化来的。"

朔又问:"那猿猴又是怎么来的?"

陆氧皱眉,答不上来了:"关于物种起源,科学家们都没争论明白,我怎么知道。"

朔脸上挂着浅浅的笑:"所以,所谓的神也一样,关于起源众说纷纭,一个被广泛认可的说法是创始者创造了这个世界。"

"创始者?"陆氧想起第一次和朔见面时,他好像就提过这个词,"类似于造物主吗?"

"差不多吧。"朔放松地靠着沙发背,双腿交叠,手里捧着刚刚陆氧拿起的那本书,修长的手指在深色麂皮书封的衬托下更显得白皙,"最初天地间一片混沌,只有创始者一个生灵,他一个人待了一万年,最后忍受不了寂寞,创造了世界。"

陆氧趴在抱枕上,托着腮说:"那不就是盘古开天辟地?挺像的。"

"嗯。"朔继续说下去,"世界诞生后,创始者的眼睛分别化为掌管人类生死的无常双子,继承他血脉的是五位自然神,他们分管五系,成为维衡者。"

陆氧问:"那创始者自己呢?"

朔反问她:"无常双子分管人类的生死,却总是形影不离,你知道是为什么吗?"

陆氧摇头,猜测:"因为死亡也意味着一种重生?"

"或许也可以说,创生也意味着灭亡,创始者献祭自己,创造出这个世界。"

陆氧发出一声叹息,这问题还挺有哲学意味的。

"你说血、眼、心是神的三元,创始者的血给了自然神,眼睛给了无常神,那他的心脏呢,去哪儿了?"

朔摇摇头,说道:"不知道,神们也找了很久,甚至彼此猜忌。五位自然神分化了创始者的力量,成为维衡者。金系擅长推演命格,土系可以探寻踪迹,木系负责维系生命,水系能够滋养万物,火系则毁形灭迹。自古以来他们相互制约,平起平坐,但也有激进的神认为世界不能无主,必须推选出一位神作为主宰者。这一言论的拥护者们近些年一直在寻找创始者的心脏,他们认为,这颗心脏会给自然神带来无穷的力量。"

陆氧打了个哈欠,说道:"这么复杂,那看来神界的体制也不是完美无缺的。"

她又冒出一个问题:"那主管者呢?他们又是从哪里来的?"

朔回答说:"传说创始者陨灭时,身体分裂成了无数碎片,这些碎片落到草木、禽兽身上,他们便有了灵性。比如我的上司,传说她原本是东洲的一棵树,偶然间被水系的维衡者以神水灌溉才有了灵性。"

陆氧疑惑:"树?那不应该属于木系吗?怎么成了你的领导了?"

"她后来嫁给水神了。"

陆氧的眼睛突然睁大了,说:"展开说说。"

"说什么?"

"你上司和你老总的爱情故事呀,听起来好像仙侠剧,快说,快说。"

朔看她一脸兴奋的样子,冷笑了一声,问:"你刚刚不是困了吗?"

"刚刚那些故事太无聊了嘛。"

朔合上书,起身把一旁的被子抖开,盖到陆氧身上:"不说了，你该睡觉了。"

看着他离开客厅，陆氧赶紧问："那你去哪儿？"

"向领导汇报一下情况。"

陆氧"哦"了一声，把抱枕从身下抽走，抱在了怀里。

她翻了个身，摸出手机想看时间，屏幕上突然弹出一条新的推送。

"再发大火！湖城莲藩镇附近山林于今日晚间燃起大火，十二位居民中毒，被送往医院就医……"

陆氧从沙发上弹起，心一个劲儿地往下沉。

她颤抖着声音喊："朔。"

屋里响起一阵匆匆的脚步声。他大概也收到了消息，脸色阴沉，拿了件外套就要出门。

他交代陆氧："你待在这里，我有急事要出去一趟。"

"我看到新闻了。"陆氧手按在胸口上，语无伦次地说，"那里是……那里……我奶奶住在那里。"

朔立刻明白了她的意思，把外套披在她的肩上，抓住她的手腕说："走。"

小时候，陆氧被父母送到心理医生那儿学习如何调节自我情绪，因为她比别人更脆弱、更敏感，受不了刺激，也不能陷入激动的情绪里。

那些呼吸放松法、蝴蝶抱法也许真的管用，但都不会比眼前这个男人的一句话、一个动作来得有效。

陆氧突然就安下心来，好像他真的是自己的守护神一样。

从天而降，无所不能。

04 无生相门

陆氧感觉有风刮过,再睁眼时,他们已经在一片空旷的平台上了,空气里弥漫着浓浓的焦糊味。

陆氧呛得咳嗽了一声,抬起胳膊捂住了口鼻。

陆氧的手腕突然被抓住,她一惊,赶紧去看朔。

他的背微微弓着,呼吸急促,像是又喘不上气了。

"你还好吧?"陆氧换了个姿势,抱住他的胳膊想给他一个支撑点,"布鲁托带回来的药呢,你吃了吗?"

"没事儿。"朔缓了缓,站直身子,用微弱的声音提醒她,"你先确认一下你家人的情况。"

陆氧这才想起来,赶紧摸出手机打给江玉兰。

她的手没松,仍把他的手臂紧紧圈在怀里。

朔动了动,发现抽不开,揶揄道:"怕我跑了吗?"

陆氧瞪了他一眼,电话接通,她移开视线,"喂"了一声说:"妈,你现在在哪儿?我看新闻了,奶奶没事吧?"

"没事,没事,我和你爸来接她了。你奶奶今天去镇上了,人没事,别担心。"

陆氧松了一口气:"那就好。"

"小氧,你现在在外面吗?"

"啊,嗯。"陆氧瞄了朔一眼,随口扯谎,"我出来散步了。"

江玉兰又交代了她几句,说天冷,让她早点儿回宿舍。

挂了电话,陆氧拍拍胸口,露出一个舒心的笑容,告诉朔:"我奶奶没事,我爸妈已经去接她了。"

"我听到了。"朔趁机收回自己的手,对陆氧说,"你去镇上找个地方等我,我处理完事就去接你。"

"知道了。"陆氧乖乖应下,知道自己不能给他添麻烦。

她从包里找出一个新的黑色口罩递给朔,说道:"空气质量不太好,你戴着吧。"

朔想说这些烟雾对他根本没有影响,但犹豫了一下,还是接过口罩,轻声说:"去吧。"

陆氧走下平台,借着昏暗的路灯辨认出这里是村口,往前走一段路就是小镇,那儿应该会热闹些。

这里四周空旷安静,虽然有浓烈的烟味,但见不到火光,火势大概已经被控制住了。

陆氧独自走在无人的小径上。

夜风吹得她发抖,路旁传来树叶的沙沙声,让她心里不禁生出几分恐惧。她的眼睛直直地盯着前方,不敢乱看,生怕看到什么吓人的东西。

陆氧突然觉得脸颊有些痒,伸手抓了抓,反应过来后喊:"布鲁托?"

感觉到小风灵又蹭了一下,陆氧呼出一口气,笑了起来:"你怎么跑出来了?"

布鲁托贴在她脸边,让她紧绷的神经放松了些许。

她身上还披着朔的外套——一件藏青色的白色勾边针织衫。

陆氧抬起胳膊看了看，心想，这神的衣服倒是挺多的，每次见他他都穿的不一样，品位也不错。

大概是因为附近发生了山火，路边的店家都早早关门了，陆氧走到路的尽头才看见一家还亮着灯的茶具店。

她驻足门口，犹豫着要不要进去。

"小氧？"

听到有人喊自己，陆氧伸长脖子，踏上一级台阶往店里看。

"郁医生？"

郁攸坐在长桌边。她把长卷发挽成了低马尾，妆容精致，穿着一件浅色风衣。她的面前摆着一套完整的茶具，茶盅里还冒着热气，她看上去对茶艺很有兴趣。

屋里温馨宁静，和外面荒凉的街道像是两个世界。

陆氧惊讶地说："你怎么在这儿？"

郁攸笑脸温和，回答她说："我在这儿等一个朋友。"

陆氧"嗯"了一声。她心里有些疑惑，是什么朋友要挑在这里、这个时间见面？

郁攸向她招招手："进来吧。"

"好。"陆氧裹紧外套，走进店里。

"郁医生，你的朋友什么时候来呀？"

"快了吧。"

陆氧小心翼翼地问："山上刚起了大火，进来的路可能被封了，你的朋友还会来吗？"

郁攸像是并不担心这些，肯定地说："会的。"

她给陆氧也倒了杯茶，问她："你呢，怎么大晚上的一个人在这里？"

"我？"陆氧的目光躲闪，双手捧起茶杯抿了一口。

郁攸又问:"来看你奶奶?"

陆氧赶紧点头:"嗯。"

陆氧的行为让人生疑,但郁攸没再追问。这让陆氧暗自松了口气。

她放下茶杯,评价说:"好像有点儿淡。"

郁攸笑了笑:"他迟到了。"

"小氧。"

"嗯?"陆氧刚抬起头,就看到郁医生将手掌放在她的额头上。

这一刻她虽然大脑还在运作,但意识被剥夺了。

郁攸收回手时,女孩儿已经合上了眼,彻底昏睡过去。

令郁攸意外的是,一只小生灵从陆氧的外套口袋里钻了出来,想偷偷溜出去。

郁攸眼疾手快,伸手将它捉了回来。

"你是北风家的?"她认出了它的属性。

被她捏在手中的小风灵万分惊恐,拼命挣脱。

"我不会伤害她的,不用着急找你主人通风报信。"

小风灵用力地点头。

郁攸松开了手,看向桌上的陆氧。

她和这个小姑娘相识多年了,因为陆氧从小就多灾多病,所以她难免有些同情陆氧。

看着守在陆氧身边的风灵,郁攸又改变了想法,也许陆氧未必没有幸运的时候,现在不就有神明在偷偷地照顾着她吗?

三场燎原大火,从杭城烧到湖城,若是有人想以此示威,未免有些过火了。

朔站在风中,目光缓缓扫过脚下的山原。浓黑的烟雾笼罩着天空，遇难生灵的灵魂飘浮其间，像稀疏的星辰，只是光芒在不断地变得暗淡，直至消失。

他抬起手指，送出一缕风，助它们早些到达彼岸。

"朔哥。"

东风的临管者和及南风的临管者熏来到朔身前，他们互相点了个头算是打过招呼。

"火虽然灭了，但这次的损失比前两次都要严重。"和长了张娃娃脸，虽然外表是十六岁的少女模样，但据说她在风目已经待了几十年了，资历比金叔都要老。

熏看上去比她年长些，同样是个白净少年，戴了一副圆框眼镜。

"死者是一对夫妻，是这里的村民，他们今天上山挖冬笋，结果被火困在山上。消防队已经找到了尸体，还算完整，死因应该是气体中毒。"

朔皱紧眉头，这可不是个好消息，无辜死者出现，就得惊动无常神。

"哟，真难得，能同时看见你们。"

说曹操曹操到。

和、熏、朔站成一排，向两位无常神低头致意。

"我就说，郁苍把这事儿丢给你，你能查出什么来？"岁聿逼近朔，他的眼睛细而长，眼尾上翘，眼神凌厉、冷漠，语气里满是轻蔑。

"岁聿，不要耽误时间。"

岁朝向三位临管者微微躬身，温柔地笑："辛苦你们了。"

岁聿对他翻了个白眼："你才是在浪费时间吧。"

无常双子有正事在身，没过多停留。

告别了他们，熏望着远山："五系之内，到底谁有这个本事？"

纵火者又想干什么？"

和叹了口气："你说郁苍神接这个棘手的活儿干什么？木系一再施压，火系又坚持说他们是清白的，那就让他们吵去，你看金系的神装哑巴多久了，我们何必蹚这浑水呢。"

朔沉声说："五系间互相依存，但凡有一环出了问题，没人能置身事外。"

晨光穿透云层，天将大亮时分，他们才离开山头。

他们找了一晚上，也没找到什么幸存的生灵。与之前的两场大火一样，这场大火来势迅猛，劫后无生，而元凶也没留下任何踪迹，甚至连火源都寻不到。

和、熏还要代行朔的职责，于是他们在村口道别。

看到天边出现晨曦，朔才惊觉已经过了一夜。

他加快脚步去镇上找陆氧，可镇上家家户户大门紧闭，像是一片无人居住的荒地。

朔不禁感到心慌，但转念一想，有只风灵跟在她左右，自己的担心显得多余。

走到巷子尽头，他发现了一家开着门的店铺，招牌上字迹潦草地写着"玉虎鸣"三个字。

他看了一眼，木柜里整整齐齐地摆放着茶壶、茶罐等物件。

他的视线下移，发现地板上有个帆布包。

他认识，那是陆氧的，上面还挂着他买给她的狐狸玩偶。

朔跨上台阶，长腿迈过门槛，朝里面喊："陆氧？"

长桌边趴着一个女孩儿，面容平静，呼吸均匀，像是睡着了。

"陆氧？醒醒。"他走过去，推了推她的胳膊。

"嗯……"陆氧迷迷糊糊地睁开眼，抱住脑袋喊，"头好疼。"

朔蹙眉，忍不住责备她："吹了一晚上风能不头疼吗？"

陆氧眯着眼睛，意识慢慢恢复："天亮啦？"

"嗯，你怎么在这儿睡着了？"

"我……"话到嘴边，陆氧却像失去记忆了一样，完全忘了要说什么，"我……"

朔又问："这里的老板呢？"

陆氧左右看看，呆呆地说："老板呢？"

朔看着她，带着一言难尽的表情，以为她是刚起床脑子还不清醒才这样。

"走吧，送你回去。"他捡起地上的包。

陆氧趴着睡了一个晚上，腰酸背痛，四肢僵硬，头还隐隐作痛，全身上下哪儿都不舒服。她问朔："几点了？"

朔面无表情地回答她："六点半。"

"我饿了。"陆氧捂着肚子说。

朔像是没听到，继续往前走。

过了一会儿，他停下脚步，开口问："去哪儿吃？"

他们走到了街口。陆氧指着公交站牌说："112路可以去市里，那里有卖早餐的，我们坐公交车去吧。"

朔没应答。

陆氧有些失落地说："那还是算了。"

"112路？"

陆氧立刻换上笑脸，连连点头："嗯，嗯。"

他们刚好赶上第一班公交车。看到他们，司机一愣，以为自己看错了："大清早的，你们来这里干什么？"

陆氧一边戴口罩，一边解释说："我们来玩儿，这不昨天出了事，我们想早点儿回去。"

司机大叔点点头，说道："确实，赶紧回去。这世道真的不太平，夏天发洪水，冬天又生大火，这是老天爷发威呢。"

陆氧朝他笑了笑。

付了乘车钱，他们在后排的座位上坐下。

太阳东升，阳光穿过车窗照在他们身上，暖洋洋的。

陆氧坐在靠窗的位子，看着窗外阡陌交错，沃野千里，她的心情也随之开朗起来，全然不知山的另一头是一番截然不同的景象。

"听歌吗？"陆氧从包里摸出蓝牙耳机，分给朔一个。

"你的手机还有电？"

陆氧触亮屏幕，说道："还剩百分之六，听歌够用了，等会儿到市里就有借充电宝的地方了。"

她戴上右耳耳机，打开收藏歌单，开始播放。

清晨七点，天色大亮，城郊公交车上只有他们两位乘客。音乐为他们筑起私密的共享空间，此刻是难得的静谧和安宁。

十分钟后，朔忍无可忍，一把摘下耳机，不满地说："这都是些什么歌呀？"

陆氧按下暂停键："怎么了？我的歌怎么了？"

"都这么……"朔努力找形容词，"这么伤感。二十岁的人能不能听点朝气蓬勃的歌？"

陆氧从他手里夺过耳机，把脸转向一边，赌气地说："你不听我自己听。"

朔抱着胸，也转过脑袋。

前面的司机大叔看不下去了，说："你们可不要吵架呀。"

"帅哥，你让着她点嘛。"

陆氧用胳膊肘捅了朔一下，抬高下巴挑了挑眉，问道："听到没？"

朔动了动胳膊，向她摊开手掌。

"干吗？"陆氧下意识地把自己的手搭了上去。

朔嫌弃地看了她一眼,说:"耳机。"

陆氧立刻收回自己的手,摘下左耳耳机塞给他,然后把夹到耳后的头发散开,让头发遮住自己的左脸,歪靠在车窗上。

"小伙子。"司机大叔通过后视镜时刻留意他们的动向,"你把肩给你的女朋友靠一靠呀,怎么还要我这个老头子教你谈恋爱?"

瞄到朔脸上为难又尴尬的表情,陆氧低头偷笑。

"喂。"朔低声喊她。

"干吗?"

朔咬着牙关悄悄说:"快点儿。"

陆氧明知故问:"什么呀?"

朔黑着脸催她:"大爷快用眼神把我杀了,快点儿。"

陆氧动动肩膀,一副"这可是你求我"的表情,佯装不情愿地把脑袋靠在了他的肩上。这可比冰冷的玻璃窗舒服多了。

窗外光影晃动,陆氧挤了挤眼,刚想抬手却发现有只手伸到了她眼前,在替她遮光。

陆氧睁着一只眼,瞄了一眼遮在她脸侧的手,轻声说:"谢谢。"

朔和她说悄悄话:"大爷终于笑了。"

陆氧扯了扯口罩,也笑了,笑意蔓到眼角、眉梢,藏也藏不住。

陆氧头顶的碎发时不时扫过他的脖子,有些痒。他严肃地提醒她:"别乱动。"

"哦。"

"茉莉花香。"

"嗯?"

"你的头发。"

"嗯。"陆氧闭着眼，随口问，"你喜欢吗？"

问完她才觉得这话说出来有些奇怪，正想着如何补救，就听到朔回答："喜欢。"

"那你不应该做北风神，茉莉花开在夏天。"

"都一样，反正也闻不到。"

陆氧睁开眼，欲言又止："那个……"

"什么？"

陆氧摇摇头，说："没什么。"

朔"啧"了一声，说："让你别乱动。"

陆氧赶紧定住："知道了。"

耳机里的歌叫作《我用什么把你留住》①，陆氧觉得歌词真是应景。

有了这个想法后，陆氧猛地感到一阵惊恐。

她从前最鄙夷在歌曲评论区写青春伤痛文学的人。她认为他们所说的爱情庸俗肤浅，不过是在无病呻吟，那些矫情文字更是对歌曲本身的亵渎。如今自己怎么也开始这样做了？

尾声结束，歌单切换到下一首。

伴随前奏响起的是一个音色独特的女声，声音低沉。听上去歌手的年龄不大，字句处理得干净利落，所以不会让人觉得她是在刻意压低声音。听起来不难受，感情也到位，倒是别具一格。

朔低头瞥了一眼手机屏幕——歌名叫《快乐自动贩卖机》，演唱者：柠檬茶。

他正听得高兴，音乐戛然而止，变成了另一首歌。

"怎么切了？"

---

① 福禄寿乐队创作的歌曲。

陆氧懒洋洋地回答:"不好听,唱的什么玩意儿。"

朔歪了歪脑袋,觉得陆氧真奇怪。

这首歌旋律轻快,节奏感强。也许是朔听了太久哀婉的歌,突然听到这一首歌就像是在炎炎的夏天里喝到了一杯冰可乐,清爽冰凉、浑身舒畅。

明明就很好听。

公交车从郊外一路行驶进市里,车上的乘客渐渐多了起来,窗外的街道也变得越来越热闹。

陆氧和朔到站下车,先去便利店借了充电宝。

听到充电成功的提示音,陆氧终于找回了安全感。

他们在马路边随便挑了家早餐店,进去后陆氧点了一份小笼包、两碗南瓜粥和两个茶叶蛋。

正逢早高峰,进店的客人多,店面又小,他们挤在小桌边,时不时会被别人的胳膊或背包碰到。

陆氧猫着身子,凑近朔,小声问:"没关系吧?"

"嗯?"

"怕你不习惯这里。"

"不会。"朔低着头安静进食,清晨的阳光照在他的额头上,光晕柔和了他的面部线条,映出他脸上的细小绒毛。

陆氧看得出神,忘了移开眼睛。

"怎么了?"察觉到她停留时间过长的目光,朔看过来。

陆氧眨了眨眼,局促地收回视线,把剥了一半的茶叶蛋递给他:"你吃这个。"

"谢谢。"

陆氧吃饭时总是不专心,眼睛总离不开手机。

她咬了一口小笼包,用拇指指腹不停地划动着手机屏幕。

有一篇帖子的标题吸引了陆氧的注意,她放慢咀嚼的动作,

109

点进去查看全文。

快速浏览完后,她用胳膊碰了一下旁边的男人:"哎。"

朔抬起头。

陆氧把手机推到他面前:"你看这个。"

"什么?"

陆氧用手掩着嘴,神神秘秘地说:"有人发现三起大火发生之前,天上都有一道来历不明的光。"

"你在哪里看到的帖子?"

陆氧嘴里咬着小笼包,含糊地报了四个字:"灵异小组。"

朔抿了抿嘴,没再搭理她,低头继续喝粥。

他这反应让陆氧不高兴了:"你什么意思?人家也不是口说无凭的好不好?我觉得说不定是真的。"

"你平时就喜欢看这种东西?"

陆氧抱怨道:"说起来还不是因为你突然出现,还带着根红线。我以为我撞邪了,所以才去关注灵异小组的。"

朔用教训人的口吻说:"少看,亏你还是学法律的。"

陆氧不服气地"哼"了一声,说:"可是这个作者搜集了全平台网友的留言,不止一个目击者这么说,还有人拍到了。"

朔愣了愣,向她伸出手:"给我看看照片。"

陆氧把手机递过去:"你自己看,发生火灾前没有下雨,也没人听到雷声,怎么会有闪电呢?应该也不会有人在这个时候造谣生事吧。"

朔放大照片,确实能明显看见天空中有一道暗紫色的亮光,像是雷电。

他皱着眉思索起来,抬头问陆氧:"你刚刚说什么?"

"我说,不会有人在这种时候造谣吧。"

朔摇头说:"前面一句。"

陆氧眨眨眼睛，回忆了一下："哦，我说又没下雨也没打雷，哪里来的闪电。"

朔垂眸，低声嘟囔："没下雨也没雷声。没雨而天空有电火，谓之……"

陆氧朝他身边靠了靠，问："你说什么？"

朔放下手机，正色说："吃完没？吃完送你回学校。"

"啊？"看他认真的样子，陆氧赶紧扒了两口粥，"马上，马上。"

自从朔的能力变得不稳定后，他们已经逐渐习惯每次开门所带来的"惊喜"了。

街道上车辆络绎不绝，朔和陆氧站在十字路口的红绿灯下。

"抱歉。"朔轻声说。

陆氧冲他笑了一下，安慰他，也是安慰自己："还好啦，至少这次落脚点在杭城，我坐两站地铁就能到学校。"

"那我走了。"朔像是赶时间。

陆氧点点头，离开前对他说："那个，你下次来提前跟我说一声，让我有个准备。"

"知道了。"

陆氧举起手挥了挥："拜拜，你注意安全。"

他们在路口告别。陆氧走出几步，再回头时，视线里已经没有他的身影了。

走得够快的。她在心里嘀咕。

再次回到熟悉的环境里，陆氧觉得恍如隔世，这两天里发生的每一件事都太奇妙了。

陆氧坐在匀速行驶的地铁上，拿出耳机准备听歌。

人一放松下来，思维反而会变得活跃起来，像是倒带般，她的脑海里不断闪现这些日子发生的事情。

111

最后一幕画面定格在公交车上,耳边是那首刚听了前奏就被她换掉的歌。

柠檬茶乐队只活跃了短短一年时间,发表了三首歌。一支横空出世的小乐队,出道时一鸣惊人,解散时不声不响,连一则公告都没有出。直到今年向则上了节目,这个名字才被人们重新提起。

陆氧挺惊讶的,没想到还会有人记得他们。

网上有粉丝说柠檬茶乐队就像夏日绽放在夜空中的焰火,盛大绚烂,有种短暂的、一去不复返的浪漫。

陆氧自认担不起这样的评价,一个拼凑起来的野路子乐队,没那么美好。他们聚到一起,说白了也是各取所需,没什么音乐梦想,没有深厚的情谊,乐队解散的时候他们也不觉得遗憾,就觉得缘分到了,该结束了,一切随缘而已。

那天在音乐软件里搜索"向则"时,她顺手收藏了以前唱过的三首歌,但没敢点开听。

今天歌单随机播放到三首中的一首,前奏一响她就浑身一激灵。

听自己以前唱的歌,就像重新看自己小时候写的作文一样,太让人别扭。

现在就她一个人,陆氧深吸一口气,点击播放按钮。

电吉他的声音先响起,随后是架子鼓音。

人声随着节奏缓缓进入,开口第一句唱的是"又到深夜三点半"。

其实她唱歌时的声音没那么低,那会儿正赶上换季,她喉咙干,唱歌的时候有些哑。向则却很喜欢她的这个嗓音,说这样很独特,有辨识度。

陆氧坚持听了半分钟,眉头越皱越紧,脸颊越来越红,最后实在憋不住,狠狠地戳了下屏幕,按下了暂停键。

她长舒一口气,向后仰,疲惫地靠在椅背上。

陆氧望着对面的广告牌发了一会儿呆后,举起手机输入密码,给朔发消息。

陆氧:"我想好这次的报酬是什么了。"

朔:"是什么?"

陆氧:"陪我去个地方就行,下个星期六晚上。"

朔没多问,回了个"行"。

午后的咖啡馆,情歌缓缓放着,咖啡的香味弥漫在空气里,阳光晒得人昏昏欲睡。

挂在店门口的铃铛发出清脆的响声,服务生说着"欢迎光临",看向门口,然而大门紧闭,并没有新的客人到访。

是风吹的吧?服务生收回目光,端着餐盘回到前台。

朔坐在窗边的位子上,桌上摆着一杯热可可。

终于等来了熏。

"怎么样?"朔单刀直入。

男孩儿在朔对面的单人沙发上坐下,汇报说:"问了时当地的风灵,前两次大火真正开始燃烧时是在白天,所以它们也不确定有没有闪光,但湖城这一场大火前,它们都看清了,黄昏时分天际的确是有一道闪光。"

熏把手中的万晓书递给朔,说道:"这是我在网上查到的,有人类恰好拍下了这一幕。"

朔看过这张照片——早上陆氧给他看的那张。

他放下书,梳理了一下思路,抛出一个问题试探对方:"你觉得是谁干的?"

熏推了推鼻梁上的眼镜,也没把话说透:"答案很明显,虽然我觉得不太可能。"

看来熏的想法和自己的不谋而合，朔拿起瓷杯抿了口热可可。

熏笑着问他："好喝吗？"

朔如实评价："太甜。"

"太甜是种什么味道？"熏很好奇。

"你来这儿的时间比我久，一次都没去过镜门？"

熏摇头，有些遗憾地说："没有，不是谁都有这个机会的。"

他侧头看向窗外，眉目柔和，脸上挂着浅笑："人类世界真的很有意思吗？这么多神向往来这里。"

朔回答："嗯，确实不想回去了。"

熏看朔依旧是一副不苟言笑的样子，但这话又让他觉得怪怪的，于是他问："你在开玩笑吗？"

朔耸了一下肩，说："就当是吧。"

两个人闲谈了两句，话题又回到正事上。

熏担心地说："那你接下来打算怎么办，如实报告给扶摇神吗？"

朔叹了口气，也头疼："不知道，如果真是他干的，证据应该很好找。"

熏补完后半句："但不好定论。"

"是。"

没雨而天空有电火，谓之天笑。

能凭空降下大火，且有这个胆量和本事挑衅神明的，五系内外他们只想到了一位——火系雷电目的前任主管者，天笑神。

多年前神界发生过一次动乱，激进派主张推选出新的主宰者统领世界，他们散布谣言，四处拉拢神灵，最后竟然真的差点儿破坏了五系间的平衡。

那场危机最后导致被众神推到风口浪尖的郁攸神隐迹于世。

而天笑作为激进派的首领，以挑唆争斗之罪被免职，被发配到无生相门做看守。

从此以后灵眸神接管了火系事务，他虽然名义上只是雷电目的新任主管者，但实际地位可与其他四位维衡者比肩。

熏还是想不通，说道："天笑被五系除名，应该无权再差使火灵，而且就算是他私调火灵降下山火，灵眸神也不可能不知道吧？灵眸神直接指认他不就行了，何必还要被木系冤枉？"

朔的目光暗了暗，说："对于三起山火案，火系始终保持沉默，对外只说非他们所为，这么一看事情确实没那么简单。"

熏抬头看他，脸上露出惊讶的神色："你想说什么？火系包庇天笑？可当初是灵眸神亲手把他弹劾下去的，他们不该势不两立吗？难道天笑放火是为了栽赃给火系？"

朔直言不讳地说："这么低级的报复手段，现在人类的电视剧编剧都不这么写了。"

熏撇了撇嘴，觉得朔说得有道理，灵眸神总不可能是个傻子吧？

看时间差不多了，熏拿起桌上的万晓书，说："我走了，哥，你慢慢查吧，有需要再找我。"

"好，谢了。"

直到夕阳西下，朔才离开咖啡馆。

熏走后，他和扶摇通了一次消息，他没有说他对纵火者身份的推测，只向她要了去无生相门的权限。

扶摇给得不情不愿，给完还一再叮嘱他："找到你要找的人后就赶紧离开，在那儿别多看、别多问。"

"知道了。"

扶摇问："你有怀疑的对象了？"

没有掌握确凿证据前，朔不想透露太多，只说："对，去了就知道是不是他了。"

对话结束前，扶摇又强调一遍："别多看，别多问！记住了。"

无生相门归属于无常神，这扇门连接生死，亡魂过门便可忘却前世纷扰，重塑肉体，重返人间，也就是所谓的"轮回转世"。

传说收藏在百无坊的那扇镜门就是前任店主九尾狐仿照无生相门制出来的宝物。

在无生相门任职的大多是犯了罪被革职的神灵。

朔记着扶摇的话，自踏入无生境后便目不斜视，只管大步向前。

他身侧，有引路者带着一队亡魂缓步前行。

朔无意中向旁边一瞥，下一秒他的身体僵住了，愣在原地。

他在队伍里看见了那位木系临管者。

他们只见过一面，按理说不会给朔留下太深的印象，但也许是这五年里他接触到的神实在太少了，所以他一眼就认出了对方，且认定自己没有看错。

扶摇再三叮嘱的话被他抛到脑后，他来不及思考为什么一个临管者会出现在亡魂的队伍里，此刻他心里只有一个想法——这可能是他离红线真相最近的一次，而且只有这一次机会。

他顾不上权衡利弊，身体已经先思想一步，有了行动。

朔大步追上亡魂队伍，拦住那位临管者。

引路者留意到了他的举动，挥手赶他走："干什么呢？快让开，别耽误了时辰！"

朔没让开，加快语速解释："我受郁苍神的委托来查山火一案，找这位……这位前辈问两句话，很快就好。"

引路者一听，摆摆手说："赶紧的。"

那位临管者看相貌感觉年纪在四十岁左右，他面容安详，微笑着问朔："我们认识吗？"

"我见过你。"

"是吗？"

朔盯着他看了两秒，发现了异常："你……看不见？"

那位临管者，或者说是等待轮回的亡魂回答他："是的，神已经收回了他的恩赐。"

朔来不及品味话里的深意，因为时间有限，便问出了他最关心的问题："那根红线代表了什么？你认识那个人类吗？"

那位前木系临管者灰色无光的瞳孔颤了颤，像是很意外他会这么问，愣怔几秒后，摇了摇头，说："不认识，或者说是我忘记了，只是我每次看到她时总会觉得悲伤，也许是我以前做过什么对不起她的事。"

引路者回头催他们："时间要到啦，可千万不能耽误了，快跟上来！"

亡魂向朔微微欠身："我得走了，看来你和我遇到了同样的情况。很遗憾，我也没有找到答案，但是我想告诉你，临管者也好，人也好，莫问来路，只看前程吧。"

路的尽头是一片刺眼的白光，朔眯起眼睛，无法直视那里。

相门旁的引路者犹如在河岸边摆渡的船夫，只听到他的声音在山谷间回荡："过了相门，可以走得慢，但千万不要停，走得越稳，来世的路也就越平坦。一念生，一念死，一念空，一念忘，一念缘起，一念劫尽……"

朔抬起胳膊遮挡，忍着灼热感，努力睁开眼睛看向路尽头的无生相门。

朔的视野中有无数缕红雾盘旋在上空。他见过三次这种红雾：第一次是自己过镜门时；第二次是在法喜寺后院；第三次是现在,在无生相门前。

引路者的声音越发空灵:"阴阳相偕,三元归位,不生法相,无所往。"

茫茫白光吞噬着天地,世界像是被一场鹅毛大雪覆盖了,四下皆空。

眼前是伸手就可触碰到的真相,这一刻朔却畏缩了。

朔浑身僵硬,刚刚脑子里纷乱的想法,在这一刻都消失了。仿佛有块巨石压在他的胸膛上,让他喘不上气。他唯一的念头就是赶快离开这里,其他的都不敢再往细处想了。

"欸,你从哪里来的?知道这是什么地方吗?"

一个粗而低哑的男声将他拉回现实。他转身打量面前的男人,认出了他:"天笑神?"

穿着黑衣黑裤的男人愣住,过了半晌才接话:"你认识我?"

朔调整了一下呼吸,说:"我是来找你的。"

天笑"哼"了一声,说:"找我?我一个守门人有什么好找的。"

朔加快语速道出来意:"人界近来接连发生三起山火,你知道吗?"

天笑背对着他,朔看不见他的神情,只能听出他话里的讥诮:"知道呀,火系和木系不是因此吵翻天了吗?怎么了?"

朔绕到他面前,说:"这话应该是我问你吧。"

天笑的脸上漾起一抹笑,问:"什么意思?我就是一个被流放的无名小神,难不成还有嫌疑?"

朔紧盯着他那双细长的眼睛说:"是,而且嫌疑不小。"

天笑仰起头发出夸张的笑声:"哎哟,我知道这案子棘手,可是小兄弟,你查不出来,也不至于随便拉个替罪羊去交差吧?"

朔并不被他影响,继续逼问:"三起山火案发前,天际都闪了道光,晴空万里,又不闻雷声,那是从哪儿来的光?"

天笑的嘴角弧度不变,也没休,就这么笑着看着朔。

朔把手插进风衣口袋,冷着脸说:"我已经向土系申请调查了你这几日的行踪,案发时你恰好都不在无生衙门。你任职多年,基本没有离开过这里,怎么就案发时不在?就这么巧?"

天笑仍然只笑不语。

朔皱了一下眉,天笑脸上意味不明的表情让他有些恼火。

"现针对你的嫌疑,我要带你回……"

他的话只说了一半就被打断,是扶摇派风灵送来了消息。

纵火者已自首。

纸条上言简意赅的六个字让朔愣在原地。

他抬起头看天笑,对方还是那副对什么事都漠不关心的模样。

"怎么了?要带我去哪儿?"他话里话外尽是嘲弄。

朔将字条捏在掌心,深吸了一口气。他心里原本并没有完全确定真凶的身份,但现在他可以肯定了:"你就是在等这一刻吧?"

天笑摊开手,挑衅地说:"我不知道你在说什么。"

朔咬着后槽牙,攥紧拳头,极力保持着冷静,说道:"既然如此,那就告辞了。"

"慢走不送。"

路上,风灵把详细情况汇报给了朔。

就在这天早上,火系的一位临管者承认是他失职,弄错了火灵的降生时间,致使原定的程序被打乱,引发了三起大火。山火皆因他而起,造成的损失不可估量,他愿意接受责罚。

回到水系的主管大楼,朔迈着大步,走得又急又快,他一把推开扶摇办公室的门,一进门便嚷了一句"荒唐"。

119

"三起山火,一句失职就完了?他怎么不早点儿出来承认,若真是火系的人失职所致,火系竟然查不出来?"朔的胸口剧烈地起伏着。他憋了一路了,总算可以发泄出来了。

扶摇坐在办公椅上,悠闲地端着茶杯,甚至还有兴致和他开玩笑:"头一次见你情绪这么激动,难得呀,小朔。"

朔问她:"你难道就没起疑心?"

扶摇没有回答他的问题,只是说:"事情已经了结,你可以回来复职了。"

朔眯了眯眼睛,反应过来:"所以从一开始,你们就没想让我去查明真凶。你应该知道事情没这么简单。"

扶摇笑了笑:"事情就是这么简单,危机顺利解除,五系又恢复和平了,这不好吗?"

朔反问她:"真的和平了吗?"

扶摇渐渐收起笑意,语气变得严肃起来:"你假请得也够长了,该回来了吧?"

朔垂眸说:"再给我一个星期。"

扶摇拿起手边的文件说:"行,最后七天。"

敲门声响起,她说:"出去吧,虽然他是自首的,但你也辛苦了,该给你的功为值不会少。"

朔颔首俯身,后退两步,离开了办公室。

出去时,他与等在门后的人擦肩而过。

那是个陌生面孔,大概是来找扶摇办事的。

神界不讲什么人情世故,用不着寒暄。他们权当没看见对方,自己走自己的路。

走出去没几步,朔猛地意识到什么,回头看去。

透过狭窄的门缝,他瞥见那个男人的侧脸,五官倒算得上清秀,可惜是个光头。

"咔嗒"一声，门关上了。

朔收回目光，站在原地发了会儿呆，突然"扑哧"一声，笑了。

原来如此吗？

陆氧回到宿舍才发现自己忘记把外套还给朔了。

她脱下外套叠好，收进袋子里，准备下次见面时给他。

她把针织衫拿在手里，隐隐约约闻到一阵淡淡的香味。

陆氧不用香水，但对这股气味越闻越觉得熟悉。

"小氧，你好变态哦，闻男朋友的衣服！"

陆氧吓了一跳，直起身子，看见胡楚欣带着意味深长的笑看着自己。

"你别笑了。"陆氧把衣服递过去，说道，"你闻闻看。"

胡楚欣连忙摆手，抗拒地往后仰："别，我没这么变态。"

"不是，你帮我闻闻看这是什么香水。"

胡楚欣瞪大眼睛说："他身上有别人的香水味？"

"反正你先闻闻。"

胡楚欣接过衣服，用鼻子嗅了嗅。香味不是很明显，她仔细琢磨了一下，回答说："这好像是无人区玫瑰的味道。"

"无人区玫瑰？"陆氧低声重复。

胡楚欣又闻了闻，确定地说："就是这款，我买过小样。一千块一瓶呢，这女的比你有钱啊？他专挑'富婆'下手，是吧？"

陆氧赶紧摇头，说："不是，不是，你别多想。"

胡楚欣心里怀疑，问道："真不是？你别'恋爱脑'，清醒一点儿，对他多留个心眼知道吗？"

陆氧连连点头："知道了，你放心。"

这种玫瑰香味，她肯定在哪儿闻过，但是在哪儿呢？

陆氧想了半天也没想起来，晃晃脑袋，收拾东西去了浴室。

洗澡的时候她发现洗发水瓶子快空了。洗完澡，她擦干头发坐在桌前，打开手机给江玉兰发消息。

陆氧："妈，洗发水用完了，你问问齐阿姨那儿还有没有货。"

齐阿姨是江玉兰的朋友，做产品代购的。陆氧习惯了用这个牌子的洗发水，就一直在她那儿买。

江玉兰回："知道了，我给你再寄两瓶过去。要不这次给你换个气味的？"

陆氧："不要，就要茉莉香味儿的。"

江玉兰问："你以前不是特别讨厌花香洗发露吗？怎么现在又喜欢了？"

陆氧："不知道，反正我就要茉莉香味儿的。"

朔连续几天都没出现，也没再找她，像是突然消失了一样。

陆氧这些天每隔一会儿就要喊声"布鲁托"，确定风灵还在她身边才能安心。

星期三没课，陆氧抱着笔记本去学校外的咖啡馆赶论文。

这几日阴雨连绵，湿冷的空气和灰暗的天空让人的心情也跟着压抑。

陆氧捧着一杯热摩卡，文档上没敲几个字，哈欠却已经打了无数个。

店里开了空调，暖风吹得她昏昏欲睡。

陆氧搓搓脸，起身又去前台点了一杯冰柠檬茶。

她端着饮料准备回到自己的座位上，在点单的队伍里看见一个熟悉的身影。

"郁医生？"

郁攸听到有人在叫自己，抬头一看，发现是陆氧，眼里闪过惊喜:"小氧。"

陆氧问她:"你怎么来杭城了呀?"

郁攸把大衣外套搭在臂弯处,一件修身的打底衫将她的身材很好地勾勒出来,露出的一段脖颈肤如凝脂,后颈处有一缕长发从发夹里跑了出来,落在她的肩头。

陆氧每次见到郁攸总要感慨,明明她和母亲年岁差不多,但这么多年过去了,一点儿也没见她老。

郁攸回答她:"来出差,你们学校心理系的老师是我的朋友,找我做讲座。我还想联系你呢,最近还好吧?"

陆氧叹了一口气,实话实说:"不太好,论文要写不完了。"

郁攸舒展眉眼,轻轻地笑起来,说:"你先去坐,我等会儿去找你聊。"

"好。"

很快,郁攸端着咖啡来到她的桌前。她收拾了一下资料,给对方腾出地方。

"学习很忙?"郁攸问她。

陆氧用力点头,然后说:"作业太多了。"

郁攸喝了口咖啡,戳穿她:"是你喜欢拖延吧,小姑娘?"

陆氧讪讪地笑了一下。

郁攸放下纸杯,突然抬起手捂住耳朵。

陆氧问:"怎么了?"

郁攸弯着眼睛笑了一下,说:"这里有点儿吵。"

陆氧环顾左右,觉得奇怪。

吵吗?虽然客人挺多的,但店里并不喧闹。

"那你打算在这里待多久呀?"

"后天回湖城。"

陆氧点点头。

郁攸说:"你要有什么问题,随时联系我。"

陆氧冲她笑了一下,说:"郁医生,和你聊天很开心,就是有一点不好。"

郁攸问:"什么?"

陆氧:"就是觉得你好像总能知道我心里在想什么。"

郁攸做出一个惊讶的表情,问:"真的吗?我这么有压迫感吗?"

陆氧摇头:"不是压迫感,是你的眼睛,像镜子一样。"

郁攸被她的这个比喻逗笑了,问:"这很让人讨厌吗?"

陆氧想了想,答:"不好说,不至于讨厌,就是有的时候会觉得难受。你好像什么都知道,有的时候让我觉得这样挺好的,我不知道怎么表达或者说不出口的东西,你好像都能明白,都能理解。"

郁攸看着面前的女孩儿失了神。

桌上的手机屏幕亮了,陆氧拿起来,竟然是朔发来的消息。

"二十分钟后我在校门口等你。"

陆氧倒吸一口凉气,手忙脚乱地敲字:"二十分钟?不是让你下次来提前说一声吗?!"

朔:"提前了呀。"

陆氧闭了闭眼,问:"二十分钟也叫提前?"

她三天没洗头了,这天出来赶论文,随手拿了件卫衣和运动裤就套上了,连口红都没涂。

二十分钟,她连跑回去换身衣服都来不及。

朔:"你不在学校?"

陆氧抓了抓头发回:"嗯。"

然后他的消息便传来。

"我看见你了。"

陆氧发现胸口又出现了红线。她顺着红线的方向看向窗外，男人站在路边，一只手握着手机，另一只手向她挥了挥。

这下好了，她连涂口红的时间都没了。

"郁医生，同学找我有事，我先走了。"陆氧一边说一边收拾东西。

郁攸笑着问："男朋友？"

陆氧愣了一下，点点头："嗯。"

"去吧，玩得开心。"

陆氧戴上口罩，把资料摞起来抱在怀里，朝她挥手告别："拜拜！"

陆氧快步走出咖啡馆，在朔身前站定，问："你怎么突然来找我？"

朔还看着玻璃窗，指着她刚才坐过的位子问："你对面的人是谁？"

陆氧回："我的心理医生，恰好碰上了。"

朔皱眉："心理医生？"

陆氧加重语气，把刚刚的问题重复了一遍："你怎么突然来找我，有事吗？"

朔的目光落到她身上，说："没什么事。"

陆氧莫名有些生气，问道："那你这几天干吗去了？"

朔回答："没干什么。"

陆氧张了张嘴，欲言又止："那没事的话我走了。"

"哎。"朔拉住她，"你有什么想吃的吗？"

"啊？"

"火锅？"

陆氧摇头说："不喜欢。"

"烤肉？"

"太油。"

"那你说你想吃什么?"

陆氧故意说:"没什么想吃的。"

"那你想做什么?"

"也没什么想做的。"

在朔下一次开口前,陆氧抢先问:"你是不是真没事干了?突然发什么疯?"

朔咳了声,看向别处:"那算了,走了。"

"欸,"陆氧改口说,"那个,我的论文要写不完了。"

朔:"我说过了,不会帮你写作业。"

"不用帮我写。"陆氧摆摆手,"你想个办法,把交作业的期限往后延两天。"

"怎么延?"

"你不是会改记忆吗?你让老师以为是星期天交论文就行了。"

朔沉默不语。

陆氧眨了一下眼睛,满含期待地看着他:"好不好?这就是我现在最想干的事。"

男人冷漠地蹦出两个字:"不行。"

"我记得上节课你们就求老师延后了期限,你怎么拖到现在还没写完?"

"我……"陆氧鼓起腮帮子,无话可说。因为她懒,因为她爱拖延,因为她实在写不出来。

"真的不行?"她做最后的挣扎。

"如果你管理不好自己的时间,往后延几天都一样。"

陆氧深吸一口气。她最讨厌别人以高高在上的口吻训斥她。

道理她也懂,做不到就是做不到。

"那说起来还不是因为要帮你,要是我周末都待在宿舍……"

朔出声打断她："那你也不会去写。"

陆氧被噎得说不出话，急促地呼吸了两下。

"那好，拜拜！"她白了朔一眼，转身时差点儿撞上一辆路过的电瓶车。

陆氧受到惊吓，怀里的资料脱手散落到地上。

"哎哟，小姑娘没事吧？不要站在路边呀。"骑车的阿姨刹车停下。

陆氧摇摇头，双颊烧起来，蹲下身去捡地上的纸。

下过雨，地上有几个小水坑，有几页纸浸在了污水里。

朔说："别捡了。"

陆氧不听他的，咬着牙，捏着纸张干净的地方捡了起来。

她蹲着往前挪了挪，刚要去捡下一张，忽然起了阵风，眼看要到手的纸在风中颤了颤，飘远了。

陆氧维持着原本的动作定格了三秒，忍耐值终于到达极限。

她做了个深呼吸，站起身，把捡回来的资料一股脑全扔进垃圾桶里，抬起下巴看着朔，冷冷地问："你故意的，是不是？"

"什么？"

陆氧发出一声冷笑，抡起胳膊撞开他，嘴里还嚷道："什么守护神，明明就是来折我寿的。"

"去哪儿？"朔在她身后喊。

"去死。"

男人生气地叫她的名字。

陆氧的心脏剧烈跳动了一下，双腿打着战停在原地。

耳边有车辆行驶的声音，有风吹树叶的声音，在各式各样的噪声里，陆氧清晰地听见身后的男人叹了口气，那里面有妥协和无可奈何的意味。

一声响指过后，她眼前的世界消失了，像是来到了另一个空间。

这里纯白色、澄澈、空无一物。

陆氧回头去找朔:"这是哪儿?"

"风里。"

"你带我来风里干吗?"

"这里没有时间。"朔冷着脸,又补一句,"下不为例。"

陆氧还是没反应过来,愣愣地看着他。

朔朝她身侧的方向抬了下手指,她再看过去时,那儿凭空多了张桌子。

他说:"你在这里写论文,写完再出去,保证不会耽误你的时间,这样可以了吧?"

"哦。"陆氧点点头,终于明白他那句"这里没有时间"是什么意思了。

她在原地绕了个圈,打量着四周,猜测说:"欸,所以那些自称发现黑洞的人,会不会就是一不小心掉进了这里?"

朔坐到一旁的沙发上,抬起眼皮懒懒地说:"写你的论文吧。"

陆氧抱着书包说:"可是我刚刚把资料都扔了。"

"在桌上,自己看。"

陆氧走到桌边坐下,看见白色桌子上真的整整齐齐地放着一沓A4纸。她翻了翻,就是自己打印的那份资料,它们干净整洁,连处褶皱都没有。

他找回来的?所以才让她别捡了吗?

陆氧想到自己刚刚还发了小脾气,觉得有些不好意思。

她用手里的资料挡住大半张脸,只露出一双眼睛偷偷地瞄对面的男人。

朔一只手撑着下巴,中指压在嘴唇上,低着头翻看随身携带的那本古书。原来他不仅皮肤白,连嘴唇颜色都很淡。

过了一会儿，他蓦地出声："还不开始，等什么呢？"

陆氧回过神来，收回视线，"哦"了一声。

她慢吞吞地从包里取出笔记本电脑，把目光放在复原如初的资料上。

陆氧一只手翻着资料，另一只手的手指绕着一缕头发，看完一段文字，却没有在脑子里留下任何印象。

她又从头看了一遍，依旧不起作用。

陆氧有些烦躁了，粗鲁地揉乱头发，沉沉地叹了口气。

其实她找朔延长交论文的日子就是想过两天再写论文。因为写论文实在是太痛苦了，明知道自己写的东西没多少价值，还是得硬着头皮写下去的感觉简直让她生不如死。

她抬起头，不料朔正抱着胸看她。

猝不及防的四目相对，吓了陆氧一跳，她抚着胸口埋怨他："你看我干什么？"

"觉得奇怪。"

"什么奇怪？"

朔问："时间对人类来说不是很宝贵吗？有限、易逝、一去不复返。"

要不是他的表情看上去挺严肃的，陆氧都要怀疑他是不是在讽刺她爱拖延的毛病。

她换了个姿势，瘫坐在椅子上，回答："时间哪里宝贵了？你有、我有，大家都有，这一天结束了还有下一天，怎么支配那是我的事。而且说实在的，人这一生，大部分时间都在虚度光阴，我就不懂为什么现在的人做什么都那么着急，排个队都不愿意等，好像少这五分钟就耽误他拯救世界了。"

朔轻轻笑了一下。

陆氧看过去，问道："你笑什么？"

"你写论文要是有刚刚闲聊时一半的热情,估计早就写完了。"

说到这个陆氧又难受起来了,皱着眉苦笑了一下,问朔:"欸,你能不能让时间快进呀?直接快进到我写完论文的时候,行不行?"

男人冷漠地拒绝:"不能,快写。"

陆氧努努嘴儿,摘下手腕上的发圈,把散乱的头发束成马尾。

她将双手重新放到键盘上,挺直腰背,深吸了一口气。

过了一会儿,四周只剩下敲击键盘的声音,偶尔混杂着纸张翻页的细微声响。

朔偶尔停下手上的动作,瞥一眼桌上的女孩儿。她沉浸在自己的世界里,嘴唇紧抿,表情平静而认真。

早这样不就好了?

朔的脸上露出连他自己都没发觉的浅笑。

过了半晌,陆氧小心翼翼地出声说:"那个……我渴了。"

朔合上手中的书,走到桌边问:"写完了吗?"

"快了。"陆氧舔了舔干燥的嘴唇。

见朔没回话,陆氧又加重语气重复一遍:"真的快了,正文写好了,再写个综述,改一下摘要,把引用文献列完就行了。"

朔蹙眉算了算:"明明两个小时就能写完,你非要拖那么多天?"

陆氧睁大眼睛,不敢相信:"我刚刚只用了两个小时?天哪,两个小时我写了近三千字,你确定吗?这是我能有的效率?"

朔抬起手中的书,不轻不重地打在她的脑门儿上,说道:"所以,以后把这些不良习惯都改掉。"

陆氧敷衍地点点头,回了一声:"知道了。"

"继续写吧,写完出去吃饭。"

陆氧试图讨价还价:"那为什么不能先吃完再回来写?"

朔权当没听见，坐回到沙发上。

陆氧在他背后捏紧拳头挥了挥，低头发现手边多了杯水。

她用手指贴上杯壁，发觉水竟然还是热的。她想不通，他到底是从哪里变出这些东西来的？机器猫好歹还有个百宝袋。

陆氧端起杯子喝水，瞥到电脑屏幕右上方显示的时间是十五点四十一分。

她走出咖啡馆时差不多十五点三十分，时间真的在这里停滞了。

安静了一会儿，陆氧又从电脑屏幕后探出脑袋。

"哎。"

"嗯？"

陆氧好奇地问："你说这里时间静止，那会不会有人留在这里不愿意出去呀？"

朔问："留在这里干什么？"

"为了长生不老呀。"

朔不以为然地说："能进来的，应该都不会有这个诉求。"

"可我不就进来了？万一也有其他人像我一样呢？"

朔看了她一眼，说："你是例外。"

"那……"陆氧双手捧着玻璃杯，说，"如果有神明爱上了人类，为了和她永远在一起，躲到这里来呢？"

"那就更不可能了。"

陆氧问："为什么？"

"那些都是人类编出来的故事，真正的神是不会爱上人的。"

"你怎么知道？"

朔晃了晃手里的书，说："这上面说的，神是纯粹、高尚、理性的化身，没有情感和欲望，所以假设不成立。"

陆氧抛出论据反驳他："可是你不是说，你们神仙也有婚嫁吗？你的领导就嫁给了那个什么维衡者。"

朔回答说："婚姻只是缔结关系，更像是个合约罢了。你们人类不也是吗？难道所有人都因为爱情而结婚？"

陆氧一时无言，点点头，为表认可，"嗯"了一声。

这个话题到此为止，陆氧继续写论文。

坐在沙发上的男人却被打乱了思绪，刚刚驳斥陆氧时的言之凿凿不过是种表象。他其实并不相信万晓书上的信息是对的，否则他现在的犹疑又该怎么解释？

朔维持着原本的姿势没动，抬头看向陆氧。

他找了五年的那个答案其实很容易找到，去了一趟无生相门，加之他之前所经历的一些事情，真相就呼之欲出了。

所谓的临管者，不过是亡故的人类。

那三缕红雾大概就是他们的血、眼、心，死后被无常神剥去，转世时又物归原主。

他们成为临管者，行走在人世，无名无姓，不知自己的来路和去向，要做的就是为神明代职，维护这个世界运行的秩序。

可为什么偏偏是他们呢？

朔想到沉默寡言但笑容和善的金叔，想到比他的任职时间长可还是少年模样的和、熏，想到也许会成为下一任"朔"的那位高僧。

芸芸众生，为什么偏偏选择了他们成为临管者？

那位木系临管者说他每次看到那位老妇人都会觉得悲伤，也许他做过什么对不起她的事。

所以他们都曾经犯下了什么不可饶恕的错吗？所以岁聿神讨厌他们这些临管者？而且为神效劳这件事本身听上去就像是种赎罪。

朔安静地看着陆氧。他不知道自己曾对这个女孩儿造成过什么伤害，竟然要用红线捆绑着他们。

"啪"的一声，陆氧合上笔记本电脑，伸了个懒腰。

朔才惊觉自己走神的时间过长了。他调整好情绪，若无其事地问："写完了？"

陆氧长长地呼出一口气，像是耗尽了所有力气，疲惫地说："写完了。"

"那走吧。"

"等等。"陆氧打了个哈欠，交叠胳膊趴在了桌上，含糊地说，"我眯一会儿。"

朔制止她："别在这里睡，我送你回宿舍。"

陆氧感觉上下眼皮牢牢地粘在了一起，脑袋越来越沉，哼哼唧唧地说："就十分钟，太困了。"

朔只能妥协，在心里开始计时。

数到第五分钟，他听到了女孩儿均匀的呼吸声。

睡着了。

朔没忍住，轻轻笑了出来。

他抓住陆氧的一只胳膊放到他的肩上，把她从椅子上拦腰抱起。

等陆氧迷迷糊糊地睁开眼睛时，发现自己正躺在一个什么东西上。

她翻了个身，揉了揉眼睛。

"醒了？"

陆氧的视线向上看，定格在男人面无表情的脸上。

"我睡着了？"陆氧开口才发现自己的声音是哑的。

朔反问她："你说呢？"

陆氧"嘿嘿"笑了两声。

"起来吧。"

陆氧抓着自己的头发，坐起身来，问："我没睡多久吧？"

她朝窗外看了一眼，现在还是大白天呢。

朔停顿了两秒才开口问："你星期四没课吧？"

"有节不太重要的课，不去也没什么大事，但我还得去院办一趟，把作业交给老师，干吗？"

朔说："那你赶紧去洗把脸。"

陆氧感觉不对，问："怎么了？"

朔咳嗽了一声，说道："现在是星期四下午四点二十三分，希望你没有错过时间。"

陆氧笑了："你逗我呢？怎么就星期四了，我能睡一整天吗？"

"实际上你只睡了三个半小时，但……"朔没再说下去。

陆氧隐隐约约想起来："你是不是说过，神界和人间时间流逝的速度不太一样……"

朔点头。

"啊——"陆氧抱着脑袋哀号，"真的星期四了？"

"嗯。"

"那我根本就没赚！我还赔了一天！"

朔安慰她："但你把论文写完了，也不算太亏。"

陆氧的脸看着皱皱巴巴的，像是快要哭出来了。

朔清清嗓子，提醒她："现在四点半了。"

陆氧当机立断，从沙发上爬起来，搓搓脸，捞起自己的包抱在怀里，就要夺门而出。

"等等。"朔站在她身后，手掌覆上她握住门把手的那只手，问，"你要去哪儿？"

"打印论文，然后去院办找老师，他快下班了，再不去真来不及了！"

"来得及。"

朔扭动了门把手。屋外有风吹来,陆氧下意识地闭上眼睛。

再睁开眼时,她发现自己站在马路边的路灯下,前面就是法学院的院办公楼。

朔又打了个响指,把手里的文件袋递给陆氧,说道:"去吧,我在这里等你。"

陆氧还有些蒙,接过来翻了翻。

朔催她:"快去吧。"

陆氧一转身就看见台阶上走下来一个熟悉的身影。她远远地朝着那个人喊:"方老师!"

男人闻声驻足,朝陆氧看过来。

陆氧穿过马路,在老师身前站定。她弯着腰喘了两口气,把手里的论文交给他:"老师,我来交作业了。"

方铭江笑了一下,说:"同学,你还挺会卡时间的,再晚一步我就走了。"

陆氧不好意思地笑了。

"不会是刚匆匆忙忙赶出来的吧?"

陆氧赶紧摇头:"没有,没有,就是有点儿事情耽误了。"

方铭江低头瞥了一眼,读出她的论文标题:"《法律中的人性公式》。"

看到老师皱起眉头,陆氧的心脏好像被揪住了,屏住呼吸问:"怎么了,有问题吗?"

"没事。"方铭江恢复如常,说,"就记得以前也有个学生写这个主题。"

陆氧警觉地说:"老师,我可没抄袭呀。"

方铭江被逗笑了,说道:"我也没这个意思呀。"

他把陆氧的论文收进公文包里,又说:"好了,下次记得早点儿交。"

陆氧微微躬身:"知道了,谢谢老师。"

方铭江注意到不远处站在路灯下的男孩儿盯着他们看了有一会儿了,他问陆氧:"等你的?"

陆氧顺着他的视线看过去:"啊,嗯。"

方铭江仔细打量了那个男孩儿一会儿,对陆氧说:"看着有点儿眼熟,我们院的?"

陆氧硬着头皮承认:"对,叫高飞,大四的。"

"哦。"方铭江并未起疑,只说,"快去吧。"

告别老师后,陆氧如释重负,呼出一口气。

朔走过来,对她说:"那我先回去了。"

陆氧拉住他:"星期六晚上的事你没忘吧?"

"没忘。"

陆氧露出一个笑容,说:"那你记得穿得帅一点儿。"

朔眯了眯眼:"为什么?"

"可能要见个人。"

"谁?"

陆氧只说:"反正你记着打扮得帅一点儿。"

"好,知道了。还有什么别的要求吗?"

陆氧挑了挑眉毛,有些怀疑地问:"你怎么突然变得这么慈眉善目?"

朔紧接着她的话问:"意思是我以前凶神恶煞?"

陆氧摇摇头,微笑地说:"没有,那星期六见呀。"

05 三个愿望

风铃叮叮当当地响,柜台后的男人又打了个哈欠,拖长声调懒懒地说:"欢迎光临百无坊,买货还是办事?"

半晌没听到回应,天禄的视线从游戏机屏幕上移开,看见来人,有些意外:"哟,是你呀,怎么了?"

朔这才说话:"买东西。"

天禄看他磨磨蹭蹭的,不知道在别扭什么,于是问道:"买什么东西?"

他又蹦出两个字:"衣服。"

天禄低头回到虚拟世界里继续厮杀,心不在焉地说:"得了吧。兄弟,归生生给你偷偷送的衣服还不够你穿?"

朔听出他话里的讽刺,认真地说:"我可以把之前的都补上,一共多少功为值?"

天禄摆摆手:"不用,这是你和归生生之间的事,我管不了。她要给你,你就穿吧。"

朔四处张望,问:"她人呢?"

"她的冬眠时间到了，估计找了个地方睡大觉去了。"对局结束，天禄放下游戏机，说，"你要买衣服？最近店里就我在，新到的货还没来得及清点，跟我去仓库吧。"

起身时，天禄顺手拿起桌上的烟盒和打火机。

朔注意到他手里的东西，疑惑地问："烟？"

天禄抽出一根香烟夹到指间，答："这是我从人界搞来的新货，你要试试吗？"

他说着就把烟盒递了过来，朔拒绝道："不用了。"

天禄看着他，发出一声轻笑："你这是什么表情呀？"

朔摇头说："没什么。"

自从百无坊易主后，几十年来争议就没断过，最被众神诟病的一点就是这位新任店主天禄专好引进人类之物。

一开始只是衣饰、书籍之类无关紧要的东西，后来引进的货品就变得五花八门了，如今烟酒也在销售之列。

有神抨击他败坏百无坊的名声，不专心研发神器，反倒去捣鼓些无用之物。

天禄对此的回应是一纸清单，上面总结了历任店主在职时百无坊每年的日均流水。

他上任不到百年，但排名已遥遥领先。近几年百无坊的总销售额更是一骑绝尘，屡创新高。舆论风向和实际销售大相径庭，说来也有趣。

朔问他："欸，那禁酒令颁布后，你这儿的业绩没受什么影响吧？"

天禄叼着烟，愣住："什么禁酒令？"

朔意识到自己说漏嘴了，移开视线回答："没什么，去仓库吧。"

天禄伸出胳膊拦住他："你给我把话说清楚。"

朔看了他两秒，妥协了："好吧，就是纵火案的元凶被查明是因醉酒误事，有些主管者就上书请愿，自然神经商讨后决定以后限制酒品流通，估计禁令这两天就会发到你手上。"

天禄瞪大眼睛，从牙缝里挤出两个字："荒唐！"

"我一个良心商贩，又不强买强卖，他失职关我什么事？这都要管？"

朔点点头，认同地说："我觉得你说得对。"

天禄叉着腰吼道："谁签发的禁令？我要抗议！"

朔："嗯，加油。"

在去仓库的路上，天禄忍不住絮叨："我总算知道为什么郁攸神会被逼走了，出了事就'一刀切'，谁受得了？"

朔捕捉到他话里的信息，问："被逼走的？不是说……"

天禄"嘘"了一声："算了，算了，不说这个了。"

两个人走到仓库前，天禄挥动手指，打开门锁。

这里平常是归生生打理的，天禄很少来。

朔一抬腿就踢到了什么东西，天禄往下一看，看见门口有个包裹。

"这丫头，怎么乱放东西。"他蹲下去看，发现上面还贴了张字条。

浏览完文字，天禄"哼"了一声，叫朔来看。

"嗯？"

天禄把字条递过去，说道："不用找了，你贴心的小妹妹都给你打包好了，让我过段时间给你寄过去呢。我这当哥哥的都没这待遇呢。"

朔捏着字条说："那替我谢谢她。"

天禄弹了弹烟灰，脸上的笑意味不明："小丫头对你倒是挺死心塌地的。"

朔的脸上闪过一丝慌乱，问："什么意思？"

139

"没什么意思,我就随便说说。"

"我……"

天禄打断他:"我懂,你也不用多想,她对你好肯定有她的理由。她不缺什么,自然也不求你什么,你不用觉得有负担。"

朔还是那句话:"替我谢谢她。"

天禄换了个话题问:"欸,案子也结束了,你什么时候回来呀?期限快到了吧?你身体还撑得住?"

"还有两天。"

天禄点点头,一只胳膊搭在身后的货架上,问道:"是不是还挺舍不得的?"

"嗯,舍不得。"

星期六那天阴雨连绵,气温也一下子降到个位数。

陆氧刚在镜子前化好妆,就收到了朔的消息,问她出门没有。

陆氧打字回复:"快了!"

她匆匆忙忙拉上长靴的拉链,将围巾在脖子上胡乱绕了两圈。

室外小雨淅淅沥沥地下着,风里带着潮湿的寒意。

陆氧跨过一个水坑,远远看见在宿舍楼外站着的朔。

他撑着长柄伞,穿了件条纹内搭,外头套了件黑色夹克,夹克的衣领上缀着白色羊羔毛,看上去很暖和。

陆氧不自觉地咧开嘴,收了自己的伞,钻到他的伞下。

"不错呀。"她评价他今天的穿搭。

雨落在伞面上"嘀嗒"作响,他们挨得很近,黑色的伞圈出了一个小世界。

"去哪里?"

陆氧说:"先去趟花店,就在学校外面的街上。"

朔应了一声"好"。

他们缓缓地走在路上，肩膀和胳膊时不时碰在一起。

陆氧开口说："我看新闻了，官方说是因为有人在山里烧纸才引起的火灾。"

朔淡淡地"嗯"了一声。

陆氧好奇地问："真的是这样吗？"

"差不多吧。"

陆氧嘀咕："可连续起三场大火，也太巧了。"

他们并肩穿过马路，走到花店门口。

因为雨天的原因，老板娘把本来放在店外面的花桶都收进了店里，这让本就不大的店面显得更拥挤了。

陆氧挑好花交给老板娘包扎。朔没进去，站在屋檐下等她。

"好香呀。"陆氧从店里走出来。

朔看着街道对面的某家店铺说："好像是炒栗子，想吃吗？"

"想！"

朔重新撑开伞说："那我去买。"

他迈步走进雨中。

陆氧看着那个挺拔的背影失神，直到有动物的叫声在耳边响起她才移开目光。

陆氧低头寻找，在旁边的台阶上看见了一只蜷缩着的白猫。

它淋了雨，浑身脏兮兮的，叫声也有气无力的。

风把雨丝吹到台阶上，小猫冷得不停地战栗。

陆氧撑开自己的雨伞，上面印着花花绿绿的图案，她把伞斜放到地上，调整好角度，刚好能给它遮挡风雨。

白猫叫了一声，陆氧对它说："不客气。"

她笑了笑，站直身子。

在街对面，朔悄悄地留意着女孩儿的一举一动。

老板把打包好的栗子递给他："小伙子，好了。"

141

朔回头接过纸袋说:"谢谢。"

暖意隔着纸袋传到他手上,香甜的气味飘在空中。

人类真是奇怪。他想,明明自己都过得不如意,却总有闲心管别人。

他回来时,花店老板娘也包好了花。

陆氧把花捧在怀里,里面有木棉、松果、黄金球和尤加利叶,是个很特别的搭配。

时间还不到下午五点,但因为这阴雨天气,杭城好像早早就入了夜。

路灯发出暖黄色的光,雨势渐大,陆氧一只手抱着花,另一只手小心翼翼地护在花束上方,怕木棉被雨打湿。

朔问她接下来去哪里。

陆氧报了地方,是一家酒吧。

他们在路边打了车。陆氧没问他今天为什么不用传送了。

这样也挺好。她想,如果能忽略那根红线的存在就更好了。

他就像个普通人,他们像趁着周末出来约会的普通情侣。

恰逢晚高峰,道路拥堵。

司机师傅烦躁地按着喇叭,车里的暖气混着烟味,熏得人直犯恶心。

陆氧降下一点儿车窗,雨顺着缝隙飘进来。

"来得及吗?"朔问她。

陆氧回答:"没关系。"

朔收回视线时,目光在她怀里的花上停留了几秒。

等他们走进酒吧时,演出已经开始了。

昏暗的室内,只有小舞台上打着光。

陆氧下意识地牵起朔的手,怕和他走散。

他们在一个空着的卡座上坐下。她把花放到一边,摘下围巾,问朔:"你喝什么?"

"都行。"

陆氧翻完菜单,最后点了两杯威士忌可乐。

现场非常热闹,酒吧大堂座无虚席,年轻漂亮的女孩儿拿着话筒唱着流行乐,电吉他、架子鼓、贝斯和电子琴,交织出热烈的旋律。

在人们的欢呼声中,陆氧凑到朔的耳边问:"吵不吵?"

他摇摇头,样子很乖巧。

陆氧把桌上的玻璃杯端给他,提高音量说:"尝尝!"

朔知道是酒,有些犹豫,最后还是浅浅地抿了一口。

陆氧喊着问:"怎么样?"

"还行吧。"

"喜欢你就多喝点儿!"

一首歌进入尾声,酒吧老板走上舞台讲串场词:"我知道今天很多人都是为了一个人来的,向则在我这儿唱了三年歌,没什么人知道,结果出去一趟身价就翻倍了,都让我觉得不好意思了,总感觉是我耽误了他。"

底下的观众被逗笑了。

"他说以后有空还会来我这儿唱。但我觉得,向则,你值得更好、更大的舞台。我们也算是老朋友了,祝你勇往直前,前程似锦!"

在人们的掌声中,灯光熄灭。

灯光再次亮起时,舞台中央出现了一个背着吉他的男生,面容清秀,穿着白色长衫和牛仔裤。

"大家好。"

台下传来尖叫声。

向则不得不停下,看向舞台边缘的服务生,开玩笑道:"等会儿记得给那桌送点润喉糖。"

他这话一出，其他桌也叫了起来，叫声此起彼伏的。

观众们哄堂大笑。向则无奈地叹了口气，笑着说："好吧。"

他低咳一声，握着立麦重新开口："大家好，我是向则，所向披靡的向……"

底下的人异口同声地说："心诚则灵的则。"

向则拨了一下怀里的吉他，说："那就让我们开始吧。"

第一首歌是他在节目上唱的原创歌曲，也可以算是他的成名曲，歌名叫作《呼吸作用》。

其他人都不知道，这首歌的起名过程很曲折。

陆氧忘了起因是什么，只记得她和向则因此冷战了一个礼拜。不管其他人怎么打圆场，他们就是不理对方。等这首歌的歌词和伴奏都写好了，要定歌名，他俩才跟对方说话。大家坐在一起，向则提议说："要不叫《厌氧》吧？"

陆氧立刻反驳了他，朝他嚷嚷："你什么意思？怎么不干脆叫《无氧呼吸》？"

向则不示弱地说："可以呀，不错，挺好的。"

他们说着就要打起来。乐队成员老何把他们拉开："就你们的生物学得好，行了吧？这也能吵。"

接着，他提议说："叫《有氧呼吸》，行了吧？"

陆氧赌气说："不行，不准用氧字。"

到最后歌名也没定下来，后来没等样片录出来，柠檬茶乐队就解散了。

向则后来把这首歌取名为《呼吸作用》，作为他的个人单曲发布在音乐平台上。

陆氧沉湎在回忆里，回过神来时，歌曲已经到了间奏。

灯光晃动，陆氧注视着舞台上那个耀眼的主唱。

他边唱，目光边在观众席上巡视，掠过陆氧的位子时顿了一秒，又看回去。这次他的目光牢牢地锁定在那个方向。

四目相对的时候，陆氧心里一紧，四肢僵硬地待在原地。

她没想到他会发现自己。

向则紧盯着她，像在反复确认，又像是怕一移开眼睛就会错过。

心不在焉的后果是他慢了一拍才进入节奏。

过了一会儿，他又看过来。

陆氧不太自然地低下头。他还在看她。

朔从纸袋里拿出一颗栗子，剥开壳，递到陆氧嘴边。

陆氧收回目光，张嘴咬住。

"干吗？"她嚼着软糯的栗子肉问朔。

朔又剥了一颗栗子，放到她掌心，说："要冷了，快吃。"

陆氧狐疑地看着他："你怎么奇奇怪怪的？"

"怎么奇怪？你才奇怪。"

歌曲结束后，向则跳下舞台，好像在和音响师沟通着什么。

几分钟后，他回到追光下，什么都没说。

音乐再次响起，当电吉他的声音进入节奏，陆氧立刻听出这是哪一首歌。

他没有再唱自己的歌，而是翻唱了那首《爱人错过》①。

我肯定在几百年前就说过爱你。

只是你忘了，我也没记起。

荒诞又遗憾，庸俗又浪漫。

好像是告白，又好像是告别。

---

① 告五人乐队创作的经典歌曲。

走过路过没遇过，
回头转头还是错。
你我不曾感受过，相撞在街口，
相撞在街口。
你妈没有告诉你，
撞到人要说对不起。
本来今天好好的，
爱人就错过，
爱人就错过。

鬼使神差地，陆氧扭头去看身边的人。

他也在看自己，不知道看了多久。

光影交错，朔的眼睛一如既往的清澈明亮，但眼神是晦暗的、悲伤的。

在越加紧密的鼓点里，向则继续唱："你我不曾感受过，相撞在街口……"

陆氧的心脏不知为何一阵刺痛。她捂住胸口，用手掌重重地揉搓。

朔察觉到异样，凑到她耳边问："怎么了，不舒服？"

陆氧摇摇头，想伸手去够桌上的威士忌。

朔抽走酒杯没让她喝，只说："不舒服就走吧。"

陆氧看向舞台，说道："再等等。"

向则这晚只唱了两首歌，这首歌结束后，他走到台前，握着话筒说了声"谢谢"，鞠躬退场。

观众们齐声喊"安可"，希望他能返场，再多唱一首。

酒吧老板只能上台打圆场说："人家男明星要赶通告的，违约金我赔不起！要不我们众筹？"

大家立刻默契地不吭声了。

很快便有新的歌手接棒上台。

陆氧喊来服务生,托他把花交给向则。

她在花上放了张卡片,相信他看到就会明白。

后面还有其他歌手和乐队,但陆氧和朔没再听下去。

他们走出酒吧,世界突然安静下来,让人有些不习惯。

雨夜的街道冷冷清清,陆氧对朔说:"谢谢你今天陪我来。"

"你认识他吧?"

"啊?"

"叫向则?他是你的前男友?"

陆氧摇头说:"不是。"

她说:"你怎么也这么庸俗?"

"那是什么?"

陆氧吸了一口冷空气,搓搓脸,一鼓作气地说:"他是第一个告诉我悲观并不可耻的人,是为我带来火种的普罗米修斯。"

朔皱眉:"什么?"

陆氧笑了一声,说:"听不懂?听不懂就对了。"

走了几步,朔突然停下。陆氧的脑袋上淋到雨,也赶紧停下,问他:"怎么了?"

"你有什么心愿吗?"

"心愿?"

"嗯。"

陆氧想了想,说:"我最大的愿望是活着,然后希望我死的时候痛快一点儿,不要有痛苦。"

朔严肃地说:"你认真一点儿。"

"我很认真好不好?"

朔轻轻叹了口气,告诉她:"明天我就要复职了。"

陆氧并没有意识到他这是在跟她告别,问:"哦,怎么了?"

"这根红线的事情,我不想继续查了。"

陆氧愣愣地看着他。

他说:"在冬天结束前,我满足你三个愿望。"

陆氧的脑子一片空白,傻傻地问了句:"为什么?"

"补偿你。"

"补偿?"

"我可能伤害过你,陆氧。"

路灯让雨幕现形,夜风潮湿且冰凉。

在冷空气里,朔清晰地闻到了茉莉香味。

"很久以前,也许你忘了,我也不记得了,但我伤害过你。"

陆氧问:"你怎么知道?"

"第一次见到我的时候,你有什么感觉?"

"我……"

朔替她把话说完:"像刚才一样难受,是不是?我们曾经一定认识,否则你的心脏不会对我有反应。"

"心脏……"陆氧低下头,看见那根红线发着亮光,鲜艳而刺眼。

陆氧问了一个奇怪的问题:"那你爱我吗?"

朔没有回答。

如果这么说……

某一刻陆氧醍醐灌顶,又心痛不已。

"怎么办?"她往后退了一步,带着哭腔说,"你好像认错人了。"

朔撑着伞靠过去,拉近了两个人之间的距离。

"对,你认错人了。"陆氧肯定了自己的猜测。

她吞咽了一口口水,接下来要说的话让她难以启齿。

"我……对不起,我应该早点儿告诉你的。我做过心脏移植手术。所以……所以你可能是认错人了,不是我,你要找的人和你伤害过的人,都不是我。"她语无伦次地说,"我是不是浪费了你的时间?我不喜欢和别人说我生过病,所以一开始没有告诉你,我应该早点儿和你说的。怎么办?我是不是害了你……"

他突然弯腰凑到她面前。她惊慌地说:"你干吗?"

"你哭了?"

陆氧眨了眨眼睛,说:"没有呀。"

朔直起身子说:"还以为你哭了。"

气氛完全被破坏,陆氧仍自顾自地说着:"你到底有没有听我说话?我说你……"

"我听到了,你换过心脏。"

陆氧咬了咬下嘴唇,脸颊微热。她不知道这算不算是做贼心虚,低着头闷声说:"玩偶我还是还给你吧,真的不好意思,我会帮你去打听给我捐献心脏的人是谁。你别着急,我会帮你找到对方的,虽然对方现在可能已经去世了……"

陆氧越说声音越低,最后近乎蚊子发出的声音了。

陆氧越想越觉得羞愧,两只耳朵又红又烫。偷了别人的东西,还自以为幸运,她怎么能这样呀。

"陆氧。"朔喊她的名字。

"嗯。"陆氧甚至不敢看他的眼睛。

他说:"可红线就在你身上,不是吗?"

陆氧抬起头。

他们离得很近,风又把他的声音吹得很远。

"我死后,记忆被消除,成了所谓的临管者。这五年里,我看不见颜色,感受不到温度,像一台机器一样,每天重复着枯燥的工作,直到那天在街上遇到了你。"他停顿了两秒,继续说,"看到发光的红线,我才意识到在这个世界上不是只有黑白和灰暗。我隔着街道看你,明明是张很陌生的脸,却让我激动得喘不上气。但那一刻我很开心,甚至是兴奋。你是情绪、是真实,那一刻,是你让我重生。"

听着他温柔低哑的声音,陆氧的心脏又开始刺痛。

怎么办?这下她是真的要哭了。

酒吧后台,向则把吉他装进包里,拿起自己的外套正要穿上。
"则哥,你的花。"
"放那儿吧。"向则指着墙角的礼物堆说。
"好嘞,不过这个粉丝挺有趣的,包了束棉花给你。"
向则僵住了,问:"什么?"
"棉花,你看。"
向则大步走过去,接过那束花,着急忙慌地打开上面的卡片。
——一直忘了说,谢谢你给了那只鸥生命与自由。我很好,希望你也是。
卡片的署名是两个圆滚滚的字母——OO。
服务生看着向则脸上绽放出的笑容,八卦地问:"这是谁送的呀?我看那个女生挺年轻的,不会是你的初恋女友吧?"
向则把卡片小心叠好:"不是。"
"那是谁?"
"我的缪斯。"
服务生挠挠头:"啊?"
向则笑笑:"听不懂呀?听不懂就对了。"

冷空气吹在脸上,让陆氧清醒了一些。她移开视线说:"可心脏不是我的呀,你难道不介意吗?"

"那是谁的?"

陆氧摇头说:"我不知道,我可以帮你去查捐赠者。"

朔的喉结滚了滚,低声呢喃:"可是来不及了。"

陆氧急忙问:"什么来不及?"

"明年冬天,或者更早,我就不在了。"

陆氧还没听出这话的含义,下意识地问:"那你要去哪里?"

"过无生相门,转世。"

陆氧咧开嘴,为他高兴:"那不是件好事吗?你可以回人间了。"

朔轻声说:"到那时候我就不记得你了。"

陆氧的喉咙好像被扼住了。

雨又密又细,在天地间笼起一层薄雾。

他说:"红线在你身上,心也在你身上,我只认这个。"

陆氧的脑袋很乱,低头不作声。

距离这一天结束还剩四个小时。朔握着她的手腕,把伞交到她手上,最后叮嘱她:"三个愿望,好好想想。"

他转身走进雨里,融入夜色。

红线发着光,诡异地连接着他们。

陆氧的眼前一片模糊,眨动睫毛,水珠从眼眶里滑落,钻进围巾里,她觉得皮肤湿湿热热的,有些痒。

"哎!"怕他就这么消失,陆氧着急忙慌地往前迈了一小步,出声叫住他。

她从没憧憬过爱情,大一寝室里的几个女生讨论理想型时,她答不出来。她就没有幻想过。

"人为什么一定要谈婚论嫁,自己过好自己的生活不行吗?"

陆氧是个奇怪的存在,一直是同龄人眼里的异类。

可是这不代表她的心就是冷的、硬的、迟钝的、麻木的。

十三岁的时候她听医生说过,如果找不到合适的心脏做手术,按照她当时的身体状况坚持不了几年。

一个从小就知道自己活不长的人,是没有心思考虑什么爱不爱的,她连未来都很少去构想。

像她这样的人,找到梦想是徒增遗憾,有了喜欢的人也是注定会错过。所以她干脆不去想了,就为今天而活,视每一个明天为末日。

陆氧已经接受了命运的不公,可老天爷又偏偏让她遇到神明。

她曾经在一个采访里看过一段话:"我就是要这世界上有束光是为我打的,我就是要有一个舞台是为我亮的,我就是要这个世界上有个人是为我而来的,那是非常重要的。"

朔的出现,让她觉得世界上有束光是为她亮起的,世界上有这么一个人是为了她而来的。

她怎么可能无动于衷。

可残忍的是,命运又告诉她,这些都不属于她,这是别人的幸运,是别人的命中注定。

陆氧的心脏在胸腔中剧烈地跳动着,刺痛感一阵一阵地传遍了全身。

朔听到她的声音,回过身站定。

陆氧紧紧地握着伞柄,手指因为握得太用力而发青。她的声音穿过风雨抵达他的耳边:"那我现在就要许下第一个愿望。"

"你说。"

心脏的疼痛让陆氧连呼吸都变得困难。她拼尽全力,喘着气说:"爱上我。"

他们隔着细密的雨丝对望。冷风呼啸,雨似要下一整夜。

陆氧听到自己的心跳声,沉闷、混乱。

脚步声由远及近,男人回到伞下,陆氧不得不把手举高,同时抬起眼睛。

朔的一只手握住伞柄，从她手里接过雨伞，另一只手虚虚地搂住她的腰。

他低头靠过来，陆氧才发现他今天喷了香水，是冷杉的气味。红线收紧，他们的胸膛几乎贴到一块儿。

与此同时，陆氧的心脏越来越疼，像有一只无形的大手在使劲揉捏它，要把这颗心脏从她的体内硬生生地剥离一般。

他们之间只有毫厘之距，陆氧闭上眼睛，使劲推开朔，弯着腰喘气。

"怎么了？"朔把伞撑到她的头顶。

陆氧捂着胸口说："我要回家。"

"陆氧？"他伸手来扶她。

陆氧只是重复："我要回家。"

她哭得红了眼睛，皮肤被冻得发紫，两颊却现出病态的酡色。

朔松开手，黑色的长柄伞歪倾在地上。

他上前一步抱住陆氧，陆氧强硬地挣脱他的胳膊，他又把手掌覆上她的额心。

"没事了。"

他把昏睡的女孩儿横抱在怀里。

"让你好好想，第一个愿望就这么浪费了，多可惜。"

陆氧醒来后，瞪着眼睛看着天花板，发了很久的呆。

听到开门声，她坐起身，拉开床帘。

"你醒啦？食堂没什么菜了，雨霏在校外给你打包了一份，马上就回来了。"

"谢谢。"陆氧说话才发现喉咙干涩发痛。

"我昨天……"

胡楚欣似乎知道她要问什么，说："学长打电话过来让我们下楼去接你,你淋了雨,迷迷糊糊的,吓死我们了。"

陆氧揉了揉头发,努力回想昨晚的事。

胡楚欣趴在栏杆上问她:"怎么回事呀?昨天学长的脸色不好,我也没敢多问,吵架了?"

陆氧摇头说:"没有,就是我淋了雨,感觉不舒服。"

胡楚欣叹了口气,说:"那就好,快起床吧,都中午十二点多了。"

陆氧下床洗漱完毕,坐到书桌前。她心里装了太多事,眼神涣散,又开始走神。

她换了睡衣,一摸口袋才发现手机不见了。桌上没有,她打开背包也没找到。

陆氧瞥了胡楚欣一眼,她正戴着耳机看视频。

陆氧趁机压低声音喊:"布鲁托?"

没有回应。

陆氧又提高了一点儿音量:"布鲁托?"

还是没有回应。

布鲁托的消失意味着什么,陆氧不敢细想。

"你在找什么?"胡楚欣察觉到她的动静,摘下一边的耳机看过来。

"手机。"

"哦,你看看你的外套口袋里有没有,校园卡好像也在里面,我都没动。"

陆氧赶紧拿起昨天穿的那件大衣,从口袋里找到了手机。

她忽略了满屏的推送消息,打开通讯录不停地往下划动,翻到底都没找到名为"朔"的联系人。

小风灵不见了,他也不见了。

陆氧偏头看向室友,心想,等她们都慢慢忘了高飞是谁,这个世界上就没有任何证据可以证明这个人曾经来过了。

陆氧的胸口又开始痛。她用手掌蹭了蹭,想起昨天晚上不仅没吃药,还喝了酒。

陆氧抬起手敲了敲自己的脑袋,懊恼又难过。

过了会儿,她哑着嗓子喊:"楚欣。"

"啊,怎么了?"

陆氧问她:"你相信前世今生吗?"

"啊?"胡楚欣眨眨眼睛,"你发烧了吗?突然问这个。"

"我就问问,你觉得会有吗?"

"会吧。"胡楚欣认真地回答她,"我还真想过这个问题,我第一次在宠物店遇见我们家'奶酥',这么多只小猫,我一眼就看见了它,它也一直盯着我,店员说它平时都对人爱搭不理的。它的眼睛是蓝色的,我越看越觉得熟悉,真的,我觉得很神奇。我就想,是不是因为我们的记忆是有限的,很多事情发生过,只是我们忘了,但感觉还在,那种感觉是不会骗人的。"

陆氧点头说:"对,感觉是不会骗人的。"

杭城的雨一旦开始下,常常要持续大半个月。

星期一仍旧是个阴雨天,陆氧差点儿睡过头。

前半节课她撑着脑袋睡了一觉,后半节课偷偷玩手机。

下课铃声响起,陆氧收拾东西去吃午饭。

一切都和平时一样。她是名普普通通的女大学生,上完课吃饭,吃完饭睡觉,日子就这么一天一天过去。

陆氧撑着伞走到校门口,耳机里播着音乐软件每日推荐的歌曲。后面的车喇叭响了两声,她就默默靠边走。那辆车往前开了一点儿,又按了一声喇叭。

陆氧偏头看去,听到有人喊自己的名字。她一愣,透过车窗看见了驾驶座上的郁攸。

"郁医生?"

"刚下课?"

陆氧点头。

"上车吧。"

陆氧收起伞,拉开车门坐了进去。

车里开了空调,暖洋洋的,陆氧下意识地搓了搓脸。

郁攸把纸巾递给她,让她擦擦被雨打湿的头发。

"打算去吃什么?"

陆氧说:"本来想去吃面。"

"我知道一家本帮菜味道不错,要不要去尝尝?你下午还有课吗?"

陆氧摇头说:"下午没课了。"

郁攸笑起来,说:"那行。"

她打着方向盘说:"我明天就要回去了,还好今天在校门口遇上你。"

陆氧皱起鼻子嗅了嗅,车里飘着好闻的玫瑰香味。

这是……

陆氧的目光一凛。

"郁医生,你用的是什么香水呀?好好闻。"

郁攸笑着看了她一眼,问:"喜欢吗?"

等红灯的间隙,郁攸从收纳盒里翻出一个小瓶子递给她:"我一直用这个,你喜欢就拿去吧。"

陆氧道了声谢。玻璃瓶上贴着标签,上面写了香水的名字——无人区玫瑰。

她缓缓抬起眼睛,看向郁攸的侧脸。

郁攸迎上她的目光问:"怎么了?"

"你……"

"小氧。"郁攸笑容不变，温柔地说，"在这里我就是一个心理医生，没什么特别的。"

陆氧惊讶地瞪大眼睛，觉得郁攸好像真能看穿她的心思。

她也不再试探，放下顾虑直接问："那天在山脚，我们见过，是吗？"

郁攸没有回答，那天陆氧的出现在她的意料之外。

陆氧又换了个问题："所以，你也是神吗？"

郁攸摇头："不是，早就不是了。"

陆氧动了动嘴唇，却不知道说什么。问什么好像都不太礼貌，也许等一会儿郁攸就会删除她的记忆。

陆氧选择沉默，乖乖地坐在副驾驶座上一动不动。

她这副呆呆的样子让郁攸觉得可爱，郁攸笑了笑，主动说："你那次来见我，我就知道在你身上发生了什么事。"

陆氧回忆起来："所以你能看见我手上的表？"

"能。"

陆氧紧接着问："那为什么会有那根红线？我和他到底有什么关系？"

郁攸避开这个问题，只说："你终究还是要过自己的生活的。"

陆氧低下头，失落地说："对。"

走进餐厅后，她们都没再提起刚才的话题，吃了还算愉快的一餐。

郁攸说得对。郁医生只是郁医生，陆氧也只是陆氧。这一段奇妙又荒唐的经历不会改变她的人生轨迹。

陆氧回到学校的时候雨已经停了，因为她不想回宿舍，所以在路上漫无目的地走着，手里捧着一杯热拿铁。走累了，她就在人工湖边的石阶上坐下。

布鲁托不见了,朔的联系方式也没了,陆氧转着手腕上的表。

那要去哪里找他呢?还有两个愿望,又要许什么?他不会是骗她的吧?

不至于,他好歹是个神。

陆氧放下咖啡杯,双手合十闭上眼睛,心里默念:哎,不知道你能不能听到,寒潮来了,我看到北方在下雪,我也好想看雪,要不就拿这个当第二个愿望?

她睁开眼睛,想了想又觉得好笑,她在这里干吗呢?要被人家当成神经病了。

星期五那天出了太阳,气温也回升了些。

上完早课,陆氧打着哈欠走出校门,准备去面包店里买些吃的囤着,周末就不用出宿舍了。

久违的阳光晒得人犯懒,陆氧打了个哈欠,低头时身体一僵。

她的胸口飘着红线,顺着线的方向看过去,几步外,站着一个年轻男人。

那么多天过去,她都不抱期望了。可这一刻看到他真的站在自己眼前,陆氧瞬间鼻子发酸。

他慢慢地走了过来,在她面前站定。

陆氧吸了吸鼻子,开口问:"你去哪儿了呀?"

朔回答她:"上班呀。"

"那你给我的风灵呢?怎么不见了?"

朔理所当然地说:"它也得上班。"

陆氧真是要被气笑了:"那你好歹也和我说一声吧。"

朔为自己澄清:"我说了,我星期六晚上就告诉你我要复职了。"

"那算什么?应该是说'拜拜''再见',你不会告别吗?"

朔抿了抿唇。

陆氧咳了一声，问："你怎么来了？"

朔从纸袋里拿出一条围巾，作势要帮陆氧戴上。

陆氧抗拒地往后躲："干吗？今天太阳这么好，又不冷。"

他按着她的肩膀，语气强硬地说："冷，别动。"

陆氧听话地不动了。

戴好围巾，他又取出一个粉色毛绒耳罩。

陆氧瞪大眼睛，说："这有点儿夸张了吧？"

朔不由分说地把耳罩戴到她的脑袋上，看着她被包裹得严严实实，他眼里有了浅浅的笑意。

"走吧。"他向陆氧伸出手。

陆氧的手很自然地搭了上去，然后问："去哪儿？"

他紧紧牵住她的手，回答："看雪。"

转眼已经到十二月，咖啡馆被装扮成冬季主题，门口的杉树上缠绕着彩灯，玻璃窗上贴满了雪橇和礼物盒。

"一杯太妃榛果拿铁。"陆氧仰起脑袋问身边的人："你想喝什么？"

朔对她摇摇头。

前台的店员抬起头，疑惑地看着女孩儿。

她不是一个人吗？她刚刚在和谁说话？

"那再要一块红丝绒瑞士卷，谢谢。"

"好的。"店员收回目光，在机器上点好单，把小票递给陆氧。

拿着打包好的饮料和甜品，陆氧和朔在咖啡馆门前停下。他替她理了理围巾，重新牵住她的手，推开大门。

冷风呼啸，大雪纷纷，眼前是一片白色。

虽然预感到门后会是冰雪世界，但陆氧还是忍不住惊叹一声："哇。"

她双眸发亮,嘴角翘起一个弧度,问:"这是哪里呀?"

朔浅浅地笑着说:"就是一个有雪的地方。"

陆氧原地踏了两步,脚下的积雪发出"咯吱咯吱"的响声。

四周冷杉林立,一片寂静。

她伸出手,雪花落在她的指尖。

陆氧第一次见这么大的雪,也是第一次来到只有在纪录片里才能看到的被雪覆盖的森林。

她抬起头,眼里尽是簌簌落下的白雪。天空是发白的灰蓝色。

陆氧蹲下身,攥了团雪握在手里。

很冷,她的鼻头被冻得通红,呼吸也有点儿不畅。

"走吧。"朔抓起她的胳膊,帮她把手里的雪拍掉。

他握着她冰凉的双手,搓了搓,问:"冷不冷?"

陆氧耸着肩膀、缩着脖子,点点头说:"冷。"

朔瞪她:"冷还玩?"

陆氧笑容灿烂地说:"好玩儿!"

他牵着她往丛林深处走。

雪地上留下一排脚印,陆氧低着头,猛地意识到有些不对。

"想什么呢?"朔扯了扯她。

陆氧回过神来,说:"没什么。"

风雪渐大,天也暗了下来。

没走多远,她看到树林间藏了一栋木屋,窗子里透出温暖的光。

陆氧踮起脚向那儿张望,确定自己没看错后,惊喜地瞪大眼睛说:"妈呀,我感觉我在童话世界里。"

"快进去吧。"

走到门口,陆氧敲了敲门。

朔轻笑:"你想让谁帮你开门?白雪公主还是冰雪皇后?"

陆氧白了他一眼。

朔伸手推开木门，伴随着"吱呀"的声响，屋里的灯光倾泻而出。

看他俨然一副主人的样子，陆氧歪了歪脑袋问："这房子是你的呀？"

"这里的一切都是我的。"

陆氧"扑哧"一声笑了，说道："大哥，你挺豪横呀。"

她走进屋，飞快地扫视了一圈，发现东西还挺齐全的。

屋子最里面摆着一张小床，有沙发，有茶几，还有壁炉。壁炉里燃烧着柴火，暖烘烘的。

陆氧摘下耳罩和围巾，盘腿坐在地毯上，把纸袋里的咖啡和蛋糕拿了出来。

"欸，对了。"她看向朔，问，"你真能听到我许的愿望？"

他从沙发上拿起一条毛毯，抖开盖在陆氧的肩上，问道："你许愿了？"

"你没听见吗？"

朔摇摇头，又问："许了什么愿？"

陆氧感到困惑："那你怎么突然来找我，带我来看雪？"

"不是你说喜欢雪的吗？"

"我……"陆氧眨眨眼睛，"所以你就来了？"

"嗯，那天路过这里，遇到一位雪目的临管者，他说这儿过两天会下大雪。"

陆氧的心情变得复杂起来，扯过毯子裹住自己。

"那既然你许了愿，第二个愿望也算是实现了吧？"

"不行！"陆氧急切地否定，"这次不算！"

"好吧，那你重新许一个。"

陆氧想了想，说："我要去看海！我们下次去海边吧。"

朔点头："行。"

多赚了一个愿望,陆氧露出计谋得逞的得意笑容。她用勺子挖了一小块瑞士卷放进嘴里,草莓的酸甜味配上丝滑的奶油,甜而不腻,非常美味。

她把盒子举到朔面前问道:"你要尝尝吗?这个很好吃。"

他摇摇头:"你吃就好。"

陆氧这才想起他已经不是"高飞"了,悻悻地收回手。

"很快你就能尝到了。"陆氧说。

"嗯,很快。"

客厅里有面镜子,陆氧看过去,里面只有自己。

她的情绪突然低落下去,放慢咀嚼的动作,咬着木勺,盯着镜中的人发呆。

"突然又觉得好不真实。"陆氧轻轻地吸了下鼻子,嗓子有些哑,"和一开始一样,总觉得你好像是我臆想出来的。"

朔没有说话,抓着陆氧的一只胳膊,把她的手放到了他的脸上。

陆氧吓得瞪大眼睛,一动也不敢动,只是问:"你干吗?"

"摸到了吗?"

"摸到了。"

"看到了吗?"

"看到什么?"

"我。"

"那不是废话吗?"

"那不就好了。"他松开她的手,说道,"你看得到,摸得到,还不够真实吗?"

陆氧觉得有个念头从她的脑袋里钻了出来。她舔了舔沾着奶油的嘴唇。

下一秒,她跪在地毯上,张开双臂朝朔扑了过去。

陆氧感觉到怀里的人明显地愣了一下。

朔问她:"怎么了?"

陆氧说:"我再确认一下。"

他伸出胳膊揽住她的腰,回应她的拥抱。

陆氧抱着他脖子的手更紧了些,在他耳边问:"那第一个愿望呢?我当时胡说八道的,你也还给我吧,我重新许一个。"

"不还。"

看他态度坚决,陆氧蹙眉:"你又实现不了。"

他愣了两秒:"嗯。"

陆氧:"所以还给我吧。"

他还是那两个字:"不还。"

陆氧松开胳膊坐回地毯上,板着脸质问他:"你怎么这么小气呀?"

屋里很暖和,她的两颊出现红晕。她双手抱胸,噘起嘴,皱起眉头,一脸幽怨地瞪着朔。

朔耸了耸肩,说:"随你怎么想。"

夜幕降临,窗外黑漆漆的。

陆氧悄悄打开一点儿门缝,把脑袋探出去,看大雪纷飞。

"我想去堆雪人。"她回头朝屋里喊。

朔不同意:"太冷了,你就好好在屋里待着吧。"

一阵冷风钻进来,陆氧打了个寒战,裹紧身上的毛毯,关上门回到屋里。

她抱怨说:"那我们在这干吗?好无聊。"

朔合上手里的万晓书。陆氧觉得他好像一有空闲就会捧着那本旧书看。

他拍拍身边的位置,对陆氧说:"过来。"

陆氧听话地坐过去。

"上次的故事没讲完,还想听吗?"

陆氧用力点头:"想!"

朔将万晓书翻到某一页,说道:"那今天我们就说说火系的那位维衡者吧。她叫郁攸,是五位自然神里最特殊的一个。"

"郁攸?"陆氧知道郁医生是个神仙,但没想到她的来头这么大。

"嗯,怎么了?"

陆氧摇摇头,让他继续说。

"有文献记载,世界诞生之初,所有的机制和规则都还没形成。那时没有所谓的五系,天地间混沌无序,但是所有生灵都有一个共同崇仰的对象。"

陆氧迫不及待地问:"谁呀?"

朔回答她:"风神。"

"风?"

"她是创始者的继承人,也是代行者。传说她无所不能,人心最深处的秘密,她都能窥探到。她的力量是强大的,而且是绝对的。"朔翻了一页,继续说,"后来风神在众多神灵里挑选了五个孩子,赋予他们力量……这就是五位自然神的来历。"

屋外是风雪交加的寂静荒林,屋里的壁炉里,燃烧着的柴火发出"噼啪"的响声。

咖啡和蛋糕散发着香气,朔的声音低沉,她好像看见冬雪在暖阳里渐渐消融。

陆氧撑着脑袋,眯着眼睛打了个哈欠。

朔停下,看了她一眼:"困了?"

陆氧摇头,又点点头:"有点儿。"

他往旁边挪了挪,问:"要不要躺下?"

"好。"陆氧找好位置躺下,后脑勺撞到了什么东西。

看来是她错估距离了,正要往下挪,朔出声:"就这样吧。"

陆氧愣了愣,试探着把脑袋再枕回去。

她不敢瞎动,后背绷紧,小声问:"重吗?"

"重,你的头好大。"

她"嘁"了一声刚要起身,朔摁着她的肩膀把她按回去,说道:"不大,不重。"

陆氧"哼"了一声,重新调整好姿势,拉过毛毯盖住自己。

朔继续讲刚才的故事。

"从此之后,神界就有了等级制度的雏形,神与神之间也有了尊卑亲疏之分,当时天下还算是太平。就这么过了许久,后来某一日,风神殒灭了。"

故事在这里急转直下,陆氧的思维有点儿没跟上来,心里生出疑惑:"死了?为什么?"

"原因无从考证,但是风神死的时候,郁攸恰好在她身边。"

"天,那郁医……我是说郁攸,她不会被怀疑吧?"

朔轻轻叹了声气:"这很难避免。"

陆氧嘀咕:"所以她下凡来了。"

朔觉得奇怪:"你怎么知道?"

陆氧翻了个身侧躺着,说:"猜的。"

"当时神界流言四起,再加上火系一脉主张推选出新的主宰者,那是最动荡不安的几年。金系的郁铄神不问世事,沉迷于推演命盘;土系的郁邙神保持中立,也不愿意参与纷争。自古以来,水系最得民心,郁苍神的声望也最高,大家都希望他来主持局面,恢复和平。但他明确表明自己不愿独揽大权,主张五位自然神各建一系,把世间所有生灵分门别类地加以管理。这个想法得到了众神的认可,之后逐步实施。而那些想要拥立新主的激进派,罚的罚,贬的贬,被清理了个干净。最终,体系建立了起来,五系互相制约,下设主管者,辅以临管者,神界终于恢复太平。只是后来……"

"后来怎么样了?"

"风神陨灭后,风灵无主,暂由郁苍神管理。后来他娶了扶摇神,并任命她为风目主管者。此举破了先例,在当时受到不少非议。水系和木系看似是联姻,其实说白了,就是结盟。差不多同一时间,郁攸神引咎辞职,不知去向,火系由灵晔神代为管理。"

　　陆氧皱起眉头说:"不对呀,你上次可不是这么说的,这是另一个版本吗?"

　　"嗯。"朔合上万晓书,将其放到一边,替陆氧拢了拢毛毯,继续说,"或者说这是被删改前的故事,我查了很多资料才整理出这一版。也许这才是真相,但我想不明白,风神这么重要的人物,为什么被史书抹得一干二净,连郁攸神的离去也是轻描淡写一笔带过。"

　　陆氧看见他手腕上的红绳有些松了,替他收紧了些,问道:"你最近一直在查这个?"

　　"对,包括之前的山火案,我还有些疑虑,想查清楚。"

　　陆氧指了指他们之间的红线,问:"那这个呢?你真不关心了?"

　　"关心也没用。"朔轻声道,"有些东西,我身为临管者没有权限查看,既然没办法,就算了吧。"

　　"我一直想问,你说的没有权限是什么意思呀?"

　　朔用手指在万晓书的封面上轻轻敲了敲:"意思就是受身份的限制,这本书上的很多东西我都看不了。"

　　陆氧随口说:"那你不能试着用破解版?"

　　"你说什么?"

　　陆氧自嘲地笑了笑,摆摆手说:"我瞎说的。"

　　她平躺着,闭上了眼睛。这氛围真是让人舒服得想睡觉。

　　朔动了动腿,说:"困了就去床上睡。"

　　"不要。就这样,我躺一会儿就好了。"

　　陆氧的脑袋越来越沉,很快就安然入睡了。

　　迷迷糊糊中,陆氧听到他叹了口气,说:"我就知道。"

06 海上飞鸟

深夜三点二十四分,陆氧盘腿坐在人工湖边的长椅上,耳机里播放着收藏的歌曲。

夜风带着寒意,她把自己裹在厚厚的羊毛外套里。

那天在木屋里睡着,醒来时她已经回到了宿舍。

雪夜的森林好像是一场梦,但回忆起来又是那么清晰。

陆氧拿起手机看了一眼时间,现在是夜里两点多,四周静悄悄的,室友们都在安睡。

她重新躺下,却怎么也睡不着,最后干脆爬下床,套了件外套,踩着帆布鞋出门了。

路灯的光惨白,湖里的天鹅也不知道去哪儿了,只有一只猫在路边精神抖擞地叫唤着。

陆氧搓了搓膝盖。她下半身只穿了条单薄的睡裤,腿被冻得僵硬。

有风吹过,树影在她的脚边摇晃。

陆氧的双手插在口袋里,看着黢黑的湖面做了个深呼吸。冷空气灌进鼻腔,又凉又刺激。

下一首歌的前奏响起时,她忍不住用脚尖打拍子。

不知不觉中,陆氧跟随着音乐开始轻轻哼唱。

突如其来的念头。
幻想化成流星的你我。
明亮的夜,漆黑的宇宙。
通通来自夜空。

陆氧渐渐地放开声音。

我会披星戴月地想你。
我会奋不顾身地前进。
远方烟火越来越唏嘘。
凝视前方身后的距离。①

向则以前说过,有些人就是老天爷赏饭吃,音色听起来就是有故事的,不需要玩技巧也可以让人立刻产生共情,而陆氧就是这样的人。

湖边的长椅成了舞台,头顶的路灯是专属于她的追光灯。

陆氧很久没有这么尽兴过了,甚至忘了冷。她完全享受其中。

今日份烦恼已售罄,
请闭眼开始星际旅行,

---

① 告五人乐队《披星戴月的想你》的歌词。

一块硬币即可精神共鸣，
　　Late-night longly flying！（深夜漫长的飞行）[①]

　　右边肩膀被轻拍了一下，陆氧打了个哆嗦，猛地回头看去。

　　不知从哪儿冒出个人，她倒吸一口凉气，吓得连连往后退，用胳膊挡住脸，失声叫道："你谁呀？"

　　"你好，同学。"那男生挥了挥手，说，"我听你唱歌听了好久了。"

　　陆氧放下一点儿胳膊，飞快地瞄了他一眼，问："你……你一直在这儿？"

　　男生点头："嗯。"

　　"你在这里干吗？"

　　"心情郁闷。"

　　陆氧皱了皱眉，觉得这个人好奇怪。她裹紧外套，起身准备离开。

　　"欸，你先别走。"那男生拦住她，"不好意思，打扰到你了，但我想上厕所，有点儿憋不住了。"

　　"你想上就去上呀。"

　　"我这不是怕等我回来的时候你已经走了吗？"

　　"我……"陆氧往两边看了看，用胳膊使劲儿抱住自己，说，"我现在真的要走了。"

　　"等等。"男生搓了搓被冻得发僵的双手，从口袋里摸出手机，对陆氧说，"你知道 Infinity（无穷）吧？"

　　陆氧点点头，表示略有耳闻。

[①] 柠檬茶乐队（小说虚构）《烦恼自动售卖机》的歌词。

Infinity 是他们学校的一个社团性质的学生乐队,最初由外文学院发起并成立,成员们用多语种翻唱流行歌曲。这支乐队自成立以来就引起了很多学生的关注,后来干脆把成员招收范围扩大到了全校。

这两年 Infinity 的翻唱作品在网络上也小有名气,可以说这支乐队已经是 H 大的一个特色了。

男孩儿向她自我介绍:"我就是 Infinity 的现任负责人,徐天骐,今年大四,学法语的。"

"哦,学长好。"陆氧顿了顿,又补上一句,"我叫陆氧。"

徐天骐说:"是这样的,本来明年年初乐队才招新,但现在有两个大四的学姐忙不过来,所以主唱的位子一直空着。"

陆氧眨眨眼睛,问:"所以呢?"

"同学,你唱得太好了,你是艺术学院的?"

陆氧说:"我是法学院的。"

"大几?"

"大二。"

徐天骐露出一个满意的笑容,说:"那你有……"

还没等他说完,陆氧就斩钉截铁地说:"没有。"

徐天骐继续问:"你已经参加别的社团了?还是学生会有工作?没关系,我们不冲突的。"

陆氧摇头说:"我对这个不感兴趣,不好意思。"

她微微欠身,准备离开,徐天骐叫住她,说:"大晚上的,我送你回宿舍吧,你住哪个区?"

陆氧摆摆手表示拒绝:"不用了,反正就在学校里。"

徐天骐坚持说:"学校里也不安全,我不放心。"

陆氧抿了抿嘴,这个时间,校园里最危险的分子就是他了吧?

怕她多想,徐天骐说:"好吧,是我怕走夜路,一起回去吧,反正也顺路。"

这次陆氧点了点头："行。"

路上，徐天骐问她："你刚刚唱的是什么歌？"

陆氧："嗯？"

"就……"徐天骐一边回忆，一边哼出刚刚听到的那段旋律，说，"就歌词里有什么'星际旅行'，什么'共鸣'。"

"哦，柠檬茶乐队，你知道吗？"

徐天骐打了个响指，可惜天太冷，手指被冻得不灵活，没发出声音。他说："我知道，刚上大学的时候听过他们的歌，你也喜欢他们吗？"

陆氧撇了撇嘴，说："不喜欢。"

"为什么？"

"难听。"

徐天骐挠挠头，难听还唱得那么投入？这学妹唱歌的时候表情很踏实、很抓人，说话却让人摸不着头脑。

"我还是希望你好好考虑一下，我已经面试了很多来报名的同学，真的，就你的声音最打动我。"

"学长。"陆氧停下脚步，抬头看他，"你不是大四了吗？你怎么还不卸任呀？"

徐天骐愣住了，这学妹说话还挺冲的。

"我保研了呀，很闲的。"

陆氧点点头，又疑惑地说："那你还半夜郁闷什么？"

徐天骐说："我不就为主唱的事发愁吗？乐队两个月没出新歌了，粉丝天天来催。"

陆氧翘起嘴角笑了笑，然后说："那你加油。"

路灯把他们的影子拉得又瘦又长。

徐天骐诚恳地说："学妹，要不你加我微信吧，什么时候改变主意了就来找我,什么时候都行。"

陆氧还是微笑着婉拒:"抱歉,我对唱歌真的没兴趣,而且学校里肯定有人比我唱得好。"

徐天骐叹了一口气,看上去很失落:"好吧,但你真别浪费了你的才能,你唱歌很好听。"

陆氧低下头,把下巴埋进外套领子里,没再说话。

十二月中旬的时候,朔带陆氧去了鹭岛。

这里好像没有冬天,阳光灿烂,气候宜人。

陆氧终于不用再穿着笨重的棉服外套了,时间好像一下子快进到了春天。

海水是干净的蓝色,在晴空下波光粼粼。

他们坐在沙滩上。陆氧去便利店买了一盒柠檬茶,在盒口上钻了个小孔,然后把一小瓶伏特加倒了进去。

她做这些的时候,朔抱胸站在一边,问她:"你这身体……能喝酒吗?"

"当然不能。"陆氧轻轻晃了晃饮料盒,说,"但偶尔喝一次又死不了人。"

朔摇了摇头。

陆氧用吸管吸了一口,酒味不浓,但柠檬茶的口感却瞬间变得醇厚起来,她眯起眼满足地发出一声叹息。

海鸥在礁石上短暂地休憩,然后展翅飞向遥远的天边。

朔冷不丁地开口问她:"鸥鸥就是你吧?"

陆氧喝饮料的动作一顿:"啊?"

他的视线落在她手里的纸盒上,说道:"柠檬茶乐队,鸥鸥,是你吧?"

陆氧看向大海,点头承认:"嗯,你听出来了?"

"猜的，也不太确定。"

陆氧说："都是好久以前的事了。"

朔问她："那时候你几岁？"

"不到十五岁，上初中那会儿。"

他揶揄道："看不出来呀，年少成名。"

陆氧"哼"了一声："什么年少成名，就是玩玩的。"

"那也很厉害了。"他顿了顿，问，"你和他是怎么认识的？"

"谁？向则吗？"

"嗯。"

"那就说来话长了。"陆氧把饮料盒放到沙堆上，双手撑在身后，右腿跷在左腿上，开始回忆说，"我小时候因为身体原因，总是要请假去医院，学习落了很多，到了周末我爸就会把我送到他一个同学那儿去补课。有一次老师有事，补课提前结束，但司机叔叔还没来，我就站在楼下等。

"那会儿向则十七岁，还在上高中，其他人也差不多大，他们在一间小车库里组了一个乐队，并把那里作为他们的训练室。那个车库就在我补课的老师家楼下。我等得无聊，听到有乐器演奏的声音，忍不住向那里靠近。

"大门敞开着，里头的人也看见了我。因为每天路过驻足参观的人有很多，所以一开始他们并没有过多留意我，也没人和我搭话。

"乐队中的一个主唱叫何未，有一个转音总是唱不好。向则示范了几遍，轮到他就唱不好，连续几次以后，大家都有些烦躁，他怪向则教得有问题，向则觉得他根本没好好练，眼看着就剑拔弩张起来。

"不知道为什么，我鬼使神差地把那句歌词唱了出来，吸引了在场所有人的注意。

"发现大家的目光都聚集在我身上,我还挺害羞的,看着鞋尖说:'他教的没问题,就是这么唱的。'

"再抬头的时候,我对上向则的眼睛,看见他露出一个清爽的笑容。他边笑边说:'你看,我教的一点儿问题都没有!人家小姑娘都会唱了。'

"其他人也开始起哄,何未气得'哼'了一声,说:'那你们找她去做主唱呗,我不干了行不行?'

"于是大家又忙着去哄他。

"向则站在我面前,穿着白T恤,胸前背着吉他,开口问我:'你叫什么名字?'

"我说我叫陆氧,氧气的氧。

"向则点点头,说:'嗯,挺可爱的。'

"我又问他叫什么名字,他说他叫向则,所向披靡的向,心诚则灵的则。

"很奇怪,那天屋子里有四五个男生,但是除了他,我一个都没留下印象。"

朔轻轻地笑出了声:"因为你那天只顾着看他了呗。"

陆氧若有所思地点点头:"可能是。"

那之后陆氧每次补课都会早去一两个小时,蹲在门口看他们排练。这成了她无聊生活里不可多得的乐趣。

再后来,向则提议让她去试着唱歌。

陆氧的第一反应是拒绝,因为她根本没想过组乐队唱歌什么的。

听到这里,朔问她:"那你为什么后来又改变主意了?"

陆氧拿起柠檬茶喝了一口,回答说:"有一次向则教我打架子鼓来着。"

她用双手模拟打鼓的样子,说:"最后一下打在吊镲上,就那一声,那个瞬间,我觉得好爽。我小学的时候学过钢琴,要端着,要确保每一个音符都正确,我不喜欢,可能这种高雅的艺术不适合我。但是打架子鼓的时候不一样,鼓每一次被敲响,都像是我的心跳声,我是自由的、热烈的,太过瘾了。"

一开始的时候,陆氧只当向则是随口一说,觉得他们组乐队不过是一时兴起。

她以为这帮人是不学无术的问题学生,毕竟他们看起来太闲了,一点儿也不像正常的高中生。

她后来才知道,原来不是所有组乐队的人都是叛逆少年。向则家里是开乐器行的,他母亲是某知名乐团的小提琴手。其他人的情况也差不多,他们都出身于音乐世家,不是准备艺考,就是准备去国外读音乐学院。

他们每个人都有拿手的乐器,组乐队对于他们来说不能算是一时兴起,但也不算是梦想。

他们就是为了开心,为了轻松,为了释放压力。

"每次看到有粉丝心疼向则以前过得悲惨,我都很想告诉他们真相。"陆氧笑着说,"他有什么值得心疼的,他如果不做酒吧驻唱歌手,回家还有个乐器行等着他继承呢。"

朔也跟着笑了笑,问她:"后来乐队怎么解散了?"

陆氧叹了口气,一只手撑着下巴说:"时候到了呗,本来也没打算做多久,有的人拿到 offer 要出国,有的人忙着艺考,我也得上学。而且那会儿我家里出了事,大家也就慢慢没了联系。"

"鸥鸥这个名字,是怎么来的?"

陆氧伸出手指,在空中画了两个圈,说道:"乐队的成俊哥,他家是开音乐制作公司的。那个暑假,我们在他家公司的工作室里录完了第一首歌。写名字的时候,我给自己想了个艺名——OO。向则说不好看,像两个鸡蛋,所以给我改成谐音字海鸥的鸥了。"

安静了会儿，陆氧突然说："他对我真的很重要。"

朔偏着头看她。

"我以前特别讨厌，不是，我现在也很讨厌那些所谓的励志故事。世界上又不是所有人都积极乐观，有些人的意志本就脆弱。小时候每次生病，我都会听到各种各样的人告诉我要坚强，不要怕，没关系，都会好的。哼，明明不会好的，为什么要自欺欺人？每次进医院我都怕得要死，我就是不够坚强，进手术室之前我想的最多的是，要不干脆死了算了。"

海风咸涩，陆氧的眼被风吹得泛红，嘴里继续说着："以前有一个老师，特别有意思，给我在卡片上写什么'裂缝里也能照进光，裂缝里也能开出花'。你不觉得这样做更残忍吗？让一群健全的正常人，去告诉一个基本没救的病人这个世界其实有多么美好。"

朔动了动嘴唇，想告诉她其实并不是这样的，但最后还是什么也没说。

他继续做她安静的听众。

"我有的时候会讨厌我身边所有的人，有时候又会为自己有这样的想法感到羞耻。直到向则出现了，他和我说，恨这个世界也没关系，你没有被它爱着，恨它又怎么了？他说消极的情绪也有意义，你尽情哭了，才能更加放肆地笑。悲观主义者不一定懦弱，也不一定就代表了消极的结果。当你能清醒地直面痛苦，就已经很勇敢了。"

海风把陆氧的头发吹乱，她抬起手把碎发别到耳后，说："到现在我也没有办法让自己时时刻刻充满能量，我也没有变得更勇敢、更坚强，但因为他，我至少没那么讨厌自己了。我不想战胜痛苦，我只想在痛苦打倒我之前，尽情享受我现在拥有的一切。"

她偏过脑袋,发现朔在盯着自己看,一脸难以描述的表情。

陆氧故意开玩笑说:"怎么?我说他对我重要,你吃醋了?"

朔收回视线,转而望向天际的飞鸟,说道:"没什么感觉。"

陆氧"呵"了一声,又说:"那看来你前世对我用情也不深呀,都没感觉。"

他顺口说:"你不是说,那不是你吗?"

陆氧顿了一下,举起饮料盒,猛吸一大口,把盒子都吸瘪了:"是,本来爱的也不是我。"

日月交替,时间又翻过一页。

朔结束一天的例行巡察,下班后,去了趟百无坊。

店里空空荡荡的,依旧只有天禄在,生意也不如从前,显得有些冷清。

朔走到前台,将自己的万晓书递过去,说道:"它好像坏了,反应很慢,你帮我看看是怎么回事。"

天禄接过来翻了翻,说:"小问题,你的系统要升级了,不是坏了。"

"升级?"

天禄咳嗽一声,从抽屉里拿出一本未拆封的书,说道:"你要是嫌升级麻烦,要不看看我们店里的新货?解决了上一款产品的所有问题,更丝滑、更快速、更便捷,而且外封还有很多种颜色可以选,你看看?"

朔双手抱在胸前,面无表情地打量他:"所以我的书反应变慢了,是吧?"

天禄目光躲闪地说:"说什么呢?"

朔提出疑问:"你为什么不能一次性把产品搞好?非得时不时搞点小毛病出来?"

天禄伸出一根手指，在他面前晃了晃，说道："一看你就没经商头脑，一次性满足顾客的所有需求，顾客还会再来吗？"

朔轻轻叹气："怪不得。"

"怪不得什么？"

"他们骂你奸商，让你滚出神界。"

"骂呗，有本事别一边骂一边又来买我的东西呀。"天禄一脸无所谓，低头专心捣鼓朔的万晓书，又说，"哎，你这封面有点儿脏了，我顺便帮你做一次清洁吧。"

朔意识到什么，问："不会这个也要花功为值吧？"

天禄朝他笑着眨眨眼睛。

朔摆摆手说："随你吧。"

等得无聊，朔随手拿起桌上的那本新书。这本书用橄榄绿的麂皮做的封面，看上去有些脏，像已经被人用过了。

他问天禄："我一直想问，为什么你总要把万晓书做得破破旧旧的？故意的吗？"

天禄忙着手上的清洁工作，头也不抬地回答："复古呀，在人类那里这可是一种潮流，你不懂时尚吧？"

朔放下手里的书，坦然承认："嗯，不懂。"

"这也是新产品？"他的目光落在天禄手边那本黑色封面的书上。

天禄偏头看了一眼，说道："这不是，无常神的，也送来维修。"

朔问："命格录？"

"应该是吧，我也不敢翻开看呀。生生，帮我拿块新的擦布出来。"他喊完才想起归生生不在，只能自己去里屋拿。

看他进去，朔的目光又回到那本黑色的古书上。

黑皮封底上红色线条勾勒出彼岸花的样子，诡异又神秘。

无常神的命格录，记载着万物的因果和变迁。谁与谁有什么牵绊，谁于何年何月生、何年何月死，上面都写得清清楚楚。

某个念头在朔的脑海里一晃而过，他的喉结滚了滚，将视线紧紧锁定在那本书上。

那天陆氧随口一句话，倒真的给了他启发，既然没有权限，为什么不用破解版？

他的万晓书查不到，但如果换一本不设权限的书呢？

显然，眼下就是一个绝佳的机会。

朔鼓起勇气，伸手去摸那本书。

原以为它的主人会设下保护屏障，但他顺利地打开了，这让他感到讶异。

这真的是命格录吗？这么容易就能被翻看？

他一边仔细留意着屋里天禄的动静，一边速度极快地在纸上写下一个"朔"字。

三秒过去了，毫无反应，又过了一会儿，书上出现一行红字——请填写正确的姓名。

朔这才想起，"朔"并不是他的名字，充其量不过是一个代号。

他放下羽毛笔，刚要合上书，又停住了。

朔重新翻开命格录，提笔快速写下"陆氧"两个字。

他庆幸这个名字足够独特，并没有重名的人。

纸上很快就显示出陆氧的生平、经历。开头写的就是一个普通女孩儿的成长过程，并没有什么特别之处。

他飞速浏览，看见其中有一行字被红笔画掉了，接下来的内容墨色偏深，像是新添上去的。

屋里脚步声响起。

朔轻轻地合上命格录，小心翼翼地放回原位。

"这丫头不在还真不方便，没人给我使唤了。"天禄坐回椅子上，抬头看了朔一眼，问，"你怎么了？"

"嗯？"

"表情怎么看起来……"他努力寻找一个贴切的形容词，"这么凝重？"

朔的神色缓和了些，摇头说："没事。"

半刻钟后，天禄把清理好的万晓书还给他："好了。"

"谢谢。"

"我给你抹去零头，一共六十功为值。"

"行。"

"我们这次还上了很多新配件，你要不也看……"没等天禄把话说完，朔就拿着自己的万晓书匆匆离开了百无坊。

天禄合上嘴，挠了挠自己的后脑勺。

这时来了个小仙灵，是无常神派来的。

天禄赶紧将命格录递过去，说道："都已经弄好了，有问题再送来给我……"

小仙灵抱着书摇摇晃晃地飘走了，一刻也不多耽误。

天禄耸了耸肩，又是一个没礼貌的。

收到陆选消息的时候，陆氧正坐在便利店里打哈欠，手边的关东煮就是她这天的午饭。

陆选："姐，你的游戏账号借我登一下。"

陆氧看了一眼日历，确定今天是星期五后，打字回他："你今天不上课吗？"

陆选："不上，我在家呢。"

陆氧："为什么？"

陆选："打篮球把腿摔折了，刚从医院回来。"

陆氧："爸妈呢？"

陆选："爸上班去了，妈也有事出去了。"

陆氧深吸了一口气，抓起自己的包离开了便利店。

她在路边拦下一辆出租车，在路上订好了最近一班的高铁票。

两个小时后，她打开门锁进到家里，陆选都惊呆了。

"我的天，你飞回来的吗？"

陆氧把包扔到沙发上，打开冰箱拿出一瓶果汁，拧开盖子就往嘴里灌。

"欸，"陆选伸手拦她，"太冰了，不能这么喝。"

陆氧喘了口气，说："你还来训我？怎么回事？"

陆选低头看了一眼自己被裹成木乃伊的左脚，"嘻嘻"笑了一声，说道："没事，你其实不用特地跑回来的，搞得我都不好意思了。"

陆氧板着脸问他："吃饭了吗？"

"还没，妈让我自己点外卖来着。"

"点了什么？"

"比萨。"

陆氧露出一个"我就知道"的表情。

她重新在手机上下单，点了一份牛肉粥，特地加了两个水煮蛋。

"陆选，你知道自己的情况比较特殊吧？"

她突然用严肃的口吻说话，搞得陆选莫名紧张起来。

"嗯……"男孩儿眨了眨眼睛。

"知道平时还不多注意一点儿？爸妈不想因为你身体的原因限制你的爱好，但是你自己不能没心没肺的呀，身体是你自己的，出了事遭罪的也是你自己。"

陆选被这突如其来的一顿教育说蒙了："不是，我不就骨折了吗？血都没见，你急什么啊？有必要吗？"

"我……"陆氧回答不上来，瞪了陆选一眼，心里气不过，又挥掌打在他的胳膊上。

她气冲冲地回到自己房间,扑到床上。母亲给她换了新的被套,还带着熟悉的茉莉香。

陆氧把脸埋进枕头里,深深吸了一口气。

"有必要吗?"

她的耳边响起陆选刚刚说的一句话。

是呀,有必要吗?

在陆氧四岁的时候,母亲怀上了陆选。

江玉兰的身体一直不太好,生陆氧的时候就吃了很多苦,其实她和陆学恺都不太想再要一个,但禁不住长辈不停地劝说。

陆氧知道家里多个弟弟的一部分原因是自己的不健康。

小孩子都知道的道理,有了新的玩具,旧的就可以被心安理得地扔掉了。有了陆选,父母就可以更容易地接受没有自己这件事。

她都明白。

所以陆氧不甘心地许了一个恶毒的愿望,她希望他们的下一个孩子也不要那么健康就好了。

这个愿望实现了一半。

弟弟是稀有的 Rh 阴性血,这不能代表他不健康,只是一旦出现意外,他需要承担更大的风险。

父母也没能如愿放下一半的心,以后他们更需要提心吊胆——为这两个不太幸运的小孩儿。

陆氧觉得自己真没良心。她翻了个身,搓了搓脸。有的时候她看着自己觉得陌生,有时候觉得矛盾,有的时候又像现在这样,唾弃自己。

"咚咚咚——"

房门被人敲响了。

陆选的声音在门后响起:"姐,外卖到了。"

陆氧没出声。

陆选又敲了两下。

陆氧还是没动。

陆选又敲了两下,可怜巴巴地说:"我花了二十分钟才跳上来的。"

陆氧起身下床,趿着拖鞋走到门边。

一打开门就看见陆选冲她露出一个大大的微笑,说:"超级至尊比萨,可香了。"

陆氧接过纸盒,侧过身子让他进门。

她把比萨放到书桌上,打开了盖子。陆选立刻把手伸过来,被她"啪"地打开,并说:"你不能吃油腻的,给你点了粥。"

陆选拉下脸说:"不是吧。"

陆氧拿起一块比萨,掰下最外圈的饼皮递给他:"饿了就先啃这个。"

陆选噘起嘴,不高兴了。

陆氧叹了口气,把手里的比萨递过去,说道:"行吧,给你咬一口。"

陆选张嘴咬下一大块,差点儿咬到陆氧的手指。

陆氧既嫌弃又无奈,把整块比萨都塞到他手里:"行,行,行,你吃,你吃。"

陆选得意地翘起嘴角。

"以后多注意一点儿,危险的事千万别做,什么滑板、赛车,你最好从现在开始就打消念头。"

陆选打断她:"吃饭呢,你能先不啰唆了吗?和老妈一样。"

陆氧又被这小子噎住:"行,不说了。"

午后的阳光洒在白色的桌面上,碎花窗帘被风吹得一晃一晃的。

陆氧找了部综艺节目看，陆选懒洋洋地躺在她的床上，被她警告了三遍不准把油蹭到床上。

过了一会儿，陆选开口说："姐，不得不说，你真的变了好多。"

陆氧嚼着比萨说："看样子你更喜欢现在的我，是吧？"

陆选觉得奇怪："你这话说的，不都是你吗？"

陆氧低声否认："不是。"

"啊？"

陆氧咬了一下嘴唇，转过头问陆选："你有没有听说过，做完心脏移植手术后的人，性格会发生变化？"

"知道呀，你刚出院爸妈不就带你去看心理医生了吗？怎么了？"

"你不觉得，现在的我不是我吗？"

陆选没那么多弯弯绕的心思，回答不了这么深奥的问题，只是问："不是你，那是谁？"

陆氧摇头，情绪低落下去："我也不知道。"

她分不太清自己身上有哪些东西属于她，哪些又属于这颗心脏的原主人。有的很模糊，有的又很清晰。比如喜欢茉莉香，比如有极强的共情能力，这应该都是这颗心脏原主人的特质。

陆氧记得以前的自己并不讨人喜欢。她自私而冷漠。

所以可以肯定的是，捐献心脏给她的那个人，是个很善良的人。也难怪朔会放不下她，老天爷要用一根红线安排他们重逢。

陆氧回过神来，问陆选："妈妈去忙什么了？居然把你一个人丢在家里。"

"忙基金会的事吧，快年末了要办慈善夜活动，她一直在接电话。"

陆氧点点头。

五年前的那场意外后，陆学恺和江玉兰夫妇成立了慈善基金会，主要的帮助对象是生了病或家里贫困的儿童。

陆学恺把公司每年收入的很大一部分都捐给了基金会，他们家也不再雇司机和保姆。

因此这几年外界对陆学恺的社会评价还挺高，当地电视台更是三番五次地邀请他们夫妻俩去做节目。

陆选吃完一块比萨，又要去拿下一块，被眼疾手快的陆氧制止住。

她盖上盖子收走纸盒，对他说："粥要到了，我下楼去帮你拿。"

陆选有气无力地"哦"了一声。

等到晚上九点多，陆学恺和江玉兰才回到家。

陆氧下午的时候给他们发了消息，江玉兰在语音里说幸好陆氧回来了，陆选瘸着腿在家她还真不放心。

听到开门声，陆氧打开房门走下楼梯，看见了刚回家的父母，他们看上去都很疲惫。

"小氧。"江玉兰问她，"和弟弟晚饭吃的什么？"

"给他点了粥，晚上又叫了份鸡汤。"

陆学恺脱下外套上了楼，叮嘱女儿早点儿休息。

陆氧闻到他身上有酒味。

江玉兰打开冰箱，想拿点儿红豆出来泡，第二天早上给两个孩子熬粥喝。

"妈。"陆氧跟着她走进厨房。

"怎么了？"江玉兰把红豆倒进碗里，打开水龙头。

在水流声中，陆氧咳嗽了一声，开口问："你知不知道给我捐献心脏的人是谁呀?"

听到这个问题,江玉兰愣了一下,关闭水龙头,背向陆氧说:"你怎么突然问这个?我不知道,医院有保密规定的。"

陆氧紧接着问:"那你和爸爸能帮我查一下吗?"

江玉兰猛地抬起头,语气严肃地说:"都说了要保密的,当然不能了。"

陆氧被她吓到,挠挠脖子,小声说:"我就想问问。"

"你关心这个干什么?"

陆氧回答:"就是好奇,想知道救我命的人是谁。"

江玉兰擦干净手,转身对她笑了一下,说:"别想了,你好好生活就是对那个人最大的报恩,去睡觉吧。"

陆氧点点头,说道:"那你也早点儿睡。"

离开厨房,她迈步走上楼梯,越想越觉得奇怪。

她想知道的是谁是救命恩人,又不是家族世仇,母亲的反应至于这么激烈吗?

陆氧从背包里取出电脑,抱着它钻进了被窝。

门外传来父母的交谈声,她捕捉到几个词语,都是"汇款""结算"什么的,大概是在谈公司财务上的事,没一会儿两个人就进了卧室,屋子重归安静。

这一个星期以来,陆氧陆陆续续收集了许多有关五年前那场车祸的报道。货车司机疲劳驾驶打瞌睡,致使多辆车追尾,最终造成六人死亡三人重伤。

当时陆氧突发心梗,抢救回来后情况也不容乐观,医生建议尽快做心脏移植手术。

很早之前陆学恺就在为她寻找供体,但资源实在太稀缺。在所有人都以为她会挺不过这一关的时候,医院却突然说找到了与她匹配的心脏。

奶奶说是因为爷爷先去了那边，求佛祖开恩，保佑他的小孙女平平安安，所以才有了奇迹。

没过多久，陆氧顺利进行了心脏移植手术，等她康复出院，已经是好几个月之后的事了。

事后再回看这些资料时，她发现新闻报道都大同小异，只有一两家媒体持续跟进伤亡人员的后续，而提到她心脏移植方面的内容更是寥寥无几。

怎么说这也是条社会新闻的素材，当时就没有记者关注吗？还是说父母想要保护她的隐私所以拒绝了采访？

盯屏幕的时间太久，陆氧揉了揉酸痛的眼睛，关闭文档，合上了笔记本电脑。

手机响起提示音，是陆选发来的消息，让她帮他拿瓶可乐。

陆氧刚想回"你自己没脚吗"，又想起他确实瘸了一只脚。

"咚咚咚——"

"进来。"

陆氧按下门把手，把手里的牛奶抛到陆选怀里。

盒子砸在他的手臂上，他痛呼一声，开口埋怨："姐，你是要把我的手也弄骨折呀。"

陆氧撇了一下嘴角，说："抱歉。"

陆选看了一眼牛奶，又抱怨说："我说要喝可乐，不是牛奶。"

陆氧说："家里没可乐了。"

"今天买比萨，店家不是送了一瓶吗？"

陆氧点点头，说："对呀，老爸刚刚说口渴就打开喝了，好像还剩半瓶，要给你拿来吗？"

陆选直摇头，说道："别，不用了。"

他横握着手机，一看就是在打游戏。

陆氧叮嘱他："你早点儿睡吧，别玩太晚，妈告诉我，医生说你晚上可能会觉得骨头疼……"

陆选打断她:"没事,姐,这点儿疼我能忍的。"

陆氧挑眉:"是吗?那最好了,你千万别疼得喊出声,别打扰我睡觉。"

陆选撩起眼皮,一脸幽怨地看着陆氧,却见她僵在原地。

"怎么了?"

陆氧快步冲到窗户前拉开窗帘,探头往外看。

陆选一下子坐了起来,问:"怎么了呀?"

"你高飞大哥来了。"陆氧说着就匆匆离开弟弟的房间下了楼。

陆选摸了摸后脑勺,一脸茫然。

她刚刚是怎么知道的?他们有心电感应吗?

陆氧一路小跑,在院子里停下,头顶的桂花树只剩下枯枝残叶,她叉着腰急促地喘气。

"你能跑步吗?"

陆氧摇头。

"那你跑什么?"

"我怕你走了。"陆氧抚了抚胸口,直起腰问,"你怎么来了?"

朔往旁边看了一眼,咳嗽一声,说:"下班了,路过。"

陆氧质疑:"你下班了不回家,从我家门前路过?"

月光透过枝叶间的空隙洒在地上,冷风吹得人直打战,小区里时不时响起一声狗叫,打破了长夜的安宁。

朔没有言语,只是伸出一直放在背后的那只手举到陆氧面前。他手里握着一束冬青,红色的果实娇小可爱。

陆氧愣了愣,呆呆地伸出手接过花,小心地收进怀里,一抬头对上了他的眼睛。

他说:"今天去南边巡查的时候,有位临管者给了我一束这个。"

陆氧撇了撇嘴，说："所以你就拿来送给我了？谢谢。"

他看陆氧缩着脖子在发抖，问："冷不冷？"

陆氧摇头："还行。所以你到底是怎么知道我在哪里的？每次找我都找得这么准确。"

朔看向她的手腕处，说："手表呀。"

陆氧抬起胳膊撸起袖子，问："手表？所以它是个定位器吗？我一直想问你，这东西到底怎么用？能看时间吗？"

朔有些惊讶地说："你难道一直不知道怎么用它吗？"

陆氧翻了个白眼，说："你也没教过我呀。"

"好吧。"朔上前一步，一只手抓着她的胳膊，另一只手的拇指指腹沿着表盘边缘摸了半圈，屏幕上随即闪起荧光，跳出一只黑色线条的小乌龟。

"神龟生生，有求必应！"

突然响起的尖细女声吓了陆氧一跳，她凑近表盘仔细观察那只乌龟，忍不住惊叹："我的天，这是什么呀？电子宠物？"

"差不多吧，"朔继续为她演示，"生生，现在几点了？"

画面中的那只小乌龟做了个抬腕看表的动作，说："十一点零三分。"

陆氧唤醒手机屏幕，真的就是十一点零三分，她开始觉得有意思了，说："这小东西有点儿厉害哦，那它能播报天气、上闹钟、实时定位吗？"

"那不行。"朔顿了顿，说，"准确地说，是不支付额外功为值这些功能就使用不了。"

陆氧感到迷惑："你们神仙还搞这一套呢？"

朔扯了一下嘴，说："发明它的人确实被骂作奸商。"

陆氧玩着那块手表，嘴里嘀咕着："多新鲜呀，神仙里还有生意人。"

"好了，快回家吧。"朔把双手插进外套口袋里，作势要离开。

"哎。"陆氧叫住他，嗔怪道，"你是不是又忘记了？"

"嗯？"

陆氧说："离开之前要好好道别。"

朔愣了一下，举起胳膊，不太自然地挥了挥手："那……再见。"

陆氧眉目舒展，同样挥了挥手："晚安。"

回家的时候陆氧捧着冬青，脚步轻快，嘴里还不自觉地哼着歌。

上楼时她发现陆选正单脚站在楼梯口，笑容暧昧地看着她。

陆氧立刻收起脸上的表情，防备地看回去，问："你在这里干吗？"

"啧啧，大半夜来就送了几串小糖葫芦给你，你还这么高兴？"

陆氧翻了个白眼，说道："你才糖葫芦，懂什么呀！好好回床上躺着去，上蹿下跳的，你到底是真瘸还是假瘸呀？"

看她被惹急了，陆选见好就收："好，好，我不说了，你的男朋友天下第一好。"

陆氧狠狠地瞪他，催促他："赶紧去睡觉。"

陆选一蹦一跳地回房间了。

陆氧在家过了一个周末，买了星期一早上回学校的高铁票。一想到回学校后还有一堆作业等着她做，她就提不起精神。

陆学恺问她："你一个人回去行吗？要不还是让妈妈开车送你回去？"

陆氧摇头拒绝："没事，我坐高铁就行。"

江玉兰在厨房煮好了粥，喊他们上桌吃饭，她上楼去叫陆选起床。

一家人吃好早饭,陆学恺出门去了公司。陆选是在床上吃的,吃完又继续睡回笼觉了。

江玉兰留在厨房里洗碗。陆氧拿着自己的电脑进了书房,准备把思修小组的材料打印出来。

打印机卖力地运作,过了一会儿,江玉兰在楼下喊:"小氧,收拾好了吗?要出发了。"

"来了。"等机器吐完最后一张纸,她一把抓起打印好的材料,随手塞进包里。

回到杭城后,陆氧抽空去了一趟市图书馆的档案室。她把事发那段时间的旧报纸都翻了出来,一张张查看,以免有遗漏了的消息。

她平时很少留意这些社会新闻,顶多出现在网络热搜上的时候顺便瞟一眼。这么看下来,她不禁感叹世事无常、瞬息万变。

报纸上记载着拾金不昧的快递小哥,见义勇为救下落水小孩儿自己却溺水身亡的男大学生,还有迷雾重重的纵火案……

但无论陆氧怎么找,都没有看到什么对自己有用的信息。

陆氧把一个下午都耗在图书馆里。她疲惫地叹了口气,瘫坐在椅子上。她只恨自己不是福尔摩斯,不能找出蛛丝马迹。

星期五的早课是思修课,陆氧一边打哈欠,一边把打印的资料分给组员。

"哎,陆氧,这张你拿错了吧?"有个男生从材料里抽出一张纸还给她。

"是吗?"陆氧低头看了看,是张表格,估计是她母亲落在打印机里的,被她不小心拿走了。

那男生问陆氧:"你家里还做慈善吗?"

陆氧下意识地点头,又赶紧摇摇头,解释说:"不是,我妈在给基金会工作而已，我拿错了。"

"哦，那你妈妈真厉害。"

陆氧回了他一个礼貌的微笑。

上课铃声响起，同学们依次上台做汇报。

陆氧坐在下面开小差，随手拿起刚刚看的那张纸看了起来。

这是今年他们家基金会的资助名单，上面有患癌的十岁女童，家庭贫困的高中生，还有一些当地的福利院。陆氧的视线下滑到最后一行，停在那里，微微眯起眼睛。

蒲婉心，六十七岁，泰康养老院？

他们家成立的慈善基金会不是专门救助青少年的吗？怎么还有老人在名单里？

资助原因那一栏是空白的，陆氧觉得奇怪，拿起手机打开相机，把那行内容拍了下来。

转眼就到了期末，学生们争先恐后地占领了图书馆，连学校附近的快餐店都座无虚席。

在"期末周"压抑的校园气氛里，陆氧实在无心复习，心头挂着更重要的事。

她在网上查到了那家养老院的地址，发现就在杭城。

如果父母成立基金会的初衷是她，那么资助的对象或资助原因多多少少会和她有点儿关系吧？

陆氧趁着周末，坐车来到养老院。她说不清自己来这里是不是为了弄清什么事，只是直觉告诉她有必要这么做。

"那个，请问一下蒲婉心奶奶在吗？"

"在的。"前台的工作人员看了看她，问，"你是她孙子的同学吗？"

"啊？"陆氧本来还在想怎么编一个身份，没想到人家直接给她安了个身份,她顺势点头承认,"对。"

前台的姐姐对她笑了一下,说道:"他们这会儿应该都在外面晒太阳,你去花园那边找就行。"

"好。"陆氧刚要迈步,又折回问,"经常有同学来看她吗?"

"对,这么多年了还有人来,好多都是在外地工作,特地抽空赶回来的,你们真的太善良了。"前台姐姐说着叹了口气,"其实说起来也是因为她的孙子善良,人缘好。"

陆氧没再多问,拎着刚在路上买的一袋砂糖橘往里走。

前台说的花园就在养老院的中心位置,这会儿阳光正好,好多老人坐在长椅上聊天、晒太阳,他们身边也有护工在陪同照顾。

陆氧问一个穿着制服的人:"您好,请问蒲婉心奶奶在哪儿呀?"

"蒲婉心……你找汪奶奶是吧?"护工踮起脚在人群里搜寻,很快就锁定了一个目标,用手指着说,"那儿呢。"

陆氧顺着那个方向看了一眼,没有立刻动身,而是好奇地问:"为什么叫她汪奶奶呀?"

"她夫家姓汪呀,大家也喊习惯了,反正来的人都这么喊她的。"

陆氧点点头,继续问:"所以她的家人是都不在了吗?"

护工觉得奇怪,瞄了她一眼,说道:"小姑娘,你不认识她吗?不认识她你还来看她?"

陆氧本就心虚,此时紧张地瞪大眼睛,灵机一动,说:"哦,那个,是我男朋友托我来看她的,他在外地工作,赶不回来。我也不知道这个老人家和他有什么关系,他不和我说,我不就好奇嘛。"

"这样啊,其实也不怪你男朋友不告诉你。"护工压低声音,神神秘秘地说,"汪奶奶的命不好,她的孙子为了救别人搭上了命，她儿子又是个浑蛋，不管她。唉，每年都会有很多年轻人来看她的，都是她孙子的同学、朋友，她们家小汪真是特别好的一个孩子。唉，你说说这……"

她的两只手拍了拍，话里话外尽是惋惜。

陆氧把视线投向花园里的长椅，刚刚护工匆匆一指，她已经忘了哪个是汪奶奶。她问："什么叫救了别人搭了命啊？"

护工叹着气说："就是五年前吧，有两个小孩子落了水，她孙子下去救，结果小孩儿上岸获救了，他没上来。"

"咚"的一声，像是有把大锤重重地砸在陆氧的头上。

在短暂的意识空白后，陆氧慌慌张张地从口袋里摸出手机，点开相册，快速翻阅。

她把这几天看过的所有报纸都拍了照片留在手机里，她记得这个故事在哪里见过。

灰底黑字的照片，密密麻麻的字符看得人头晕目眩，陆氧紧盯着屏幕，一目十行，终于找到了那一页。

"H大法学院大二学生汪澈，本地人，男，二十岁，二〇一六年十一月四日下午约十六点三十分，在归家途中听到河边传来两名小孩儿的求救声，毫不犹豫地跳下河救人。两名小孩儿最终获救，而他因腿脚抽筋溺水，被救上岸后立刻送往医院治疗，最终判定为脑死亡……"

男生？

陆氧手中的袋子里的砂糖橘滚了一地。一旁的护工阿姨惊叫起来，她才回过神来。

"小姑娘，没事吧？看你的脸色有点儿差。"

陆氧摇了摇头，蹲下身把橘子都捡起来，她把袋子塞到阿姨手里，留下一句"麻烦帮我送给汪奶奶"。

她立刻打电话给江玉兰。

电话接得很快:"喂,小氧。"

陆氧喊了声:"妈。"

"怎么了?"

想起那天在厨房里江玉兰对手术的事避而不谈,陆氧灵机一动,说:"我刚刚去养老院做了个志愿者活动。"

江玉兰的声音听上去很欢快:"是吗?你好棒呀。宝贝。"

陆氧继续说:"我听那里的护工说,我们家基金会还和他们有合作。"

听筒里安静了几秒,江玉兰问她:"你在哪家养老院?"

"好像叫,泰康?"

江玉兰又停了好一会儿,才说:"没有的事,我们家主要资助对象是青少年,你是不是听错了?确定是我们'心氧'吗?"

陆氧"哦"了一声,又说:"那可能是我听错了。"

江玉兰又问了点儿别的,最后叮嘱完她少熬夜、少点外卖才挂电话。

陆氧收好手机,双手捂着脸用力搓了搓。

母亲越是这样,她越可以肯定。

回去的路上,陆氧的情绪稍稍平复了些,开始在全网搜索有关汪澈救人溺水的新闻。

网上的新闻和报纸上的内容差不多,男大学生见义勇为却不幸丧命,结局令人惋惜。

陆氧点开评论区,希望能从这里获取些有用的信息。她一条一条地扫过去,发现竟然还有一些批评的声音。

有人说不会游泳就别逞能;还有人说他这么一头扎进水里实在太莽撞了,不是正确的处理方法;更有人洋洋洒洒地写了上千字批判舆论过于鼓吹无私奉献精神……

陆氧发现在一个官方媒体的评论区里,有两个网友吵了一百多条。

起因是一个网名叫"人间四月天"的网友说了一句:"就这也能被媒体夸成英雄?被当作正面教材宣传?"

和他对骂的人网名叫"古月木白",从文字里能看出他在生活中是认识汪澈的,话里话外都在维护汪澈。

到最后,两个人的对话已演变成仅仅是为了发泄情绪,早已脱离了就事论事。

出租车行驶平稳,但看久了屏幕,陆氧还是觉得头晕。她记下这个昵称,关了屏幕,揉了揉眼睛。

事情发生的时间就在她动手术前的一个星期,如果他就是给自己捐献心脏的人,那他和朔是什么关系?

朔之前说起过亏欠,说红线第一次出现的时候他很难受。

他有什么对不起汪澈的?

她有太多疑问了。陆氧捶了捶自己的脑袋。

睡前躺在床上,陆氧想起白天在车上看到的那条微博,赶紧拿出手机搜索"古月木白",点进他的主页。

他的个人简介是"酒鬼一个",具体的年龄没有显示。这个人和汪澈又是什么关系?

陆氧往下翻了翻,发现他发的内容基本上都是关于酒的,各种各样的酒,很符合简介里的人设。有张图片是他一个月前发的,画面上,玻璃杯里盛着蓝色的液体,背景看起来像是间酒吧。

评论区有人问:"这是哪家店?"

"古月木白"回复:"杭城栖息地。"

"你是老板?"

"对。"

栖息地?陆氧抓了抓头发,那不就是向则驻唱的那家酒吧吗?

那个老板……陆氧回忆起那晚他在台上讲话的样子。他看上去是个处世圆滑的人,他和汪澈是怎么认识的?而且五年前汪澈也才二十岁左右,怎么会认识酒吧的老板?

陆氧在床上翻来覆去,琢磨着这些乱七八糟的事,入睡时天已经快亮了。

做完心脏移植手术后,有人曾告诉她,她的性情可能会发生些改变,让她不用担心和害怕。

这种说法是不科学的,陆氧身上也并没有出现这种状况,只是她经常会做同一个梦。梦里她站在一栋房子前,门口有两株茉莉花树,花盛开时白得耀眼。

她曾经就这个梦问过郁攸,对方说可能是因为她被子上的茉莉香,让她在潜意识里产生了联想,因为在她的描述里,那个场景很模糊。

这一晚,陆氧又做了这个梦。

与之前不同的是,这一次她不仅把茉莉花树看得清清楚楚的,还在屋子里听到了一个老人的声音,她在喊自己回家吃饭。

第二天醒来时,陆氧睁着眼睛看着天花板,缓了好久才彻底清醒过来。

室友的闹钟突然响起,吓得她心一颤,她拍了拍自己的胸口,掀开被子起身下床。

陆氧换好衣服,把包挎在身上的时候,孟雨霏刚洗漱完回来,问她:"要出去吗?"

"嗯。"

"图书馆?"

"不是。"

"哦,对了,刘老师布置的论文你开始写了吗?"

"没呢,我题目都没想好。"

孟雨霏松了口气,说:"那就好,我听说有人已经写得差不多了,可把我焦虑坏了。"

陆氧对她笑了笑,说:"不是还有一个多星期才到提交时间吗?不着急。"

孟雨霏看她就背了一个小小的剑桥包,没装复习资料,也没装笔记本电脑,不禁好奇地问:"你这是要去哪儿呀?"

陆氧愣了一下,问道:"怎么了?"

孟雨霏挠挠头说:"看你好像不是要去复习的样子。"

陆氧把围巾系在脖子上,打了个结,说:"嗯,有点儿事要办。"

"哦,这样。"孟雨霏没再问下去,朝她挥挥手说了声"拜拜"。

07 清醒梦

陆氧离开学校，打车去了栖息地酒吧，等快到的时候才意识到这会儿是大白天，人家可能还没营业。

她无处可去，也没心思闲逛，于是随便找了家咖啡馆，点了一杯拿铁，准备在这里消磨时光。

她想起上一次来这附近，也是个下雨天，留下的记忆也不算美好。

那个人怎么样了？好久没见了。

终于等到四点多，陆氧动身前往酒吧。

酒吧看样子还没正式开始营业，门关着，但没锁。陆氧推门进去，里面恰好有人推门出来，她的脑袋差点儿撞到那个人的胸膛上。

接连说了两声"对不起"，陆氧低着头往后退了一步，想让他先出来，却发现面前的人站在原地没动。

"陆氧？"

听到他喊出自己的名字，陆氧诧异地抬起头，下一秒眼睛瞪得更大了，连忙问："你怎么在这儿？"

向则没回答，笑了起来，反问她："那你呢，你来干什么？"

陆氧避开他的视线，他们太久没见了，生分说不上，但气氛有些尴尬："我有事。"

"来这里办什么事呀？算了，我不多问了，但你要想来玩儿，恐怕要换个时间，今天这里不对外营业。"

"有人包场吗？"

向则摇头："老胡生日，今天这儿全是熟人。他一定要我来，我今早还在鹭岛呢，中午刚到。"

"老胡？这儿的老板？"

"对。"

陆氧想到什么，问："他不会叫胡柏吧？"

向则挑眉："你怎么知道？"

陆氧的眼睛亮了亮，向前一步，伸手拽住向则的衣袖说："我就是来找他的，你能带我见见他吗？"

向则点点头说："这倒不是问题，但你找老胡干吗？"

陆氧抿了抿嘴，收回手说："你刚说不多问的。"

"好，不问。"

"你先进来吧。"向则带着陆氧走进酒吧。

这会儿店里很冷清，陆氧想起那晚的热闹喧嚣，恍如隔世。

"老胡去接人了，你在这儿等等他。"向则对陆氧说。

有人在里头喊："向则，是不是外卖到了？快拿进来。"

向则高声回："没呢。"

"那谁来了？你跟谁说话呢？"那个人边说边走了出来，见眼前是个陌生的年轻姑娘，一下子有些蒙，问道，"这是谁？你的女朋友？"

"不是，我妹妹。"向则赶他进去，"你进去洗你的菜。"

那个精瘦的男人把目光移向陆氧,他手上还戴着黄色的塑胶手套,大方地打招呼说:"妹妹,你好,叫我满哥就行。"

向则朝他吼:"谁是你妹,快回去。"

等男人骂骂咧咧地回厨房了,向则对陆氧说:"不用理他。"

他让陆氧在吧台边上坐着,又从保温箱里拿了瓶热的牛奶递给她。

陆氧把红罐牛奶捧在手里没打开,两个人肩并肩坐着,前几分钟谁都没说话。

"花你收到了吧?"陆氧突然转过头问他。

"嗯,看到了,一大捧棉花,太显眼了。"

陆氧低下头小声说:"也不是只有棉花呀,还有松果什么的。"

向则有首没对外发表的歌,歌名很长,叫作《世界上我最喜欢的地方是我的床》。

词是陆氧填的,里面有这么一句话——玫瑰美艳只在皮囊,换我就带着一束棉花流浪。

后来那首歌在讨论时被乐队其他成员筛掉了,理由是歌词和旋律都太偏向流行歌曲,没什么内涵。

陆氧和向则对这首歌的感觉倒是不错,两个人曾一起狠狠"吐槽"他们没品位、不懂最好的艺术就是雅俗共赏,但后来也没坚持要唱。没想到五年后,棉花会成为他们之间心照不宣的暗号。

两个人又是一阵沉默,直到向则冷不丁地笑了一声。

陆氧看过去,问道:"你笑什么?"

他说:"本来重逢应该是互相问最近过得怎么样,但你上次好像已经问过了,所以我现在有点儿不知道要干什么。"

陆氧笑了一下,说:"我也是,主要是没想到我们能再见面,毕竟你成大明星了。"

"大什么大,还是一个小歌手。"

陆氧看了看他，问："你在这儿唱了多久的歌来着？"

向则说："三年吧，我上大一那会儿就喜欢来这里听别人唱歌，后来有个哥们儿不唱了，正好空个位，我就顶上了。"

陆氧的眼睛亮了亮，问："大一？五年前吗？"

"对。"

陆氧紧接着问："那你认不认识一个叫汪澈的人？"

向则皱眉："谁？好像没什么印象。"

陆氧收回目光说："哦，没事了。"

"你要找这个人？"

陆氧点头，又摇摇头，然后说："也不是找，就是打听一下。"

店门被人从外面推开，一阵喧闹声传了进来。

四五个男人有说有笑地走进店里，向则起身，和他们打招呼。

很快有人注意到他旁边的陆氧，揶揄道："有人偷偷带家属来呀？这谁呀？大明星，赶紧介绍介绍。"

向则还是那个答案："我妹妹。"

大家显然不信，屋里响起一阵起哄的声音。

向则懒得搭理他们，朝胡柏招了招手："老胡，你过来一下。"

被他叫到的人大大咧咧地问了一句："干吗呀？"

"过来，有事。"

其他人都开始张罗晚上的火锅，屋里比刚刚热闹了不少。

胡柏走到他们面前，问："什么事呀？要偷偷给我塞红包？"

"红包等会儿给你，陆氧想和你打听个人。"

胡柏看了向则旁边的女孩儿一眼，这张脸他应该是没见过的。他指着自己，疑惑地问："找我打听？"

陆氧点点头，说："对，请问您认识一个叫汪澈的人吗？"

胡柏本在摸口袋里的手机，闻言动作一滞，望向陆氧的眼神变得警惕起来，说道："你打听他干什么？这我无可奉告。"

没想到对方的态度这么冷漠，陆氧还在犹豫怎么开口解释的时候，向则横在两人中间说："这是我认识很久的妹妹，你放心好了。你要是认识这个人就和她说，她不会有什么坏心眼的。"

陆氧用力点头："对。"

胡柏看着她，眉头微微蹙起，然后说道："那你跟我到后门来。"

向则没跟着去，只是对陆氧小声说了一句："没事，想知道什么你就问。"

打开后门是条窄路，旁边有两个大垃圾桶，脚下的地面坑坑洼洼，对面停了辆废弃的摊车，招牌上的字迹已经很淡了。

胡柏的声音还是和刚刚一样冷："你打听汪澈干什么？"

陆氧问："我告诉你了，你就能把你知道的都告诉我吗？"

胡柏点头说："当然，只要你有合适的理由。"

陆氧深吸一口气，撒了个半真半假的谎："我发现汪澈就是五年前给我捐献心脏的人。你知道吗？做完心脏移植手术的人，身体可能会被心脏的原主人影响。有的时候我能想起一些不属于自己的记忆，这让我很混乱，所以我想知道这个人到底是谁，他是个什么样的人。"

这会儿天已半黑，四周昏暗，她看不清胡柏脸上的表情。

半天没等到他的回应，陆氧的心一沉，编得这么离谱，难怪对方不会信。

她正准备再说点儿什么补救一下，没想到胡柏先说话了："我大概知道了。"

他又问："介意我抽烟吗？"

陆氧摇摇头。

火苗燃起，胡柏却没点烟。他盖上打火机的盖子，说："算了，就这么说吧。他出事前，一直在我这里打工，高考完的那个暑假就来了，端端盘子，给喝醉酒的客人叫个代驾什么的。一开始我也没怎么注意这个小伙子，就记得人挺勤快的。那时候其他人都不愿意倒垃圾，一个是因为要留到店打烊才能走，一个是以前的这条街比现在还脏得多，总是有老鼠乱窜。他总是揽下这项工作，这个人能吃苦，脾气还好。那个时候是按周给兼职生发工资的，我每次都多给他一百块钱。其他人不知道，他自己也不知道自己多拿了。那小子心太软了。"

陆氧抬头看了胡柏一眼，他整个身体都藏在阴影里。

她想，这个汪澈到底是个多好的人？到现在都有人这么深深地记得他。

"有阵子店里没生意，基本没赚到钱。我是借钱开酒吧的，还亏了那么多，我每天晚上一边算账一边抽烟，心里烦。有一次他听见我咳嗽了，跑去后厨给我煮了碗冰糖雪梨，让我少抽点儿烟，我那个时候怎么回他来着？"胡柏顿了顿，说，"我说'一边去，关你什么事'。然后第二天这小子又给我煮冰糖雪梨了，我还是骂他闲得没事干。"

胡柏笑了起来，说："他就是这么傻的一个人。上大学之后，他每周也就来三四天，基本都是周末才有空，我问他要不要平时没课的时候也过来，我可以让他早点儿回学校。他说不行，平时晚上还要当家教，他自己也要学习。"

胡柏又笑了笑，说："我可太讨厌这种人了，太傻了。但是他出事后，我看到网上有人说他傻，我又受不了了，估计是那天酒喝多了，我特别生气，我抄起手机就和人家理论。第二天就有人爆料说我是这里的老板，于是就有记者来采访我，想知道他还干过什么好人好事，被我轰走了，我说他就是个傻子。"

"虽然他在我这儿干了挺久，但说实话，我对他的了解也不多，你不如去找他以前的同学和老师问问，说不定他们知道得比我多。还有，妹子。"胡柏拍了拍陆氧的肩，"你是你，他是他，你别想太多。"

陆氧点点头，说："我知道。"

"既然你跟向则认识，还和汪澈有缘分，那你也算是我的妹妹，以后多来店里玩，哥不收你的钱。"

陆氧咧开嘴笑了一下，说道："谢谢你。"

"进去吧，外头冻死了。"

火锅已经煮开了，屋里的人正等着他们回来开席。其他人都让陆氧留下来一起吃，她拒绝了，她说自己还要复习，快期末考试了。

向则说要开车送她回去，也被她拒绝了。

等陆氧离开，桌上有人问："老胡，你和人家小姑娘聊什么呢？聊这么久？"

胡柏打哈哈说："聊人生，聊理想，聊聊在我这里打工一个月能赚多少钱。"

大家笑完，这个话题也就过去了。

过了会儿，胡柏把一块鸭血从锅里捞到蘸料碟中，突然想起什么，戳了戳右边向则的胳膊，问："你这妹妹做过心脏移植手术？"

向则点头，问："对，她和你说的？"

"嗯，她说那个捐献者在我这里打过工，所以来和我打听打听。"

"汪澈？"

"嗯，就是他，五年前救了两个小孩儿自己却溺水的那个。"

向则突然瞪大眼睛说："他呀！"

胡柏挑了挑眉，问："你对他还有印象？"

"当然。"向则放下筷子，拿起酒喝了一口，然后说，"但也就接触过一次，就在后门那条窄道里。我还真的和他聊过人生和理想。后来知道新闻上的那个人是他，我还挺难受的。"

胡柏心里也不爽快，说："唉，这小姑娘突然冒出来，把生日会搞得这么沉重。"

向则笑了笑，拿起自己的酒杯和他的杯子碰了碰，说："他后来还把自己的器官捐献出去了吗？心脏居然给了陆氧？"

胡柏说："我倒是知道他以前经常去献血，没想到死后还捐了器官。"

醉意浮上脸，胡柏抓了抓通红的耳朵，轻笑一声，自言自语："太伟大了，可别是个下凡渡劫的神仙。"

他拿起杯子递过来，向则和他碰了碰杯，把杯里剩下的酒都喝光了。

第二天没通告，向则放肆地喝了一场酒。一股辛辣味停在舌尖，他皱了皱眉，还是不太习惯喝酒。

上一次喝得酩酊大醉是什么时候？向则记得是好几年前的事了，也是在这家酒吧。

酒吧后门出去是个窄巷，小小的巷子里挤着好些店铺，酒吧开始营业的时间就是做煎饼的大婶收摊的时间。

向则那会儿刚上大一，没怎么喝过酒，几杯酒喝下去，胃里翻江倒海的，于是他从酒吧后门跑出来，扶着墙呕吐。

"咣"的一声，铁门开了，一个穿着制服的服务生出来倒垃圾。

向则和他对视了一眼，不好意思地低下了头。

那小哥把黑色的大垃圾袋利索地丢进垃圾桶，转身拍拍手，回屋去了。

向则背靠着墙，平复了一下呼吸，感觉头昏脑涨的。

他没料到那小哥很快又回来了，手里还拿着瓶矿泉水。小哥把水递给自己,让自己漱口。

向则怔了怔,接过瓶子,说了声"谢谢"。

这个人长相白净,举止斯文,看起来就是个勤工俭学的普通大学生。向则老听店里的人说起一个"三好学生",估计就是他了。

"还难受的话可以去买瓶牛奶或者酸奶,解解酒。"

"谢谢,知道了。"

"失恋了?"

向则否认:"没有。"

"那怎么了?这么年轻有什么烦恼呢?"他看上去年龄不大,说话却老成。

这会儿是深夜,窄巷里僻静昏暗,在这样的环境里人很容易卸下心理防备。

向则呼出一口气,说:"我也不知道,其实我没遇到什么大事,我这个人就是很容易产生消极情绪,大都是源于生活里的细枝末节。很矫情,是吧?但我心里真的烦,干什么都没热情。"

小哥顿了顿,问他:"我记得你来找过老板,说你想唱歌。唱歌不是你喜欢的事情吗?"

"是呀,喜欢,但也没到梦想那种程度,能唱就唱,不让我唱就不唱呗,无所谓。"向则自嘲地笑了笑,问他,"我是不是太不求上进了?我有同学立志要去著名剧院演出,有同学想考最好的大学,但我就是胸无大志,我没那么想出人头地。"

"那也很好呀。"小哥的语气听起来很诚恳,"真的,有的时候你不把事情看得太重,反而更容易得到你想要的结果。做事目的性太强,人会很难接受失败,会更痛苦的。而且你现在过得也并不糟糕,你的那些消极情绪并没有严重到影响你的生活吧?而且人们不是说,搞艺术的人都有点儿忧郁吗?"

向则笑起来,说:"对,搞艺术的都有点儿病。"

似乎是屋里有人喊他,小哥说他要进去忙了,向则抬了一下手,说:"我记住你了,好兄弟。"

时间一晃已经过去五年,向则作为歌手站上了更大的舞台,发展得还算不错,未来一片光明。而那个在又脏又黑的窄巷里曾经安慰和鼓励过他的人,却永远沉在了冰冷的湖底。

喧闹声中,向则又给自己添了杯酒。管不了第二天起床会不会头疼了,他这会儿太需要酒精了。

从酒吧回来后,陆氧试着从 H 大入手调查。汪澈算起来还是她的直系学长,但她翻遍了学校的网站,除了在那两年法学院的奖学金名单上看见了他的名字,其他的什么也没找到,连一张照片都找不到。

学校的自媒体上有关他的信息也统统没有,看来汪澈并不是一个热衷于参加社交活动的人,这点倒是和陆氧很像,她在学校里就是个"透明人",不过人家学习比她强。

正值"期末周",陆氧也不敢直接去找院里的老师问问题。之前那套说辞糊弄胡柏还行,去套老师的话,她没那个胆子,所以陆氧又去了一次养老院。

这几天的奔波让她身心疲惫,睡眠质量也不高。

这次到养老院,她轻车熟路地走到中心花园的入口,踮脚往里面张望,听到身后有人说:"小姑娘,你又来啦?"

陆氧回过头去,认出说话的人就是那天和她聊天的护工阿姨,笑了笑说:"嗯,我那天突然有点儿事。"

阿姨善解人意地说:"懂的,我儿子也经常被他老板一个电话就叫回去加班,你们年轻人工作太辛苦了。"

陆氧扯了扯嘴角,笑得不太自然。

护工阿姨说:"汪奶奶这会儿刚吃完饭,应该在房间里休息,我带你过去吧。"

"好,谢谢。"

走在长廊上,护工和陆氧分享说:"早上汪奶奶给大家做了桂花糕,可香了,不知道还有没有剩的。"

"那个……"陆氧欲言又止,轻声说道,"我想问问,汪奶奶现在的精神状态怎么样?还好吧?"

"你放心,老人家很坚强,她在我们这儿人缘可好了,经常做吃的分给大家,我们都喜欢她。"

这让陆氧感到意外:"真的吗?那挺好的。"

"其实刚来的时候,她不怎么说话,也不爱笑,老是一个人坐着发呆。毕竟发生这种事情,换了谁都不好受。后来吧,每年来看她的人很多,她就慢慢好起来了。说起来,倒是她的亲儿子来得最少,几个月才来一趟,基本都是在节日才来看她一眼。"

陆氧问:"她儿子是做什么工作的?忙吗?"

护工挤眉弄眼,悄声说:"忙什么忙,听说就是一个小老板,前几年突然发了一笔财,做点儿小生意什么的。他早就另娶老婆了,大孙子一直是汪奶奶带。"

陆氧点点头,说:"这样啊。"

说话间两个人走到了房间门口,门敞开着,护工阿姨轻轻敲了两下,对里头的人说:"汪奶奶,有人来看你了。"

"谁呀?进来吧。"

护工侧了侧身子,陆氧走进屋里,一抬头就和坐在床边的人对视上,她看到一张和蔼的、带着皱纹的笑脸。

陆氧一瞬间紧张了起来,攥紧包带喊了声:"汪奶奶。"

"你好,你好。"汪奶奶朝她招手,"你过来坐。"

陆氧走进去,看见床头柜上放着的正是她那天买的橘子,已经吃了一大半。

"你看着有点儿面生，是谁来着？奶奶记性不好。"

陆氧刚要回答，护工先一步开口替她解释："她就是男朋友委托来看你的那个，小姑娘前两天来过一次，中间被老板叫回去加班了，今天又抽空来的。"

陆氧感激地看了护工一眼，微笑着点点头。

汪奶奶皱起眉，替她打抱不平："谁呀？哪个小子这么不懂事，你不也忙吗？"

这问题护工就没办法帮她回答了，她只能自己硬着头皮说："哦，是高飞，我是高飞的女朋友。"

她越说声音越小，越没底气。她也不了解汪澈的朋友，索性胡编一个，反正汪奶奶对汪澈的同学也不一定很了解，到时候再随机应变。

"高飞？"汪奶奶眯着眼睛，在记忆里搜索这个名字。

与此同时，陆氧的心怦怦直跳。

"哦，大飞是吧？他确实好久没来了，以前还嫌他叽叽喳喳，话太多，好久没见了，还怪想的。上高中那会儿小澈老带他回家吃饭，我做的桂花糕他一个人可以吃一盘。"

陆氧松了口气，笑着说："对，他就是又吵又能吃。"

汪奶奶想了想，又觉得不对，说道："我怎么记着大飞是三个字的名字来着？叫什么鹏飞？"

"对。"陆氧眨眨眼睛，说，"但我喜欢这么叫他，喊多了有的时候就忘了他的大名了。"

汪奶奶重展笑颜："我也觉得，还是两个字的名字好记，给小澈取名的时候也是找人想了一大堆，有些字我都不认识，后来还是他妈妈说，就取汪澈吧，简单一点儿，也顺口。"

陆氧点点头，顺着她的话说："嗯，汪澈这个名字很好。"

奶奶嘴角的弧度往里收了些许,说:"也不好,不吉利,三点水又三点水的。"

陆氧愣了一下才反应过来,赶紧转移话题:"哦,对了,奶奶,大飞还让我问问你,你这里还存着汪澈的高中毕业照吗?大飞说他的找不到了,想让我拍一个回去,给他看看。"

"有呢。"奶奶起身走到柜子边上,说,"我给你找找。"

她从抽屉里取出一个盒子,坐回床边,小心翼翼地打开盒盖。

陆氧看到最上面有一个红色小本子,凑过去问:"这是献血证?"

奶奶取出递给她:"对,小澈成年之后会定期去献血。"

汪奶奶从盒子里找出毕业照,拿给陆氧,指着最后一排最中间的男孩儿说:"你看,这就是大飞小时候,胖吧?"

陆氧看着那张陌生的脸,笑着点点头:"现在帅多了。"

她的视线左移,在看到某个人时表情忽然凝固住,陆氧把头稍微凑近了些,确认自己没有看错。

照片上男孩儿的脸型比她熟悉的那张脸要圆润一些,他和旁边的同学勾肩搭背,笑容灿烂。

原来他笑起来是这样的。

陆氧克制住激动的情绪,屏着呼吸,用手指指着那个人,问汪奶奶:"这是谁呀?"

奶奶看了一眼,扬起嘴角,眼神里满是爱意地说:"这就是小澈呀,那会儿他也胖乎乎的。"

谁?

陆氧僵住,大脑一片空白。心脏忽然一阵刺痛,她用手捂住胸口。

奶奶看她的状态不对,关切地问:"怎么了?孩子,不舒服啊?"

陆氧的脸煞白,强撑着,摇头,然后说道:"没事。"

奶奶搂着她的胳膊说:"你们平时要少熬夜,知道吗?工作不能太辛苦。"

陆氧深呼吸了几次,缓了缓,说:"真的没事,奶奶,那我今天就先走了,下次有空再来看你。"

"哎,好,你和大飞要是忙就别特地跑来了,知道吗?"

陆氧仓促地点点头。

离开房间,她大口地呼吸着新鲜的空气,加快脚步往外走。

那阵刺痛越来越剧烈,终于到达她忍耐的极限。她疼得双腿发软,跪坐在路边。

眼前的世界变得灰白,在眩晕感中,陆氧记起,上一次有这样的感觉,还是在学校外初次遇见朔的时候。当时她疼得没法儿出声,像是有什么东西一直在往外拉拽她的心脏。

现在这种疼痛好像更强烈了,她隐约闻到一股难闻的腥味,好像看到有一只手伸进她的胸膛,不管她的痛苦和呼叫,要残忍地把她的心脏夺走。

怎么会这样?陆氧颤抖着去摸左手腕,朔给她的手表明明还在。

剧烈的疼痛掺着血腥气,快要把她撕碎了。

陆氧一头栽倒在地上。

陆氧做了一个很长的梦。

这个梦由很多琐碎的片段组成,没有前因后果,也没有起承转合,画面一个接一个,场景混乱又陌生。

再次睁开眼,她望着白色的天花板,逐渐意识到自己在医院的病房里。耳边的声音一点一点清晰起来,她扭了扭头,看到了父母担心的脸。

她想说话,但喉咙异常干涩,发不出声。

很快就有医生来给她做检查,她被扶着坐起了身。江玉兰给她倒了杯温水。

医生说:"没事了,让她休息一会儿就可以出院了。"

陆学恺和江玉兰不放心,拦着医生一再确认:"真的没事吗?"

医生很肯定地保证:"全身检查都做了,真的没什么大问题,就是小姑娘体质差,平时要多注意锻炼身体,最好也要保持心情舒畅,不要有太多负面情绪。"

陆氧捧着玻璃杯抿了口水,干裂的嘴唇被润湿,她终于觉得舒服了一些。

送走医生,江玉兰又问陆氧:"小氧,你自己觉得还有哪里不舒服吗?怎么突然倒在路边呀?还好有人看到并及时打了医院的急救电话,你吓死爸爸妈妈了。"

陆氧摇摇头,说:"我没事。"

江玉兰坐在床边,捋了捋她的头发,心疼地说:"你的脸色太差了,要不今天还是在医院住一晚,观察观察,让医生再做个详细点儿的检查。"

陆氧抬起手腕,沿着表盘摸了半圈,上面显示的时间是晚上六点。

"不用了,医生都说没大事,我还是回学校吧,'期末周'本来就紧张。"

陆学恺问她:"是不是期末压力太大?女儿,你只要健健康康的,爸爸就满足了。"

江玉兰接话说:"对,还有你要少熬夜,少喝咖啡和奶茶,你自己的身体,自己要爱惜。"

陆氧点点头,说:"知道了,我挺好的,没压力。"

江玉兰又问:"药都有按时吃吧?"

陆氧屈起双腿抱住自己的膝盖："嗯，在吃的。"

"妈。"她低着头轻轻喊了一声。

江玉兰怕她冷，取了外套披在她肩上，问："怎么了？"

"到底是谁把心脏捐给了我呀？"陆氧抬起头，看了看父母。两个人在听到这个问题的时候，脸上的表情都僵住了。

江玉兰有些不耐烦地说："你怎么又问这个问题？都说了让你不用关心了，好好过你自己的生活就行。"

陆氧停了一会儿，说："可我能感到他的疼。"

陆学恺率先察觉到不对劲儿，严肃地喊她的名字："陆氧。"

陆氧扬起脸看向父亲，面无表情地开口说："我想起来了。"

陆学恺问她："想起什么了？"

"他是一个很好、很善良，对生活充满热情的人。"陆氧的脸上始终没有表情，只有眼泪源源不断地从脸颊滑下，她轻声问，"爸，把他的心脏移植给我这种……这种混日子的人，是不是……糟践了？"

江玉兰和丈夫对视了一眼，伸手抱住女儿，拍着她的背："小氧，是不是做噩梦了？那些不是真的，你不要瞎想。"

陆学恺侧过身子，深吸了一口气，看着病床上面色苍白的女儿，恍惚间他好像回到了那段灰暗的时光。一场车祸让他的父亲丧命，让两个孩子进入急救病房，一次一次的病危通知书塞到他手里，他和妻子互相扶持着，才好不容易熬了过来。

郁攸告诉过他，小氧在治疗过程中表现出的求生欲望并不强，不能给她太大的精神压力。作为父亲，他只能劝、只能鼓励、只能恳求她好好活下去。

陆学恺上前一步，拍了拍女儿的肩，沉声安慰："小氧，别多想了，那个孩子去了天上，他下辈子一定会顺顺利利的。你呢，就向前看，好好活下去，他会感谢你的。"

陆氧泪眼蒙眬，抱住自己，蜷缩成一团，把脸埋进胳膊里。

她要怎么和父母说，那颗心脏的主人没有上天堂，也没有转世投胎。

他一直在人间流浪。

主管大楼照常冷清，朔站在办公室门口，抬手轻轻叩了三下。门自动打开，他迈步走进去。

扶摇正坐在办公桌前办公，抬头看了一眼，问："有事？"

朔依旧直截了当地开口说："我想查个人。"

扶摇在文件上签好字，又取出下一份文件，才问："谁？人界有什么异常吗？"

"一个叫汪澈的人，麻烦你帮我开一下申请。"

笔从扶摇的手里脱落，砸到了桌面上，发出一声轻响。她收起脸上的笑，双手抱胸，靠在椅背上，仰起脸问："你都知道了？"

"差不多吧，但有很多想不明白的地方。"

"比如？"

"不是所有死去的人都会来当临管者吧？为什么偏偏选中我们？"

扶摇摊开手，掌心上方出现三缕盘旋的红雾。她问："见过这个吗？"

朔点头，问道："血、眼、心三元，对吧？"

"嗯。"扶摇收回手，说道，"成为临管者后，所有人的三元都会被收走，由我们暂时保管。你们之中，有人未到死期却意外身亡，有人因为一念之差而丢失性命。总之，人界常有这样的差错，无法避免。但无生相门接收的名额有限，无常神修正命格录也需要时间，所以你们会暂时成为临管者。你们在这里付出劳动后会获取相应的功为值，这些功为值可以跟着你们到下辈子去，给你们带来福气。"

"这样啊。"朔想起什么，问，"可是上次我过镜门时，天禄给我的元灵似乎少了一个。"

"对，你之前被剥夺了一元，不过没关系，等三元归位你就可以走了。"

朔垂下眼，睫毛颤了颤。

"还有一个问题。"他加快了语速问，"为什么现在又让我知道这些？"

"你知道我来到水系后，郁苍教会我的第一件事是什么吗？"扶摇从椅子上站了起来，说，"是如何消除你们的记忆，你的记忆就是我亲自抹去的，我看着你的脸，从痛苦到平静。我问郁苍，为什么要这么做呢？这些人失去了记忆，没有情感，在神界逗留的几年不就像工具一样吗？他说，只有这样你们才不会囿于过去，人类总是爱放大一些无关紧要的东西。"扶摇勾起嘴笑了笑，然后说道："我那个时候才明白，神之所以高高在上，心无杂念，就是因为他们不会记得太多东西，也不在乎。神是不会爱人的，神也没有真正的怜悯之心。"

朔直视扶摇的浅色瞳孔，问："那你又为什么怜悯我？"

扶摇并没有直接回答这个问题，也许自己都说不出原因。

"让你今年早些上任，让你去杭城，我当时没想很多，就是想让你再看看你曾经待过的地方。你遇见那个女孩儿，在我的意料之外，但现在想想，"扶摇轻轻叹了口气，"也许一切都是早早安排好的。"

朔说了声"谢谢"。

扶摇耸了耸肩，说："我说过，你知道了这些也没有意义。"

"有的。"朔重复了一遍，"还是有的。"

他微微欠身，离开了风目的办公室。

扶摇告诉他，他在这里工作是在为下辈子的人生积攒功德，可他并不这样想。这五年，这百无聊赖的日日夜夜，让他觉得自己像是在流亡，在赎自己前世犯下的罪过。

当红线再次出现在胸口的时候，陆氧正在咖啡店等候自己的单号。她愣了一瞬，很快回过神来，视若无睹地继续低头玩手机。

"您的大杯拿铁咖啡做好了。"

"谢谢。"陆氧接过纸杯捧在手心。

她低着头往前走，视野里的红线越来越亮，终于，她被一个身影挡住了去路。

陆氧被迫抬起头，看了一眼面前的人，又迅速收回视线。

"想什么呢？有心事？"

陆氧摇摇头，清了清嗓子问："找我有事吗？"

"嗯，你的第三个愿望想好了吗？"

"还没。"

他突然弯下腰，让两个人眼睛的高度持平，距离也一下子拉近。

陆氧吓得往后退了半步，惊慌地说："你干吗？"

他握住她的手，也紧握住那杯拿铁咖啡，说："你为什么不看我？"

"我……这儿人来人往的，让人家看见我对着空气说话多奇怪呀。"

"哦。"朔直起身子问，"最近很忙吗？"

陆氧点头说："要期末考试了，你呢？好久没看见你了。"

他说："我也挺忙的。"

"好好想愿望，之后我可能不会常来。"

陆氧抬起头，提议说："要不，你让我这个学期'满绩'？"

朔拒绝："不行，这对别人不公平。"

"哦。"陆氧抿了抿唇。她又猛地抬起头来问，"欸，你今天有空吗？"

"倒是不算忙。"

陆氧抓住朔的胳膊，作势要拉他走："那跟我去个地方。"

朔抽了一下手，陆氧停下脚步回头看他。

他动了动胳膊，反握住陆氧的手，把她的手牢牢地牵住，说："走吧。"

这天天气晴朗，阳光很好，也不冷。

他们一路来到养老院门口，陆氧又犹豫了。

"怎么了，不进去吗？"

陆氧转身说："还是算了吧。"

朔眯了眯眼，说："你今天有点儿奇怪。"

马路上车来车往，枯枝落叶掉在他们的脚边。

陆氧看着他，问："你第一次遇见我的时候，为什么会觉得难过？"

朔松开手，和她面对面站着。他答："我不知道。"

陆氧的眼睛被风吹得干涩，眼里泛起泪光。她说："你有没有想过，还有一种可能？"

朔紧盯着她的眼睛，手握成拳，预感到了什么。

"你有没有想过，红线在我的心上，连接着你，是因为这颗心本来就是你的？"陆氧上前一步，那根线摇摇晃晃的，散发着鲜艳的红光。她说，"你没有伤害过我，你也没有亏欠过我，是我对不起你。"

他意外地很淡定："你想多了。"

陆氧质疑:"为什么?你怎么知道?"

朔抬手摸了摸脖子,觉得有些喘不上气,只说:"我送你回学校吧。"

陆氧躲开他的手:"汪澈!"

她咽了一下口水,声音颤抖着说:"你叫汪澈,你……是H大法学院大二的学生,你救了两个……两个落水的小孩,你却溺水了,被送往医院后,经抢救无效,然后你……"

陆氧的视线变得模糊起来。她眨了眨眼,滚烫的泪珠从脸颊滑落,停了一会儿,她才继续说下去:"你的家人同意你死后捐献器官,于是你的胸膛被剖开,他们拿走你的心脏,移植到我这个厌世的人身上……"

陆氧哽咽着,哭得泣不成声。

"陆氧。"朔伸手把女孩儿搂进怀里,说道,"我都忘了,没关系的。"

这句话起不到任何安慰的作用,陆氧更难受了,眼泪源源不断地涌出来。她紧紧地搂着他的脖子,感觉自己的心脏被挤压得变形,每呼吸一下都会疼。她说:"世界上怎么会有你这样的人呢?"

"是呀,我也想不通。"

陆氧站在马路边抱着朔哭了近半个小时,不知道他用了什么办法,整个过程中没有一个路人注意到他们。到最后她都有些喘不上气了,嘴唇干枯起皮,像是把泪都流干了。

"陆氧。"朔抬起手,轻轻拍了拍她的后脑勺,说,"别哭了。"

陆氧抽噎着捶了他后背一下。

"打我干什么?"

陆氧松开他,往后退了半步,用手背抹了把自己湿漉漉的脸颊,疑惑地问:"你怎么都不难受呀?"

朔勾起嘴角笑了一下："说实话，我真没什么感觉，那些事情我都不记得了。"

陆氧又泄愤似的捶他的胸口，原来心痛的人只有自己，毕竟对面这位身上根本就没心。

她愣了一下，突然反应过来，问："你是不是早就知道了？"

"嗯。"

陆氧更生气了："那你怎么都不来告诉我？你知道我是牺牲了复习的时间，跑前跑后才查出来这些的吗？"

"那谁让你期末不好好复习查这些的？"

陆氧气呼呼地说："还不是为了你。"

朔无奈地叹口气："下次别这样了，过好你自己的生活最重要。"

陆氧扭过头，这几天她听了太多遍这句话了。

朔替她擦干净脸上的泪痕，问："饿不饿？要不要带你去吃东西？"

"有点儿饿。"陆氧舔了舔嘴唇，主要是口渴。

朔很自然地牵起她的手向前走。

陆氧看了看他那张平静的脸，犹豫了一下，还是开口问："你不生气吗？"

他反问："为什么要生气？"

"我整天浪费生命，就好像是在浪费你的生命。"

她的手被轻轻捏了捏，他说："但你也说了，那个时候我经抢救无效，反正都是要死的。而且如果早知道是要把心脏给你，也许我死前都没有遗憾了。"

陆氧瞪大眼睛说："呸，呸，呸，不准这么说。"

"为什么？"

陆氧低下头，眼圈又红了："反正这种话不能说。"

天清气朗,他们遇到了冬日里难得的大晴天。

不过陆氧听说之后还要下雨,最冷的时候还没到。

"还有,那天我昏过去之后,做了个很长的梦。"陆氧眯起眼睛仔细回忆,"但是很奇怪,溺水的时候你的心情好像很平静,像是放弃了挣扎,感觉你在任由自己的身体下坠,为什么呀?"

朔摇摇头,说:"我不知道,不记得了。"

陆氧垂头叹了口气。

朔用手摁着她的脑门儿让她抬起脑袋:"别难过了,行不行?没必要。"

陆氧瘪着嘴看着他,哭过之后鼻头都是红的:"我今天带你来这里,是想带你看看你的奶奶。"

朔回头看了一眼养老院,问:"她住在这儿吗?"

"嗯,不去看看她吗?"

"不了吧,我都不记得她长什么样了。"

"老人家过得挺好的,看得出来她很想你。"

朔扬了扬嘴角,说:"我应该很对不起她吧。"

陆氧点头说:"在梦里,你所有温暖的记忆好像都是关于奶奶的,你应该很爱她。"

她听到朔发出了一声轻笑。

"你笑什么?"

"觉得有意思。"朔回答她,"我的人生和情感,在被你感同身受地经历着,而我自己却忘了。"

陆氧的胸腔里始终憋着一口气,这句话又让她有些情绪低落了。她向他道歉:"对不起。"

"好了,别把自己搞得这么可怜兮兮的。"朔牵起她的手,说,"你要真觉得对不起我,以后就……"

他话说到一半突然停住。

221

陆氧问:"以后就什么?"

"以后就早点儿复习,别挂科。"

"知道了。"

走着走着,陆氧问他:"你想去家里看看吗?你以前和汪奶奶住在一栋老房子里,门口有两棵茉莉花树。"

朔摇摇头,说:"陆氧,那些东西对我来说都是前尘往事了。"

陆氧咬了咬嘴唇,说:"也是。"

本人都放下了,她也没必要再耿耿于怀。

"你上次说,你明年冬天之前就要走了,是不是?"

朔很轻地"嗯"了一声。

"挺好的,重新开始一段人生,你下辈子一定会功成名就、家庭美满、婚姻幸福的。"

朔笑了一笑,说:"谢谢你的祝福啊。"

陆氧瞄了他一眼,小心翼翼地问:"那你还会记得我吗?"

这句话问出来,她都觉得荒唐,就像电影里的情侣总爱承诺下辈子他们还要在一起一样。

"会的。"他的语气听起来很肯定。

"真的吗?骗我的吧?"

"真的,毕竟有些记忆是删不干净的,说不定我下辈子还会记得你。"

"不许说说不定,你一定要记得。"

朔无奈地笑了笑:"行。"

"欸,等这个冬天结束了,你会去哪儿?"

"待在神界吧,领导有些琐事需要我帮着处理。"

陆氧"哦"了一声,踢走脚边的一块小石头,说:"那我希望今年冬天慢点儿结束。"

"你不是最讨厌冬天吗?"

陆氧白了他一眼，说："我现在喜欢了，不行吗？"

陆氧前几天耽误了太多时间，朔陪着她在外面吃过饭就送她回学校了。

分别前，他对她说："怎么说我都是死过一次的人，所以接下来这句话请你认真听好。"

陆氧被他突然变得严肃的态度弄得有点儿不自在，但还是点点头，说："行，你说。"

刚入夜的杭城温度迅速下降，起了一阵风。红线连接着他们，让两个陌生人结成某种最亲密的关系。

"陆氧，想做什么就去做，勇敢点儿，不要浪费你的青春。你的所有愿望，我都会帮你实现的。"

陆氧觉得这话听起来很奇怪，前半段像是那个已逝的少年在鼓励她好好生活，后半句又像是某位心软的神明在施加纵容和溺爱。

风带着寒意，吹得人瑟瑟发抖，一眨眼朔就消失不见了。

陆氧裹紧外套，加快步伐走进宿舍区。走了两步，她又回过头，不知道在看什么。

她有种怪异的感觉，好像属于他们的时间已经所剩无几了，再不干点儿什么就来不及了。

第二天醒来，陆氧的生活又回到了正轨上，这个期末她要参加七门考试，写两篇论文，简直比读高三还累。

马上要过年了，陆氧没心思想别的事，只想快点儿考完，早点儿放假回家。

她的最后一门考试在一月十日下午，已经有很多同学考完回家了，学校的食堂和路上都空空荡荡的。

陆氧让父母第二天再来接她，这晚她要留在宿舍收拾行李。

在答题卷上写完最后一行字，她盖上笔帽，长长地舒了口气。

收卷铃声响起，陆氧看着胡楚欣火速收拾好她的背包，拖着行李箱飞奔出去。

她订了晚上的机票，回家前要先和男朋友去星城旅游。

真好，陆氧有些羡慕她了。

陆氧离开闷了两个小时的教室，走到室外，舒服地伸了个懒腰，大口呼吸着新鲜空气。

"新年快乐，寒假快乐。"

陆氧回过头，看见是老师在对她笑，她开心地露出笑容："新年快乐。"

好不容易度过了"死亡期末周"，陆氧决定去大吃一顿，好好犒劳自己。

她一边往校外走，一边在包里翻找耳机。

蓝牙耳机上次被她落在衣服口袋里，丢进洗衣机后进了水，再听时里面会冒出电音。

陆氧又用回了有线耳机，有种重返十六岁的感觉，解开缠绕在一起的耳机线总是很麻烦。

音乐给她搭建了一个小世界，让她与外界隔离。

陆氧走到路口，正好是红灯，她停下脚步，把终于理好的耳机插进手机孔，点开音乐软件。

突然有人撞了她一下，她惊呼一声，手机从手里脱落，摔在地上。

"对不起，对不起。"撞她的人是个送外卖的小哥，看样子是要超时了，道完歉就匆匆忙忙地往前跑。

陆氧喘了口气，倒是没觉得疼，也不生气。人活着本来就不容易，何必互找麻烦呢？

她蹲下身想去捡自己的手机，手机屏幕上的唱片机运转着，耳机线脱落,温润的男声在冬日的街头响起。

> 在那些黎明将至的山谷里,
> 我急促地甚至奔跑起来,
> 生命穿越过苏醒的花丛,
> 让我带走这里躁动的希望。①

听着音乐,陆氧一时间有些恍惚。

红灯跳转为绿灯通行。

她握住手机起身,逆着人流走去。她转身的一刹那,瞥见街道对面有两个瘦高的男人,他们并肩走在一起,身影有些眼熟。

她没有多想,攥紧手机,脚下步伐逐渐加快。

等她气喘吁吁地赶到外文学院的教学楼下,才发现自己做这个决定有多么冲动。

且不说徐天骐这天不一定有考试,有的话也不一定是在这个时间段。

陆氧挠挠头,在门口来回踱步。她犹豫要不要走,最后还是决定再等等,能等到一个认识徐天骐的人也行。

打扫卫生的阿姨注意到她,好心地问:"同学,你是落了东西在教室里吗?那你要等等,里面现在在考试。"

陆氧点点头,说:"我知道。"

阿姨向她招招手,说道:"你先进来吧,外面冷。"

"嗯,好。"

大堂里的休息区有沙发,陆氧取下背包,听到一楼的教室里

---

① 歌词来自达达乐队的歌曲 *SONG F*。

传来声音,那是听力测试的考题,是一门她听不懂的外语,听起来有点儿像法语。

过了几分钟,有人背着书包从教室里走了出来,陆氧鼓起勇气拦住他。

"同学。"

那个人停下脚步,看向陆氧,问:"有事吗?"

"你是法语专业的吗?方便问一下里面是大几的在考试呀?"

"对,大四的在考口译。"

总算没扑空。陆氧松了口气,嘴角上扬,继续问:"那徐天骐学长考完了吗?"

男生不动声色地打量了她一眼,说:"你找天骐呀?他好像就排在我后面,快出来了。"

陆氧点点头,露出一个幅度更大的笑容,说:"我知道了,谢谢你。"

"你是他……"

看着对方八卦的眼神,陆氧赶紧摇头否认:"不是。"

男生有些傻气地笑了笑,说:"我懂的,那我先走了,你在这儿等他吧。"

陆氧抿了抿唇,一看他就没懂。

徐天骐出来得很快,那次黑灯瞎火的,陆氧其实没看清他长什么样。他看见她也挺蒙的。

"徐天骐学长,是吧?"陆氧确认道。

"对,你是……"

"陆氧。"看对方没什么反应,陆氧又补充说,"人工湖边唱歌的那个。"

"哦,我想起来了。"徐天骐一激动就不自觉地提高音量,因为教室里还在考试,他又赶紧捂着嘴,带陆氧去外面说话。

"你来找我有事吗？"

陆氧搓了搓手，毕竟上次斩钉截铁地拒绝了他，她的脸皮又薄，不知道怎么开口，只能尴尬地笑了两声。

徐天骐立刻心领神会地问："改主意了？"

陆氧点点头，说："希望还不算晚。"

徐天骐说："其实跨年晚会之前，我们已经找到了一个新的主唱。"

这也是意料之中的结果，陆氧坦然接受："我知道了，还是谢谢你。"

"别急，我话还没说完呢。"徐天骐笑起来，继续说，"但是你要来，我们怎么可能拒绝呢？"

陆氧瞪大眼睛问："真的？"

"真的。"徐天骐伸出手说，"欢迎你加入Infinity。"

陆氧愣了一下，伸手和他握了握。她还是第一次做这么商务的动作，觉得有些滑稽，忍不住笑出了声。

"那个，你饿了吗？要不去吃饭？"

"行，我也刚考完试。"

"走吧，学长请你。"

走在路上，徐天骐按捺不住好奇心，问陆氧："你怎么突然决定要来了？"

陆氧抓着背包带子，回答说："我男朋友鼓励我来的，他让我想做什么就去做。"

"哦，"徐天骐点点头，说道，"爱情的力量。所以你还是喜欢唱歌的，对吧？"

"嗯，喜欢的。"

"那你有没有个艺名什么的？就是昵称，我们一般不直接叫大名。"

"有。"

"叫什么？"

"鸥鸥，海鸥的鸥。"

"鸥鸥。"徐天骐轻声念了念，然后说，"挺特别的，是你的小名吗？"

"不是，以前乐队成员给我取的。"

徐天骐惊讶地张大嘴巴，问："你以前组过乐队？"

陆氧怕他误会，赶紧解释："不是很正规的，就自己闹着玩儿的那种。"

徐天骐说："我就说你绝对是个宝藏，幸好被我慧眼识珠地挖到了。"

看着对方充满期待的眼神，陆氧还是事先说明："那个学长，我这人，可能不太好相处，也挺久没唱过歌了，所以……"

"放心，你不要有压力。"徐天骐像个老大哥一样，语重心长地说，"你呢，来了就好好唱，大家都很友好的，凑在一起也就是工作，偶尔聚个餐，没有什么过深的接触，你以后有什么不方便的地方就找我或者副团长。"

陆氧放松了些，说道："好，我知道了。"

天很冷，徐天骐把双手插进羽绒服的口袋里，打趣她："你肯定很喜欢你的男朋友吧？"

"嗯？"

"感觉你这么一个有'社交恐惧症'的人，能为了他迈出这一步，很不容易。你很勇敢。"

"不是为了他。"陆氧看着地说，"我是为了自己。"

他们走到校外，却发现经常走的那个十字路口被封了起来，路边还停着警车和救护车。

"这是怎么了？"徐天骐借着身高优势探头张望，问，"地上那是血吗?"

陆氧心一沉,慢下脚步问:"是不是出车祸了?"

"好像是。"

"天哪,我们别看了。"徐天骐往东边指,"我们走天桥过去吧。"

他自顾自地走了两步,发现陆氧还站在原地,看着被封锁的区域愣神儿。

"怎么了?"徐天骐又走回来问。

陆氧胸膛起伏着,后背生出冷汗:"我本来是要过马路的。"

徐天骐没听明白,又问了一句:"什么?"

陆氧闭着眼,缓了口气说:"我刚刚本来是要过马路,去吃饭的,走到这里突然改了主意想去找你,不然……"

这一次徐天骐懂了。他往前一步挡住陆氧的视线,说:"别看了,只能说老天在保佑你。"

陆氧拍了拍自己的胸口,说:"不好意思呀,我就是有点儿后怕。"

徐天骐看她的脸色不太好,担心地问:"没事吧?要不我们还是回去吧?"

陆氧摇摇头,说:"没事,这个时间食堂也没剩什么菜了,走吧。"

徐天骐第二天还有一门考试,陆氧又惊魂未定,两个人匆匆吃了碗馄饨就回学校了。

晚上徐天骐把她拉进了乐队的群,介绍她是他新签的主唱。群里有近二十个成员,好几个人都热情地对她表示了欢迎。

陆氧回了两个表情包,别的话也不会说,好在大家都挺忙的,也没空多寒暄,群里很快又安静下来。

她还得收拾行李。第二天就可以回家了。

陆氧放下手机开始打扫宿舍。

湖城离杭城很近,她平时也经常回家。她不用带很多生活必需品回家,家里都有,收拾完发现行李箱还空了一半,干脆全用来装粉色狐狸玩偶。

两个小时后大功告成,陆氧把行李箱上锁。她靠在柜子边,额头上都渗出了汗,她准备先去洗个澡。

热水冲在皮肤上,陆氧闭上眼睛,让神经松弛下来,脑海里又出现了白天看到的那一幕。

据新闻说,出事故的是个大一学妹,已经被送往医院治疗了,情况不算严重。但是现场有个孕妇受了惊吓,孩子没保住。

陆氧睁开眼睛,想起她当时无意间瞥见的身影,是不是那两个就是无常神?

她记得朔告诉过她,无常神一般不会露面,除非是原定的命格出现了偏差。

所以那个流产的孩子是枉死的?

陆氧把洗面奶挤到手掌上,用力揉搓脸颊,想赶走脑子里的胡思乱想。

这不是她该关心的事情,毕竟自己的事还一团糟呢。

08 去见你

第二天是父母一起来接她的,她一上车手里就被塞了杯热奶茶。

陆学恺说:"你妈妈一定要买,我们排了半个小时的队。还好出门早,差点儿就迟到了。"

江玉兰把吸管拆开拿给陆氧,说道:"快趁热喝,天冷,等会儿就凉了。"

陆氧乖巧地笑了笑,说道:"谢谢妈妈。"

阳光透过车窗洒在她的大腿上,父母坐在前排聊起了家常。

陆氧手里的奶茶温温热热的,很甜,但冬天需要摄入这样的糖分。

高中放假比较晚,陆选下个星期才期末考试。他上完晚自习回到家,看见陆氧坐在餐桌边优哉游哉地吃着夜宵,羡慕得眼睛都要红了。

"我还有多久才能上大学呀?"陆选有气无力地说。

陆氧咬了口鸡蛋,说:"你先保证自己能考上大学吧。"

陆选"啧"了一声,转头就告状:"妈,姐看不起我。"

江玉兰从厨房端了一碗刚煮的面出来,说道:"你吃完赶紧看会儿书去,期末敢考砸,你今年过年就没压岁钱了。"

陆选气呼呼的,不说话了,安静地埋头吃面。

寒假的第三天,陆氧去见了郁攸。

之前在医院里,父母就挺担心她的心理状况,怕那个梦给她带来困扰。

江玉兰提出要带陆氧去见郁医生的时候,陆氧一点儿也没排斥。她这么听话反倒让江玉兰觉得有些意外。

她们在休息区等了十几分钟,很快就轮到陆氧了。

"那我进去了。"

江玉兰点点头,说:"妈妈就在外面等你。"

陆氧轻轻敲了两下门,推开门走了进去,喊了声"郁医生"。

郁攸正在给自己泡咖啡,问她想喝什么。

陆氧回答:"随便。"

郁攸拿了盒牛奶丢过去,自己端着咖啡杯坐到了单人沙发上。

"你妈妈和我说了一下你的状况。"

陆氧点点头,说:"其实没什么事。"

对面这个小姑娘知道她的身份,所以有些话可以直说,倒是方便。

郁攸问她:"见过他了?"

"嗯,他说他不记得了,也没有很痛苦,让我不用难过。我已经想明白了,以后我会好好生活的,为了他,更为了我自己。"

郁攸欣慰地笑了,问:"那你今天来找我想咨询什么?"

陆氧喝了口牛奶,说:"没什么,就想找你聊聊天。"

郁攸挑眉:"哦?"

"嗯……"陆氧犹豫了一下,开口说,"他上次给我讲故事的时候，说了一点儿你的经历。"

郁攸短促地笑了一声，说道："不会吧，我的'黑历史'都被你知道了？"

陆氧也翘起嘴角，说："那也不叫'黑历史'吧？不过我觉得挺有意思的，感觉你是历史书上的人，但我现在在和你对话。"

郁攸说："你接受起来倒是挺快的。"

陆氧耸了耸肩，说："世界之大，无奇不有嘛。"

"郁医生，你为什么选择当心理医生呢？"

"你知道人类为什么需要心理医生吗？"

"为什么？"

"很多时候，人类只是需要一个可以理解他们，并且替他们说出心里话的人，而我恰好有超能力。"郁攸放下咖啡杯，交叠双腿，换了个舒服的坐姿，浅浅地笑着说，"我能听到你们的心声。"

陆氧瞪大眼睛，捂住自己的胸口，问："真的？那我刚刚在想什么？"

郁攸直视她，开口说："在想这瓶牛奶挺好喝的，等会儿走的时候问我再要两瓶。"

陆氧倒吸一口凉气，震惊得说不出话来。

郁攸"扑哧"一声笑了出来，然后说："你的反应和以前一模一样。"

"以前？"陆氧疑惑地说，"我小时候吗？你告诉过我？"

郁攸摇摇头，说："不是你小时候，我忘了是你的哪一世了。"

陆氧有些蒙，半晌才反应过来，问道："所以我们很早就认识了？"

郁攸看着陆氧的眼瞳，又好像在透过她看另外一个人。

"嗯，你，或者说她，是我在人间认识的第一个朋友。"

"天哪。"陆氧突然有些百感交集。

233

"那我前世也长这个样子吗?"

郁攸被逗笑了,无奈地说:"这难道就是你最关心的问题?"

陆氧挠挠头,干笑了两声。

"当然不长这样,但我能认出你。"

陆氧又好奇地问:"那我上辈子过得怎么样呀?是干什么的呀?"

郁攸垂下眸,拿起桌上的咖啡杯,问了句:"想听实话?"

陆氧反问:"你还想骗我?"

郁攸说:"你也知道,你的心脏不好。三元有亏损的人,一般注定就是多灾多难的命格。"

陆氧"哦"了一声,情绪低沉了些。

"那就是我的命一直不好呗。"

"虽然坎坷了点儿,但也不代表你过得不好,你现在不就很幸福吗?"

陆氧点点头,说:"也对。"

陆氧问郁攸:"那我这次做了心脏移植手术,是不是代表我以后就好了?"

"还是听实话?"

陆氧用力点头,说道:"要是真相太难让人接受,大不了你等会儿再消除我的记忆呗。"

"行吧。"郁攸告诉她,"所谓的眼、心、血三元是不死不灭的,不像你身体的其他部位可以消解重塑。你的心就是你的,那别人的也是别人的,等你……等你死后,它就物归原主了,属于你的命格还是不变的。"

陆氧觉得脑子有点儿乱,又问:"那没有心元的人呢?他们转世了怎么办?"

郁攸还没听出这句话里隐含的含义,如实回答她:"没有心元根本不能转世，三元缺少任何一元，都是无法过无生相门的。"

陆氧没再说话，弓着背，低着头，不知在想什么。

郁攸捕捉到对面女孩儿的心声，警觉地抬头，有些后悔把真相告诉她。

"陆氧。"

陆氧摇摇头，说："我没事。"

"需要我……"

"不用，我想记得。"

"他告诉你，是明年冬天以前？"

"嗯，也可能更早。"

"怕吗？"

"说实话。"陆氧扯了扯嘴角，"不怎么怕，我本来就没打算活太久。"

惊蛰到，春雷响。三月初，漫长的冬季终于结束了，春天到了。

陆氧被闹钟吵醒，揉揉眼睛，起身下床。她总觉得脸上痒痒的，又挠不到什么。

她迷迷糊糊地刷着牙，猛地反应过来，睁开眼睛喊："布鲁托？"

水池边还有其他同学在洗漱，大家被她这一嗓子吓了一跳。

陆氧尴尬地低下头，赶紧漱干净嘴里的泡沫，用洗脸巾抹了把脸，冲到走廊。

"你怎么来了？"

外头的树枝晃了晃，陆氧猜："因为春天到了，你放假了？"

小风灵蹭了她一下。

"是他让你来的吗？"

小风灵又蹭了她一下。

"他最近过得怎么样?"

她的睡衣衣摆立了起来,它在拽着她走。

陆氧跟着风灵回到了寝室,看见自己的桌上多了一沓纸和一支羽毛笔。

"他让我写信给他?"

小风灵在她的脸上蹭了蹭,表示她的猜想正确。

"什么年代了还飞鸽传书。"陆氧挠着脸,低声嘀咕,"我都多久没写过信了。"

虽然陆氧嘴上这么说,但是晚上她洗完澡,坐到书桌前,还是像模像样地摊开纸,拿起羽毛笔,准备构思她给他的第一封信。

她几次要落笔又收回,纠结了半天,最后只是画了个表情包上去,并且配字:"最近过得怎么样?"

翌日早晨,回信安然躺在了她的课本上。

陆氧打开信,他的态度比她更敷衍,就写了两个字:"还行。"

第二封信,陆氧用心了些,把她这一天干的所有事都记下来,写了篇流水账。

他回信:"今天学习了两个小时,不错。"

……………

第六封信,陆氧写:"今天星期六,我去看了汪奶奶,她做了青团给我吃,咸蛋黄馅儿的,超级美味。"

他回信:"多吃点儿,现在天气是不是暖和点了?花要开了吧?"

…………

第十九封信,陆氧写:"你在忙什么呀?好久没看见你了。"

他回信:"很无聊,整理资料什么的。"

全球变暖,不仅让冬天来得早,也让夏天来得越来越匆忙。一眨眼就到了可以肆意吃冰的季节了。

第五十九封信,陆氧写:"你还记得你欠我一个愿望吧?"

他回信:"记得,终于想好了?"

第六十封信:"六月十八日那天,我们学校要举办草地音乐节,本人首次登台演出,我希望你来。"

他回信:"好。"

听到铃铛响,柜台后的男人打了个哈欠说:"欢迎光临百无坊,买货还是办事?"

"有酒吗?"

天禄抬起脑袋,看见来人惊喜地"哟呵"了一声,说道:"好久不见呀。"

朔微微颔首:"是,好久不见。"

"买酒?"

"嗯。"

天禄的脸上带着意味不明的笑,从抽屉里摸了个玻璃瓶出来,放到桌上,问:"这个行吗?自禁酒令颁布以来我的藏货可是不多了。"

"行。"

朔打开瓶盖,从天禄手里接过一个杯子,将液体缓缓地倒入杯中,也给他自己倒了一杯,然后拿起杯子,轻轻碰了一下他的杯子,喝了一口。

天禄盯着朔,这一系列熟练老成的动作和这张清秀的脸太不搭了,他有些意外,笑了笑说:"没看出来呀。兄弟,原来没少喝吧?"

朔清了清喉咙,没说话。

天禄也喝了一口，两个男人沉默地碰杯，仿佛多说一句话，都会毁了这让人安逸的气氛。

酒杯见底的时候，朔咳嗽了一声，说："你能帮我个忙吗？"

天禄放下手中的杯子，问："帮什么？"

他低哑着嗓音说："我要过镜门。"

"又要办事？什么情况？"

"不是什么大事。"

"行吧。老规矩，申请单带了吗？"

朔偏头看了他一眼，说："要是有申请单，我就不需要你帮忙了。"

天禄愣了一会儿终于反应过来，提高音量问："你要私自过镜门呀？"

"嗯，你帮我开门，要多少功为值都可以。"

天禄摆摆手说："这不是功为值的事，你又不是不知道审批手续有多麻烦，你上次不是见识过了吗？"

他们说话的声音惊动了屋子里头的归生生，她朝外喊："哥，什么事呀？"

天禄舔了舔嘴唇，赶紧把酒杯藏起来，他看朔还不明所以，又抢过他手里的杯子一起藏了起来。

"没什么，就是你的帅哥哥疯了。"

归生生走了出来，眨着一双圆溜溜的大眼睛看着朔，问："怎么了？"

"我想过镜门，你哥不同意。"

天禄翻了个白眼，说道："你要是有单子我能不同意吗？"

朔还想争取："一个晚上的时间就行了。"

"一秒钟也不行呀。大哥。"天禄为难地叹了口气，说，"你那群领导很麻烦的，我可不想被他们找事。"

归生生问:"你要去人界干什么?"

朔抿着唇没回答。

"你不说原因,我哥更不可能帮你了。"

天禄拽了一下她的胳膊,纠正她:"你哥本来就不想帮他。"

朔顿了顿,开口说:"我就想见一个人,跟她说两句话。"

天禄皱了皱眉,觉得为这么一件小事,没有必要冒着违规的风险过镜门。

归生生点点头,对天禄说:"帮他吧。"

天禄难以置信地睁大双眼,问:"你确定?"

"嗯。"归生生的脸上带着与她的年纪不符的沉稳,严肃地说,"出了事,后果我来担。"

天禄欲言又止,最终还是妥协了:"行吧。"

归生生转眼就换上笑脸,说道:"看吧,我哥就是耳根子软,你多求他两声就行了。"

朔噘了噘嘴,说道:"多谢。"

天禄唉声叹气地说:"再这么折腾,百无坊迟早倒闭。"

归生生说:"少胡说,生意兴隆着呢。"

三个人走在长廊里,天禄问朔:"你上次过镜门就有不适反应,这次可能会更严重,有什么问题要赶紧联系我们,知道吗?"

朔应声说:"明白。"

归生生将盛有元灵的玻璃瓶交到朔的手上,再三叮嘱:"万事小心。"

天禄为他打开镜门的入口,嘱咐说:"快去快回呀。"

两缕红雾从玻璃瓶里钻了出来,盘旋在朔周围。迈步走进去之前,他回头对着那对兄妹微微欠身:"真的谢谢你们。"

归生生挥挥手说:"去吧,别耽误时间。"

看着那道身影消失在门后,天禄双手抱在胸前,忍不住好奇地问自己的妹妹："欸，所以你到底为什么对他这么好？比他帅的临管者也不少吧？"

归生生只说了两个字："报恩。"

"报恩？"天禄疑惑地问，"他救过你？什么时候的事？"

"忘了，就记得那是个冬天，我找了个许愿池的窝睡觉，被几个小孩儿用硬币砸醒了。"

"你的壳那么厚，被砸还能有感觉呀？"

归生生拉下脸，狠狠地瞪了他一眼："一看你就不懂得怜香惜玉，怪不得没有雌鹿喜欢你。"

"说你的事呢，扯我干什么。然后呢，他来英雄救美了？"

"嗯。"归生生点了点头，回忆着当时的场景，脸上又浮现出笑容。她说，"那几个小孩儿把这当成游戏，拿起一把硬币就对着我砸，根本不是去许愿的。他路过看见，把他们都收拾了一顿，还问我疼不疼呢。"

天禄"呵呵"地笑了起来："说得好像他听得懂乌龟的话似的，还问你疼不疼？你要是真开口回答他了，他不吓得抱头鼠窜？"

"你烦不烦呀！"归生生忍无可忍，攥紧拳头捶了一下桌面，"所以我才讨厌你们这些臭男妖精。"

"骂谁男妖精呢？你从哪儿学来的脏话呀？"

归生生不理他，径自转头就走。

其实还有很多细节她没说，比如每一年汪澈都会来池边许愿，但是每一个愿望都没有实现。

所以她才会记得他吧，在神界看到他的第一眼就认出他来。

他成了风目的临管者朔，从此游走在人间，携着冬季的寒风。

每次店里到了什么好货，归生生都会打包一份，悄悄地放在他家门口。小乌龟不通人情世故，没有什么多余的心思，就是想着生前没有被好好对待过的人，死后总得有人对他好吧。

六月十八日，已经算是夏天了。傍晚时分夕阳西下，天空像一幅橘粉色的水彩画。

徐天骐把咖啡和三明治递给陆氧的时候，她正戴着耳机发呆，他叫了好几声，她才反应过来。

"紧张吗？"

陆氧摘下耳机，摇了摇头，顿了顿，又点了点头。

这次音乐节，Infinity乐队有两首合唱曲要演奏，陆氧又主动额外申请了一个节目。

加入乐队的这半年来，她一直不争不抢，歌词分到什么部分，就唱什么。当她说想自己独唱一首歌的时候，徐天骐挺惊讶的，但仔细想想又不难猜到原因。

"男朋友会来听吗？"

陆氧的表情终于缓和了些，说："嗯，来的。"

徐天骐笑了笑，拍拍她的胳膊说："加油，放轻松，相信你自己。"

晚上七点，音乐节准时开始。开场是街舞社团的表演，现场的气氛一下子高涨起来。

舞台上的灯光熄灭，乐队的成员们陆陆续续经过陆氧身边，好几个女孩儿在黑暗里偷偷给她打气，她都报以微笑。

她脱下牛仔外套，露出里面的黑色吊带裙，背起了木吉他。这样的妆造让本就瘦弱的女孩儿显得更纤细单薄。

她身后站着伴奏的同学。她从舞台边缘走向中央，坐在高脚凳上，调整好话筒的高度。

台上已经唱了两首歌，她都没在台下看见他，心情难免有些失落。

但他好歹也算个神，不至于说话不算话吧？

"下面这首歌叫《冬》，嗯……"夏夜的晚风把她的长发吹乱，她说，"我想唱给一个人。"

她做了个手势，前奏缓缓响起。

这是一首旋律比较慢的歌，曲调沉重压抑。

陆氧唱这首歌的时候总会想起他。

"偶然相逢的你我，无声燃烧的烈火，寒风从耳边刮过，神明合目犯下错。"

陆氧抱着吉他轻轻弹拨，发丝被灯光照亮，像镀了层白银。

她闭上眼睛沉浸在旋律里，喉间发出低吟。

"我们在时间里漂流，春日携自由。"

当陆氧再次睁开眼睛，视野里不知何时多了抹红光，她低下头，看见许久不见的细线又出现在胸口。

"我们在风里看花开，等爱人归来。"

她的尾音发颤，漏了半拍。

陆氧抬眸，目光一路追随着红线。台下太暗了，她怎么努力也看不清楚。

但没关系，她知道他在那里就好。

风是暖的，把她的眼吹得发涩。

"请勇敢，向前看。你知道咒语，别怕我离去。"

陆氧伸展双臂，风从她的指间掠过。她仿佛是只最自由的海鸥。

"别回头，往前走。冬去春返，会再相见……"

唱完最后一句，歌曲的尾声渐渐停息，舞台下爆发出热烈的掌声和欢呼声。

在一片喧嚣声中，陆氧取下身上的吉他，毫不犹豫地撑着地面跳下舞台，在红线的牵引下飞奔而去。

她的头发长长了许多，在风中翩跹飘扬。

台下的所有人都默契地为她让开了路，路的终点站着一个年轻男人。

他高高瘦瘦的,手里捧着花,虽然看不清楚表情,但他应该是笑着的。

在女孩儿跑过去的时候,他张开怀抱,稳稳地接住她。

"跑什么?我就站在这里。"

这段路不长,但陆氧还是跑得气喘吁吁的。她紧紧贴着他的胸膛,上气不接下气地说:"你听到了吗?"

"听到了,很好听。"

"不是,我是说现在。"

"什么?"

"心跳。"

"怎么了?"

陆氧喘着气,在他的耳边说:"你的心脏,现在正在为你热烈地跳动着。"

朔愣了几秒,轻轻地笑了。

刚刚她的脑子里一片混乱,等这会儿缓过来,她才反应过来。

她回头看了看围观的人群,又看了看地上亲密依偎在一起的影子,抬头说:"大家好像都能看到你。"

朔咧开嘴笑了,问:"那不然呢?"

"那你现在是汪澈还是高飞呀?"

"都行。"朔牵起她的手准备离开,这里太吵了。

走在路上,陆氧听到他咳嗽了两声,皱眉问:"你是不是不舒服啊?"

他立刻否认:"没有,我怎么会不舒服?"

陆氧抿了抿唇,这段时间她习惯了用信纸和他传话,这么面对面的,反而不知道要说什么了。

他们就这么安静地走在路灯下。同学们大概都去操场上参加音乐节了，现在学校里很安静。

过了一会儿，朔先开口说："你好像不太一样了。"

陆氧侧过头看向他，问："哪里不一样？"

朔又不说话了，脸上挂着浅笑。

陆氧撇了撇嘴，小声嘟囔："夸我一句变漂亮了你会死吗？"

"时间过得真快。"

"是呀。"陆氧拨了拨被风吹到脸上的头发，说道，"已经是夏天了，今年茉莉也开得很好。我那天去看汪奶奶，她用花给我编了一个手串。"

"陆氧。"他轻轻喊她的名字，问道，"你现在，有开始喜欢这个世界吗？"

陆氧沉吟片刻后回答："嗯，有。"

他们走到人工湖边停了下来，找了张长椅坐下。

月光洒在湖面上，黑天鹅的身影隐匿在黑夜里。

"欸。"陆氧用胳膊肘碰了碰他，用开玩笑的语气问，"这不会就是我们最后一次见面了吧？"

"不会。"

"你走的那天一定要和我告别，你总是不好好说再见。"

"好。"

"是不是……快了？"陆氧的声音有些发颤。她搓搓胳膊，找借口说，"这里还怪冷的。"

她没听到回答，抬起头，迎上他的视线。

"你这么看着我干吗呀？"

朔收回目光，从长椅上起身，面对着她单膝跪了下去。

陆氧茫然地问："怎么了？"

他还是没说话，将她肩膀上那根细细的带子拨开。

陆氧还是不知道他想干什么。

下一秒，朔摁着她的肩膀，倾身向前，嘴唇覆在了她心口的位置。

陆氧深吸一口气，意识到他在干什么，一瞬间忘了呼吸。

风吹过树叶，簌簌地响。

陆氧的手指蜷起，微凉的晚风拂过她的锁骨、脖颈，一直到耳后。

他正在亲吻那颗热烈跳动着的心脏，表情虔诚。

陆氧突然有种说不出的难过，眼眶里涌上眼泪，胸口传来一阵熟悉的刺痛感。

他说："谢谢你。"

朔回到百无坊的时候，正值破晓时分，晨光灿烂，新的一天又开始了。

在镜门那端等他的是归生生，她把两缕红灵收进瓶子里，伸手扶住眼前这个有些站不稳的男人。

"你的脸色很差，回去好好休息吧。"

朔的脊背微微弓着，缓了缓后，他抽走自己的手，向女孩儿道了声谢。

归生生从自己的百宝袋里取出一样东西递给他。

朔低头看了看，发现是枚硬币，问："这是什么？"

"灵龟的恩赐。"归生生抓着他的手把硬币塞到他的掌心，说道，"拿着吧，它可以帮你实现愿望。"

"愿望？"

归生生举例说："家人平安，或者拥有财富、声望，什么都行。"

朔摇摇头，想把硬币还给她："这些我都不需要。"

归生生推回他的手，坚持道："拿着，你很快就会需要了。"

朔垂眸，这枚硬币是2003年制的，边缘有些磨损，他不解地问："为什么要给我这个？"

"因为你中奖了。"归生生把他推到门边，"快回去吧，你在这儿逗留太久会让人起疑的。"

朔离开百无坊，将硬币收进自己的口袋里，并没有直接回到住所，而是去了趟无生境。

无生境依旧阴冷空旷，入目皆是纯白色，一片肃杀，没什么生气。

无常双子像是刚办完事回来，一边走一边在交谈。

看见站在门口的朔，岁聿只冷冷瞥了一眼，权当没看到，自顾自地继续走。

岁朝停了下来，问他："可是有事？"

朔点头，态度谦恭地说："我有一个请求。"

前方几步远处，岁聿回过头催促岁朝："别理他了，快走吧。"

岁朝还是温和地笑着："你说。"

"有一个叫陆氧的女孩儿，我想请求你修改她的命格，让她好好活下去。"

"陆氧？前几日我发现我的命格录被人私自动过，查的是一个叫陆氧的女孩儿，原来就是你干的呀。"岁朝虽然这么说着，但话里不见责怪的意味。

"抱歉。"

岁朝又问他："你和那个女孩儿的关系我也知道，但你有没有想过，如果她好好活下去，你会怎么样吗？"

朔抬眸，那双眼睛清澈干净："我无所谓。"

岁朝轻笑了一声，像在嘲笑他不自量力："真的吗？你会在人间流浪数十年，无名无姓，无处可去，你愿意？"

朔不假思索地说："愿意。"

"她……"他的嗓音沙哑，艰难地说，"她好不容易才喜欢上这个世界，她在好好地生活，而且她才二十岁，她的人生才刚刚开始。"

岁朝反问他："可是你死的时候，不也是二十岁吗？"

朔的睫毛颤动着。

岁聿等得有些烦躁，折返回来，没好气地说："你这个人是蠢得有始有终呀，五年前你那么努力地把那两个小孩推到岸上，自己却放弃挣扎，一头沉进水里，我就觉得你病得不轻。为什么呀？你觉得这样做很伟大吗？"

岁朝出声制止："岁聿，别说了。"

"你知道你死后怎么样了吗？还不长记性？世界上就是因为有太多你这样的蠢货，我才会没完没了地加班。"岁聿发泄完，没再等岁朝，自己先回了无生境，再多待一会儿他都怕自己忍不住揍人。

岁朝推了推鼻梁上的金边眼镜，解释说："他就是脾气差，但没有恶意的。"

"我知道。"

岁朝从口袋里摸出一个玻璃瓶，用手指从瓶中引出三缕红灵，但其中一缕不知为何是残缺的，散发出的红光也极其微弱。

"这是我们刚刚收回来的元灵，知道它为什么有亏损吗？"

朔摇摇头。

"有个孕妇，为了救一个学生，自己摔倒在地，流产了。胎儿是三元最不稳定、最脆弱的时期，这个人非但没有平安转世，还因为这次的意外，三元受到亏损，下辈子会过得有些苦。"岁朝将元灵收回瓶内，问，"明白了吗？命格录牵一发动全身，你想让她活，就必须有人死，这样你也愿意吗？"

朔没有回答。

岁朝又问他:"那我再问你,如果她好好活了下去,总要过自己的生活吧?她会找到喜欢的人,结婚、生子,然后和伴侣白头到老。你呢?做着无名无姓的孤魂野鬼,你会心甘情愿吗?"

他很缓慢地摇了摇头。

"看吧,你也没有那么伟大。"

无生境的尽头是无生相门,引路者的声音让这里显得更加空旷了。

"一念生,一念死,一念空,一念忘,一念缘起,一念劫尽……"

秋初某日,天禄和朔在百无坊外的院子里闲聊,气氛不冷不热。

归生生在清理池塘。池塘里荷花凋零,只剩枯枝残叶,夏天已经结束。

朔从口袋里摸出一枚硬币,走到池子前,用大拇指把硬币弹了出去。

"咚"的一声,硬币落进水里,溅起一小片水花。

他说:"我想许愿,但我有点儿贪心,能一次许两个吗?"

归生生拍拍沾满污泥的手,说:"本来不行,但看在你的面子上,好吧。"

他扬起嘴角,双手合十放在胸前,闭上眼睛在心里默念:"第一个愿望,希望她的死亡没有痛苦。第二个愿望,希望来世她有一颗健全的心脏。"

音乐节之后陆氧就再没收到过朔的回信,就连他送她的风灵也不见了。

但是他答应她会好好告别的,所以她没有太担心,只是时常会想起这一年来的离奇经历,然后一个人发好久的呆。

暑假的时候陆氧办理了休学,因为这次去医院复查的结果不太好。

开学那天,社交平台上很热闹,也有同学发私信来关心她。

陆氧一一回复,但没有承诺会回去。

这天晚上江玉兰陪着陆氧睡,母女俩已经好多年没有一起睡过了。

拿到结果的那天,父母和弟弟都在,陆氧反倒是最不在意结果的那个人,甚至安慰家人说:"我们换个思路嘛,因为这颗心我已经多活了六年,我已经很幸运了呀。"

这话并没有起到任何作用,甚至让父母心里更难受。

接受心脏移植手术后,受体的存活期一般有十三至十五年,可是这才第六年……

从陆氧手术成功那天起,陆学恺和江玉兰就预料到了会有这一天,但当它真的来临时,他们还是没办法接受。

陆氧是那天家里唯一没有哭的人。被子和枕头上带着她最喜欢的茉莉香。

江玉兰看着女儿,想起她刚出生的时候,一哭闹全身就紫红色,那么小,那么可怜,心疼得她每晚都睡不着觉。

"氧"这个字是她取的,原定的名字不是这个,有的人望子成龙,而她只希望她的女儿可以自由自在地呼吸。

"妈妈。"

"嗯?"江玉兰轻轻拍着她的背。

陆氧用轻松的语气说:"反正我们家还有陆选呢,你们不要太难过。"

江玉兰的手停了几秒,然后将陆氧紧紧搂在怀里,克制不住地啜泣起来:"怎么可能不难过呢?"

这一句带着哭腔的话让陆氧热泪盈眶,她紧咬着下嘴唇不让自己发出声音。

"不管爸爸妈妈有多少个孩子,失去你都是最疼的。宝贝,我们再坚持一下好不好?"

陆氧摇摇头,眼泪浸湿枕头:"可是我累了。"

那个秋天,陆氧最常做的事就是在小花园里晒太阳。她戴着耳机,有的时候能坐一整天。

秋风带着凉意,吹过她的脸庞,有一点痒。

陆氧伸手抓了抓,视线里突然闪过一抹红光,她低下头去看时,胸前又空空荡荡的了。

也许是幻觉吧。

她摸到左手手腕上的手表,沿着表盘划了半圈,屏幕上跳出一只简笔画风格的小乌龟。

下午四点多了。陆氧打着哈欠,伸了个懒腰,该回去了。

起身时,她听到耳畔响起熟悉的声音。

"今年的冬天会晚些来。"

是风在说话。

是风在告别。

陆氧的嘴角不自觉地上扬,但心里又有些生气。

这个男人,听不懂人话是不是?

不是说了要好好说声再见吗?

这又算什么?

去年十一月,一场寒潮袭来,人们匆匆换上了冬装。

今年倒是反了过来,气温迟迟不降,到了十一月中旬,阳光依旧温暖和煦。

陆氧沐浴在暖阳里，耳边的音乐声突然停了，她睁开眼睛拿起手机，面前不知何时站了两个男人。

她记得某人说过，无常神的眼睛看不得，否则会招来灾祸。

她下意识地闭上眼睛，愣了愣，又意识到什么，睁开眼，抬起头，出声问："我是死了吗？"

左边的男人对她温柔地笑了笑，伸出手说："跟我们来吧，有人在等你。"

陆氧愣愣地起身，想回头看一眼，却被另一个冷着脸的男人阻止："别回头，往前看。"

"哦。"

陆氧周边的树木和建筑开始褪色、瓦解、消逝。她跨过一道门槛，门后的世界洁白无垢。

她远远地看见路的尽头有一个年轻男人，他高高瘦瘦的，背着光站着，看不清面容。

这样的场景她很熟悉，仿佛曾经发生过。

她一如既往地向他飞奔过去，脚步轻盈，头发在空中飞扬。

他牢牢地接住她，把她拥进怀里。

"下辈子没有红线，你还能在茫茫人海里找到我吗？"

"能。"

"那你一定要来找我。"

"如果我没有去呢？"

"那我就来找你。"

不远处，岁聿忍不住好奇，问："他不是没有心吗？也会爱人？"

岁朝推了推鼻梁上的眼镜，浅浅地笑着："爱是这世界赋予人类的本能。"

深夜，万籁俱寂，僻静的小巷里见不到人影，只有一家茶具馆还亮着灯。

郁攸坐在长桌边，饶有兴致地沏了壶茶。

不知过了多久，她终于等来了访客。

脚步声由远及近，郁攸抬眸，见来者不是她意料之中的人，突然有些惊慌："怎么是你？天笑呢？"

"托你的福，他还被困在无生境，给岁朝和岁聿那两兄弟打杂呢。"灵晔跨过门槛，坐到她的对面，脸上挂着笑，眼神中却有种说不清的疏离，"好久不见呀，郁攸神。"

郁攸愣怔半晌，自嘲似的笑了笑："我还以为我管理的火系向来是一盘散沙，没想到原来是万众一心，当叛徒的只有我。"

"不这么做，连剩下的一半都保不了。"灵晔摩挲了一下手指，这是他的习惯动作。

当初他亲自弹劾天笑，驱赶同族，平复叛乱，才有了现在五系平衡的局面，否则火系的实权早就落入他人之手了。

郁攸摇摇头，说："你不该这样做。"

"不该？不该这样做，那该哪样做？眼睁睁地看着我们的维衡者被孤立，让火系的生灵哀鸿遍野吗？"

郁攸加重语气问："那你搞出这三场山火又是为了什么？为了逼我出现？可你知道木系折损了多少生灵吗？"

灵晔不以为意地说："这么多年来你销声匿迹，藏得太好了，不做出点牺牲，怎么能见到你？"

郁攸摇摇头："我从来没藏过。"

灵晔不解："可是郁邙声称探不到你的踪迹……"

他突然意识到什么，发出一声怪笑："这就是郁邙所谓的态度中立？原来他也是'亲水'一派。看吧，哪怕你什么都不争，他们还是提防着你。"

郁攸将茶杯递过去："郁邶这么做自然有他的道理。"

灵晔深吸一口气，还是继续劝说："回来吧，如果五系一定要有一个主宰，那也不应该是郁苍，而是你。"

郁攸只说："五系现在井然有序，互相依存，不需要什么主宰。"

"不需要吗？你看看那郁苍现在的风头有多盛，木系觍着脸把扶摇送去，这不就是结盟吗？什么相生相克，平衡早就被破坏了。"

"灵晔，你觉得这里吵闹吗？"郁攸轻轻地开口问。

灵晔不知她为何突然这么问，环顾四周，说："不吵呀，很安静。"

"但我的耳边很吵。"郁攸用手揉了揉耳垂，"欲望的声音太吵了。"

"这就是风神留给我的东西，不是什么足以毁天灭地的力量，她只是让我听到人类的欲望，像创始者对她做的那样。我不是被选中的继承人，也不配做主宰者，我只是替你们承受了所有的罪与罚。那天，我没有杀她，而她却在我身上下了诅咒。"

灵晔："我知道，你说过。"

郁攸："可你们不信。"

创始者用自我殒灭换来了世界的诞生，留下风神作为他的继承人。

为了让诸神理性地维护世界秩序，风神剥夺他们的情感，又选中与神明各方面都相似的人类，作为这些无处安放的欲望的载体。

于是神明纯粹而高尚，人类野蛮而复杂。

而在人间游走这么多年后，郁攸发现事实并非如此。有的神自私卑劣，有的人善良纯真。

风神曾经告诉她，人类与神明就像是人与镜中人。

那么到底谁为本体，谁为镜像？

"我在这里观察到一个很有趣的现象。"郁攸看着屋外的街道说，"人们喜欢造神，又喜欢毁神。更有趣的是，所谓的神也是这样。我看着你们对她顶礼膜拜，又看着她被你们质疑、诋毁，甚至把她的名字从历史上抹去。"

郁攸语气平淡地说："我不想重蹈覆辙。"

两人陷入长久的沉默，灵晔知道自己的维衡者不会和自己回去了。

杯子里的茶尚有余温，他现在只能作为一个老友，听她说说过去许多年经历的事。

"我在这里认识了一个女孩儿。有时候她是我的朋友，有时候她是我的学生，有时候她又是我的病人……身份并不重要，每一世我都能找到她。一开始我喜欢和她待在一起，是因为她的心最干净，和她在一起能让我安静下来。可惜她的心元有亏损，一生注定多灾多难，但她总能把自己的人生过得精彩纷呈。"

灵晔问："你往后就一直留在这里，追随着她轮回转世？"

"嗯，不是有那种说法吗？"郁攸皱起眉头仔细想了想，"守护神？"

灵晔和她相视一笑："如果我回去把这件事告诉大家，有谁会信？堂堂火系的维衡者成了人类少女的守护神？"

"那也总比郁攸弑神夺权，畏罪潜逃来得好听吧？"

灵晔被她逗得大笑起来。他举起茶杯，说："等下次有空了，我再来找你聊天。"

郁攸和他碰了杯，权当是以茶代酒了。

"行，不见不散。"

秋天的时候，郁攸曾在医院外见过那个北风的临管者。

她那时捧着花，正要去探望陆氧。

两个人四目相对，他朝她走了过来，微微低头后，平淡地道出了她的身份："郁攸神。"

没想到他知道自己的身份，郁攸感到惊讶，问："是陆氧告诉你的？"

男子摇了摇头："上次在咖啡厅，就觉得你眼熟。"

郁攸觉得奇怪："你不是才上任五年吗？怎么认得我？"

男子回答："百晓书上有你的画像。"

郁攸"扑哧"一声笑了出来，然后说："那上面画得那么粗糙，你还能认出我？"

男子摸了摸鼻子："粗糙，但是挺传神的。"

郁攸扬了扬嘴角，问他："来看陆氧？"

"不是，就是路过。"他抿了抿唇，问，"她怎么样了？"

"不太好，你确定不去看看她？"

"还是不了。她已经很辛苦了，看见我会更难过的。"

"嗯，每次看见她她都是笑嘻嘻的，眼睛和鼻头却又是红的。"

两个人一时间无话。

"那我先上去了？"

"欸——"男子拦住她，"我有件事一直想告诉你。"

"你说。"

"我在风里见过她。"

"谁？"

"风神。"

郁攸愣住了，然后问："她在……风里？"

男子点点头："所以我相信你，你没有那么做。"

郁攸的脸上露出笑容，有些欣慰，又有些释然地说："谢谢你。"

255

上楼前,她又转身看了那个男子一眼,默默地点了点头。

那丫头这辈子的眼光终于好起来了……

故事写到这里,齐鹭想,她已经找到了答案。

这个世界上确实存在着"心软的神",那些平凡而善良的人们鲜活地存在着,用力地生活着,毫不吝啬地爱着,他们温暖着这个世界,他们让这个世界变得有温度、有色彩,他们让生命变得有意义。

"肖驰,春天到了。"
"嗯,冬天终于结束了。"

第二卷
会遇到心软的"神"吗?

01 你好，同学

"咚咚咚——"

屋里响起三声敲门声，郁攸不用猜都知道是谁来了。

"进来吧。"

"咔嗒"一声，门锁打开，一颗圆溜溜的脑袋先探进来："郁医生！"

"说吧，这次又是什么问题？"

齐鹭走进屋，关上门，轻车熟路地在单人沙发上坐下。想到这位心理医生在她的小说中是来自神界的火神，她就忍不住笑了，露出一口白牙，说："我这次是真的要做心理咨询。"

郁攸反问："确定不是为了躲避数学周考？"

齐鹭"啧"了一声："那哪儿能呢？我最喜欢做数学题了。"

郁攸无奈地叹了口气，拿着自己的笔记本坐到她面前，说道："那你说说，怎么了？"

齐鹭搓了搓大腿，开口说："我觉得我有点儿焦虑，距离高考只有一百多天了，我的成绩还是提不上去。"

"嗯，然后呢？"

"就这样。"

郁攸合上本子说："你要是真觉得你的成绩一直提不上去，那你应该去找你的任课老师聊一聊，问问他们的意见。"

齐鹭"哦"了一声。也不知道她听没听进去。

郁攸起身送客："好了，咨询结束，你回去吧，有这时间，你还不如多做两道大题呢。"

"哎，郁医生，别呀。"齐鹭拉住她，"我还有问题。"

"什么问题？"

"情感问题，我有情感问题。"

郁攸举起笔记本，"啪"的一声，打在她的脑门儿上，说道："小姑娘，我现在知道你的成绩为什么提不上去了。"

齐鹭摸了摸自己的脑袋，问："为什么？"

"因为你的学习态度极其不端正。"

齐鹭努了努嘴说："我总是惦记着三班的体育委员，那我当然定不下心来了。"

郁攸被逗乐了，调侃道："说得好像没有那个体育委员，你就能定下心学习似的。"

齐鹭委屈地看着她，问："那我现在要怎么办？"

"放弃幻想，好好学习，到了大学你就自由了。"

齐鹭轻蔑地笑了一声："别骗我了，我姐告诉我，大学里的课业有时候比高中还重。"

郁攸欲言又止，最后叹了口气，起身说："这样，我送你个东西。"

"什么呀？"

郁攸从办公室抽屉里取出一个小方盒丢给她，里面装着一条普通的红绳手串，看上去有些老旧，颜色也有些暗。

"幸运手绳，开过光的。"

齐鹭取出手绳，拿在手里看了看，亮着眼睛问："这能保佑我高考超常发挥？"

"别做梦了，但它能给你带来好运，前提是，你要好好学习。"

齐鹭满意地收下礼物，说道："那我可信了。谢谢郁医生。"

"信吧，不灵验你回来找我。"

齐鹭在郁攸这儿硬是拖到了数学周考结束才回教室。

八月三十日，申大新生入学的日子。

齐鹭拖着行李箱，在拥挤的校门口找了块树荫躲着。

天热，她擦了擦额头和鼻翼上的汗，拿出手机拨了一通电话。

听筒里"嘟"了三声，随后响起齐钰的声音："喂。"

"你人呢？我已经到了。"齐鹭拿手给自己扇风，觉得浑身黏糊糊的。

齐钰那边有些吵，所以高声回答："爸妈呢？"

"把我送到路口就回去了。"齐鹭四处张望，发现其他同学好像都有父母陪同。

齐钰抱怨道："这两口子，都不进去看一眼？"

"她们说你上大一的时候就已经来看过了，不稀奇了，还不如早点儿回去开店。"

齐钰叹了口气："你再等等，我马上过去。"

齐鹭委屈巴巴地"哦"了一声，说："那你快点儿。"

齐钰是齐鹭的亲姐姐，比她大两岁，在申大上大三，学的专业是财务管理。

齐鹭的父母经营着一家饭馆，起早贪黑地忙碌，经常见不到人影。还好她有个亲姐姐，虽然看起来也不太靠谱。

夏日蝉鸣阵阵，阳光穿过绿叶的缝隙，投下斑驳的光影。

齐鹭穿着T恤和牛仔短裤，坐在行李箱上，望着来来往往的人发呆。耳机里传来音乐声,她的脚尖跟随电吉他的节奏踩着地上的影子一下一下地打着节拍。她看到校门口有个高高瘦瘦的男生,她用目光锁定他,耳机里传来告五人乐队的歌曲《爱人错过》。

"走过,路过,没遇过。回头,转头,还是错。"

他转身,回头看过来。四目相对来得猝不及防,齐鹭一下子挺直脊背,屏住了呼吸。

耳机里的歌还在继续播放。

"我肯定在几百年前就说过爱你。只是你忘了,我也没记起。"

夏天的风是温热的,掀起了她的刘海,她抬起手压住了叛逆的头发。等她再抬眸时,那个男孩儿已经朝着她走了过来。

"你好,同学。"

齐鹭愣了两秒,然后立刻站直说:"你好!"

"一个人吗?"

齐鹭有一瞬间的犹豫,但最后还是点了点头。

他伸出手:"给我吧,我是今天的志愿者。"

齐鹭低头看了看他伸出的手,眨了眨眼睛。

"行李箱。"

"哦,哦。"齐鹭把箱子递过去,"谢谢呀。"

"你是哪个学院的?"男生问。

齐鹭的思想正在开小差,在想自己的脸蛋红扑扑的样子是不是很丑。她没注意他说了什么,于是发出了疑惑的声音:"啊?"

男生微微俯下一点儿身子,重复刚才的话:"你是哪个学院的?"

齐鹭回答:"医学院。"

"真的?"男生笑了一下,"那正好,你直接跟我走吧。"

"学……学长。"

男生看向她。

"我叫齐鹭,整齐的齐,白鹭的鹭,你叫什么呀?"

"肖驰,我比你高一届,也是医学院的。"

齐鹭点点头,嘴角克制不住地扬起。

行李箱的滚轮在地上发出有节奏的声音,树上蝉鸣阵阵,广播里放着欢迎新生的歌曲。学校里的路两边都是迎新的棚子,齐鹭跟着肖驰在医学院的棚子前停下。

棚子里坐着几位学姐,看见肖驰过来,打趣说:"你怎么刚出去就带个漂亮妹妹回来呀?"

肖驰没理会她们,问齐鹭要了她的录取通知书。

办理登记手续要一会儿时间,齐鹭乖乖地站在旁边等候,眼睛不自觉地瞄向肖驰。

他在和熟人说话,声音很好听。他穿着白T恤和牛仔裤,看起来干干净净的。

"齐鹭?齐鹭?"学姐喊了两遍,齐鹭才回过神来。

"好了,把学生证和新生手册拿好,可以去找你的宿舍了。"

"谢谢学姐。"

齐鹭把领到的东西一股脑儿地塞进包里。肖驰看她这边办好了,走过来说:"你先在这里等等,过一会儿我带你们去找宿舍。"

"好。"

"这个给你。"他递了杯奶茶过来。

齐鹭看了看他,没立刻接。

"不能喝冰的?"

"可以的。"

"那你拿着吧,学生会的人买的,我也不知道好不好喝,看你好像很热的样子。"

齐鹭笑了一下,接过奶茶说:"谢谢呀。"

"不用。"

齐鹭把冰冰凉凉的奶茶贴在自己滚烫的脸颊上。

263

她确实快中暑了。

等了几分钟，陆陆续续来了几个和齐鹭同院的女生，肖驰便和另一个学长一起带着她们去找宿舍。

其他人都有父母做伴，只有齐鹭闷头跟在肖驰后面。

她发消息给齐钰说自己已经进来了，让她不用管自己了。

同行的另一个学长叫王子尧，也是大二的，他和肖驰好像在商量晚上吃什么。

"你作为寿星，今天在这里忙前忙后的，晚上必须大吃一顿。"王子尧说。

齐鹭瞪大眼睛，快走两步到肖驰身边问："你今天过生日？"

肖驰点头："嗯。"

齐鹭有些激动地说："我也是。"

王子尧笑了："这不巧了？！"他突然想到什么，拍拍肖驰的肩膀："你不是跳过级吗？你们说不定还是同年同月同日生的呢！"

齐鹭咬了咬嘴唇，抬头看肖驰。他也恰好看了过来。

王子尧乐呵呵地说："学妹，你晚上没安排吧？和我们一起吃饭呗，给你们两个寿星庆祝庆祝，太有缘分了。"

齐鹭有些犹豫地问："可以吗？"

"有什么不可以的。小熊猫，你说。"

肖驰："如果你不愿意，不用勉强。"

齐鹭想也没想就说："我愿意的。"

肖驰愣了一下，点点头，说："哦，好。"

"还是你不想我去？"

"我没有。"

王子尧插话说："来吧，开学了，大家难得热闹热闹。"

肖驰说："我怕你们吓到她。"

"怎么会？我们都很和善的好不好？"

肖驰轻哼一声:"你摸着良心再说一遍!"

齐鹭看着他们说笑,抿嘴笑了笑。

她那行李箱少说也有二十多斤,走到宿舍门口时,肖驰二话不说,单手就把它拎上楼梯了,她想搭把手都没机会。

王子尧没上楼,回广场那儿继续接待其他新生。

齐鹭的寝室在四楼。她爬得气喘吁吁的,问前面的人:"要不要休息一会儿?"

肖驰停下来问她:"累了?"

齐鹭喘着气点点头。

肖驰说:"这才二楼,你平时要多运动。"

齐鹭张了张嘴,一时间不知道该说什么。

"走吧,你停在这里,等会儿后面的人没法儿上来。"

他说完就拎着行李箱继续往上爬。齐鹭苦着脸叹了口气——这男的怎么这么铁石心肠?

他递奶茶给她的时候,她还以为他不是这样的人呢。

"你怎么一个人来学校?"

齐鹭这会儿气都喘不上来,真不想回答他:"我爸妈忙,我姐也在这儿上大学,但她是学生会的,今天也要迎新。"

"哦。"

好不容易到了四楼,齐鹭拿起奶茶,插好吸管,"咕噜咕噜"地喝了起来。

"你自己收拾吧。今天食堂挤,最好点外卖。"

齐鹭点点头道谢:"谢谢。"

肖驰离开后没一会儿,齐钰就跑上来了,一看见她就兴冲冲地说:"我刚在你们宿舍楼下看见个帅哥。"

室友还没到,就齐鹭和齐钰在宿舍。齐鹭打开空调,坐在椅子上休息,问道:"哦,是吗?"

"不过他应该不是你喜欢的类型,可惜了。"

齐鹭嚼着奶茶里的珍珠问:"为什么?"

齐钰说:"那个男生看上去文文静静的,你不是喜欢体育生吗?"

齐鹭扑闪着眼睛,心想他也就看上去文静,拎着行李箱爬到四楼气儿都没喘一下,看她停下来休息还说她体质差。

短短一个小时,她的情绪变化完全被某人掌控。

"晚上想去哪儿吃饭?姐姐请你。"

齐鹭放下奶茶杯,轻飘飘地说:"不好意思,我有约了。"

"谁啊?室友?"

"反正就是有约了。"

"行吧。"齐钰从口袋里摸出一样东西递给她。

"这是什么?"齐鹭拆开包装,问,"口红?"

"嗯,拿去用吧。"

齐鹭有些受宠若惊地问:"你干吗给我买口红呀?开学礼物?"

齐钰笑了一下,说道:"倒也不是特地给你买的,我自己刚下完单,老张就送了我支一模一样的,这支就赏你了呗。"

齐鹭撇着嘴说:"你其实可以不用告诉我这个的。"

齐钰的手机响起,是催她回去的电话。她对齐鹭说:"我先走了,你自己收拾一下,有什么事再给我打电话。"

"知道了。"

新宿舍有许多需要打扫的地方,下午的时候她的室友们也陆陆续续到了。除了齐鹭是本地人,其他人都来自不同的省份。几个姑娘都挺和善的,一来就分礼物、分零食。

齐鹭把床铺好后,就去浴室洗了澡,换了身衣服。

压在行李箱底的连衣裙有些皱了,但因为寝室里没有熨斗,齐鹭也只好将就穿了。她把长发绾成高马尾,坐在镜子前小心翼翼地抹上齐钰送给她的口红。

上午的时候，王子尧说会来接她，现在已经是下午五点多了，还不见他的人影。她听着歌在宿舍门口等着，等了约莫十分钟，远远就看见肖驰向她走了过来。

"嗨。"

齐鹭藏住心里一瞬间涌起的欣喜，也说了声："嗨。"

"差点儿没认出你。"肖驰说。

"啊？为什么？"齐鹭摘下耳机。

他似乎是笑了一下，说："你早上有点儿……"

齐鹭接着他的话说："灰头土脸？"

"差不多吧。他们已经到了，就在学校对面，吃烤肉。"

"太好了，我早就想吃烤肉了。"

他们并肩走在学校里。已是黄昏时分，夕阳在天际灼烧，这是一天中最让人放松的时刻。

肖驰轻轻嗅了嗅，说："我怎么闻到茉莉花的味道了？"

齐鹭回答："是我的洗发水吧？我刚刚洗了头发。"

"我们家门口就有一株茉莉花树。"

"真的吗？"

"嗯。"

"肖驰。"知道他和自己没有年龄差后，齐鹭就不太想喊他学长了，"我总觉得你很熟悉，好像在哪里见过你。"

没等他回答，她又自顾自地补充说："我没别的意思，就是真的有这种感觉。"

肖驰没说话，而是停下脚步，和她面对面站着。

夜幕降临，晚风吹散暑气，拨动树叶发出"簌簌"的响声。

他们安静地看着对方的眼睛，那种不可名状的熟悉感越发清晰。

"在哪里见过我？"

齐鹭点点头。

肖驰看着他们之间的空地出神。他抬手摸了摸脖子，为什么他会觉得面前空空荡荡的，好像少了点儿什么。

手机铃声响起，打破了两个人间静谧的氛围。

肖驰收回思绪，按下接听键，说："在路上了，马上到。"

他看了一眼身后的人，回话说："在的。"

肖驰挂了电话，对齐鹭说："走吧。"

"好。"

他们俩是最晚到的。桌上的人，齐鹭在白天都见过，都是他们学院学生会的。

主位特地给两个寿星留着，齐鹭刚坐下，右手边的学姐就对她说："学妹，对文娱部感兴趣吗？等学生会报名的时候记得选我们文娱部哦。"

王子尧佯装不满地说："不是吧。邝夏，每年你们文娱部都最热闹，今年还要抢人哪？给我们留点儿'萝卜'吧。"

邝夏"哼"了一声，说："我就抢，漂亮妹妹都是我的。"

他们打闹在一起，齐鹭用胳膊轻轻碰了碰肖驰，问他："你在哪个部呀？"

"心理部。"

"心理部？"

肖驰说："王子尧想让人陪着他去学生会，大一的时候硬拉着我去面试的。"

齐鹭点点头，说："这样呀。"

"妹妹，别听邝夏的，要来就来我们心理部。"

王子尧和齐鹭之间隔了两个人，他伸胳膊过来，被肖驰嫌弃地一把拍开，说："你烦不烦，人家想去哪儿就去哪儿。"

邝夏赶紧帮腔："就是，就是，你烦不烦？"

"不是你先开始的吗？怎么怪起我来了？"

齐鹭颔首，偷偷笑了一下。

席间他们你一言我一语的，聊学院的老师、聊同学的八卦，时不时爆发出笑声。相反，两个寿星话最少，一直埋头安静地进食。

吃饱喝足人就容易犯困，齐鹭握拳抵在嘴边，打了个哈欠，眼角泛出泪水。

肖驰偏了偏头，问她："困了吗？"

"有点儿。"

"我先送你回学校吧，他们等会儿还有别的安排。"

齐鹭拒绝："不用，我自己回去就行了。"

"你刚来不熟悉路，还是我送你回去吧。"

肖驰拿起桌上的手机，对其他人说："齐鹭有点儿累了，我先送她回学校，等会儿再来找你们。"

"行。"邝夏喝了点儿酒，红着脸和齐鹭摇摇手，说："妹妹，你回去注意安全，记得来文娱部。"

王子尧高声喊："来心理部。"

"你有完没完？"

他们又吵闹起来，肖驰拽了一下齐鹭的胳膊，说道："走吧。"

"好。"齐鹭提着包跟上他的脚步。

华灯初上，大学城附近永远热热闹闹的，店铺的招牌五光十色，处处是结伴同行的年轻人。

路过咖啡店时，齐鹭起了个念头，提议说："我们去买块蛋糕吧。"

"你想吃？现在？"

齐鹭笑着摇摇头："也不是想吃，毕竟是过生日嘛，今天还没吃蛋糕呢。"

她说着就推开玻璃门走了进去。肖驰迈步跟上她。

"老板，还有蛋糕吗？"

"蛋糕就剩那一小块了，面包倒是还有，要看看吗？"

"那我就要那一块吧。"齐鹭刚准备拿手机付钱,肖驰已经把付款码递了过去。

他们挑了个靠窗的位子坐下,用瓷盘装着的一小块奶油蛋糕横在两个人之间。

齐鹭说:"可惜了,没蜡烛。"

肖驰从口袋里摸出一个打火机,拨开盖子,火苗伴随着"嚓"的一声燃起。

火光映亮眼瞳,齐鹭微微睁大眼睛,疑惑地看着他。

怕她误会,肖驰说:"我不抽烟的。"

"那你从哪儿来的打火机?"

"我……"

齐鹭嘴角上扬笑笑,说道:"知道了,你身上有百宝袋,对吧?"

"百宝袋?"

"机器猫,你知道吗?"

"我当然知道。"

齐鹭闭上眼睛,双手合十在心里默许了一个愿望,然后睁开眼,轻轻吹灭火苗。

"咔"的一声,肖驰盖上打火机盖,把它收回口袋里。

"你还没许愿呢。"齐鹭提醒他。

"我没什么愿望。"

"好吧。"

其实齐鹭的肚子很饱,但毕竟这是生日蛋糕,她还是挖了一小勺送进嘴里。奶油在舌尖融化,甜腻绵软,她微微皱起眉头。

"再点杯柠檬茶吧。"肖驰说。

"好。"

"欸,我送你个礼物吧。"齐鹭突然说。

肖驰看着她从自己的手腕上取下一串红手绳。

她说:"虽然看着简陋了点儿,但你别嫌弃。这是我高三的时候一个老师送给我的,幸运手绳,多亏了它,我高考才能超常发挥,才能来申大。我把它当生日礼物送给你,希望它也能给你带来好运。"

"谢谢。"肖驰摸了摸自己的口袋,也想找个东西回礼。

最后他摘下手腕上的手表,说道:"那这个给你。"

齐鹭张大嘴巴说:"别吧,手表太贵重了。"

"不贵重。之前有个女孩儿卖给我的,说是家里的哥哥生了重病,所以要变卖家产,手表是旧的。"

齐鹭挠挠脸,这故事听起来也太不靠谱了:"不会是诈骗吧?"

"啊,可能是吧。"肖驰摸了一下脑袋,"但还挺好用的,也没花多少钱。"

齐鹭抿了抿唇,知道被骗还要上当,在她心中,肖驰已经是个冤大头的形象了。她把手表拿在手里端详。手表看着倒是挺新的。

表盘是黑色的,齐鹭戳了戳没反应,左右看看也没找到什么按键,她想起小说中的那块表,于是沿着表盘摸了半圈。伴随着她的动作,屏幕亮起光,跳出一只用黑白线条画的小乌龟。

"哇!"齐鹭不敢相信,这也太巧了。她问,"这是什么呀?电子宠物?"

两个人的脑袋凑在一起看表,一抬头她才发现两个人的距离有多近,她甚至能看见肖驰的眼皮下方沾着根睫毛。

但心猿意马的好像只有她,肖驰仍是一副专注的模样:"这是人工智能,你对着它问什么问题都行,比如'现在几点了'。"

手表里的那只小乌龟立刻回答:"现在是十八点五十四分,请问您吃了吗?"

齐鹭的心思已经不在手表和乌龟上了。她撑着下巴,眉眼在暖色的灯光下变得柔和:"我有个问题。"

肖驰看过来,问:"什么?"

"为什么他们喊你小熊猫哇？我看你黑眼圈也不重呢。"

肖驰的背有些僵，咳嗽了一声，重新坐直说："我是 Rh 阴性血，他们瞎喊着玩的。"

"哦。"齐鹭点点头，含着笑喊，"小熊猫。"

她听到肖驰吸了一口气，像是欲言又止。

齐鹭明知故问："怎么了？"

肖驰摇摇头："没什么。"

"你不会在心里骂我没大没小吧？"齐鹭眯着眼拆穿他，"不过说实在的，我们还真是'没大没小'。"

肖驰微微笑了一下，说："你这个'没大没小'用得好呀。"

距离大二开学还有两天，但齐鹭从第二天开始就要接受新生辅导了。

他们在咖啡馆坐了一会儿，蛋糕还剩下半块。肖驰把她送回学校，看着她上了女生宿舍楼。

他刚走出一段路，"烦人精"王子尧就打电话来了。肖驰把手机放在耳边，继续不急不缓地在路灯下走着。

"喂。"

"喂，安全护送你妹回去了没？"

"我妹？"

"齐鹭，你的龙凤胎妹妹。"

"别瞎说。"

王子尧在电话那头笑了两声，说："送到了就赶紧过来，就等你了。"

"知道了，马上到。"

操场上起了一阵风，肖驰深吸一口气，停下脚步回头看了一眼。

到底少了什么呢？

顺着王子尧的玩笑话，他鬼使神差地想到了脐带。

02 我讨厌冬天

一个月后,学生会组织纳新,齐鹭在报名表上填的第一志愿是心理部,第二志愿和第三志愿都空着。

她顺利通过了初试。复试那天她刚踏进院楼大门,迎面就撞上了邝夏。

齐鹭讪讪地一笑,挥手打了声招呼:"学姐。"

邝夏问她:"来面试呀?"

齐鹭点头。

邝夏给她打气:"去吧,加油。"

"谢谢学姐!"

通知里写的面试地点是二〇四教室,齐鹭开门进去,却没看到人。她取下帆布包,在第一排坐下。

离三点还差两分钟的时候,她听见门外响起脚步声,齐鹭抬起头。

"咔嗒",门锁转动,推门而入的人是肖驰。

"来了。"他看了齐鹭一眼,轻轻带上门。

"嗯。"齐鹭站起身,问,"就你一个人吗?"

"坐吧,他们在面试其他同学,你被分给我了。"

"哦。"齐鹭坐了回去,搓搓大腿。

"你不用紧张,基本上已经定好了,我们随便聊一会儿就行。"

"啊?"齐鹭慌张道,"这会不会对其他同学不公平?"

肖驰眨眨眼睛,嘴角勾起一个弧度,解释说:"初试及格的一共有十五个人,每年招新的名额是十六个人,所以复试对你们来说就是走个过场。"

齐鹭听明白了,尴尬地笑了一下,说:"原来是这个意思哦。"

肖驰悠闲地看着她,问:"你以为呢?"

齐鹭笑笑,不说话了。

肖驰拿了把椅子坐到她面前,开口问:"来学校一个月了,还习惯吧?"

齐鹭回答:"习惯,可习惯了。"

肖驰点点头。他事先也没做准备,于是随口问:"要不先聊聊,你为什么要来学医?"

从填志愿开始已经有不少人问过她这个问题了。她沉吟片刻,说:"你知道赛博朋克吗?"

肖驰点头:"我听说过。"

"那你肯定知道赛博格吧?"

"嗯。"

"我来学医,倒不是因为想做医生,我的想法在别人听来可能觉得它是虚无缥缈的。20世纪人类就提出了赛博格的概念,试图用科学技术弥补人类的缺陷,并突破人体限制。事实证明这是可行的,我们发明了假肢、人工晶体,甚至二十年前还出现过人造心脏的移植手术。我想,如果这些技术能进一步普及和完善,在遇到需要做器官移植的手术时,我们就不用再去找捐献者。而且我还想，这种技术能不能再进一步深入到大脑，这样阿尔茨海默病患者就不用担心他们会失去记忆。"

齐鹭一番话说完，挠挠自己的脸，问："你呢？你为什么要学医？"

没等肖驰回答，齐鹭又说："哦，对了，我知道为什么觉得你眼熟了！我以前在新闻上见过你，你给一个突发心脏病的女孩做心肺复苏，把她救活了，对吧？"

肖驰点点头，脸红了起来，说："那都是两三年前的事了。"

当时马路上有很多人，但只有他上去了，冷静又专业地对患者进行抢救。齐鹭由衷地感叹："所以你就是注定要做医生的人。"

阳光从窗外射进来，洒在课桌上。窗户半开着，窗帘被风吹得飘动起来。

肖驰看着她说："你也很好，未来可期。"

大学生活并不像齐鹭想得那般轻松有趣，但也算充实。

十二月有心理剧的比赛，这是她加入学生会后参加的第一个大型活动，王子尧把准备道具的任务分配给了她。

肖驰偶尔会来看几次排练，帮忙做些杂活。他是他们班的班长，平时事情多，总是见不到人。

"小齐，东西都拿来了吧？"王子尧问。

齐鹭回答："差不多了，就是订的那沓书今天刚到，我一个人可能没法儿搬过来。"

"那我让小熊猫去帮你搬，辛苦了。"

齐鹭摆摆手说："不辛苦。"

王子尧站在舞台上，向肖驰招手。这个"烦人精"虽然平时看上去没个正形，但在处理正事上还挺有领导风范。

过了一会儿，齐鹭看着肖驰朝自己走了过来。

"走吧。"他说。

"好。"

快递站离礼堂有一段距离,路上,齐鹭率先开口问:"最近怎么样?"

肖驰说:"挺好的。"

"好久没看见你了。"

"有个比赛要准备。"

"那祝你好运。"

肖驰抬起手举到她面前,说:"好运一直戴着呢。"

齐鹭嘴角扬起。

前面是体育馆,他们远远看见门口站着一群穿着篮球队队服的高个儿男生。齐鹭问肖驰:"最近是有比赛吗?"

"嗯,好像今天他们和申体的学生打。"

"申体?"齐鹭听上去似乎很惊讶。

"对呀,怎么了?"

齐鹭摇摇头。她的眼睛在人群里快速扫了一遍,并没有见到熟悉的人。

"齐鹭?"

听到有人喊自己的名字,齐鹭回过头。

郑煦穿着蓝白相间的球衣,他的头发长了些,皮肤好像更黑了,不知道是不是因为军训。

看到他的那一刻,齐鹭的脸就飞速红了。她生涩地和郑煦打招呼:"嗨,你还记得我呀?"

郑煦把手里的运动饮料盖盖上,走近了些说:"你来看比赛吗?"

齐鹭躲开他的视线:"我就是路过。"

郑煦看了一眼她旁边的男生,还没开口就听她急匆匆地解释:"哦,这是我的学长,来帮我搬东西的。"

郑煦准备入场了,队友在喊他的名字。

他挥着手臂喊了声"马上来",走之前看着齐鹭,留下一句:"把我从黑名单里放出来,我比赛结束再来找你。"

齐鹭的心悬在空中,半晌才落回地面,她拍着自己的胸口,重重地叹了口气。

"你去看他比赛吧。"肖驰突然说。

"嗯?"

"我自己去搬就行,你去看吧。"

他说完就头也不回地往前走。齐鹭抓了抓头发,有些搞不清状况。

"欸,你等等我。"她一路小跑追上肖驰,"我没说要去看他比赛呀。"

肖驰停下脚步,对着齐鹭面无表情地说了一声"欸"。

齐鹭眨眨眼睛,摸不着头脑。

"有事的时候喊'学长',平时要么就是喊'欸',要么就喊大名,是吧?"

齐鹭微微张大嘴巴,不知道他从哪儿来的火气,要和她在称呼上较真。

"对不起。"

冷风一吹,肖驰缓过神来,有些懊悔自己刚刚失态了,他清清喉咙说:"那个,上了大学要懂礼貌,和学长、学姐关系好也不能太……太没分寸。"

齐鹭乖巧地回应:"我知道了。"

肖驰抿了抿唇,说:"走吧。"

两人一路沉默着走到了快递站。他们找到快递后,肖驰一个人把箱子搬了起来,齐鹭想搭把手,被他拒绝了。

"重吗?"齐鹭问。

"不重。"

里面有七八本书,全是大部头,不重才怪。

齐鹭走在他的身边,冷不丁地开口说:"那个人,我原来暗恋过他。"

"谁?"

齐鹭看起来是一副旧事翻篇的样子,说:"就刚刚那个人,以前是我高中隔壁班的体育委员。"

肖驰问:"那你为什么拉黑人家?"

齐鹭眯起眼看他,说道:"你倒是听得挺仔细的。"

肖驰目视前方,没说话。

"毕业以后,同学聚会的时候有人拿这事儿笑我来着,我一赌气就把他拉黑了。"

"所以他其实什么都没做。"

"怎么没做?谁让他不喜欢我。"

肖驰问:"不喜欢你就有错吗?"

"我……"齐鹭被这句话噎住,几次都欲言又止,最后说,"不是,我今天哪里惹到你了吗?为什么你说话总是夹枪带棒的?"

肖驰低声否认:"我没有。"

齐鹭咬着嘴唇,想从他怀里接过箱子。

"我自己拿回去吧,你早点儿回宿舍休息。"

她使劲儿想把箱子扛起来,却发现肖驰根本没打算松手。

"比赛的事让我有点儿烦,所以今天心情不太好,对不起。"

他道歉的速度很快,齐鹭收回自己的手,轻声说:"那你压力不要那么大嘛,我相信你一定可以的。"

两个人尴尬地一起回到礼堂。

王子尧又带着演员排练了一遍,排练结束的时候刚好是饭点,他组织大家一起去学校外面吃。

齐鹭说自己还有事先走了,肖驰没看她,但耳朵不自觉地留意着她说的话。

毫不意外地,体育学院的人赢了篮球赛。

齐鹭把郑煦从黑名单里放了出来。

她知道他不喜欢自己,只是他也不想伤害她。他只是想把话说明白,剩下的事就交给时间。

夜幕低垂,城市上空悬着一轮弯月。

齐鹭一个人吃完晚饭,戴着耳机走在路上,回想起今天肖驰问她的问题。

"不喜欢你就有错吗?"

当然没有。那时,她满心只有那一个人,毫无保留地付出,觉得自己既勇敢又伟大。

现在再回头看,她才发现,其实那些行为都是自我感动,没有任何意义。

如果她要再喜欢上一个人,她希望那个人是为她而来的。

红绿灯跳转,齐鹭抖了抖肩膀,呼出一口气,好冷,还不到十二月,冬天已经悄悄到了。

她跟随人群前行,在看到某个身影时停下了脚步。

一阵风吹起她的白色半裙,她的小腿肚感到了寒意。

绿色的数字不停地倒计时,行人在斑马线上与她擦肩而过,奔向各自的目的地。肖驰穿过人海站到她面前,视线始终在她身上。

尖锐的喇叭声响起,肖驰拽了一把齐鹭的胳膊,抓着她的手腕走到马路对面。

"你没和他们一起吃饭吗?"齐鹭问。

肖驰摇头,问:"你呢,没去找那个体育委员?"

齐鹭反问:"我为什么要去找他?"

肖驰不说话了，嘴角微不可察地扬了扬。

看她缩着脖子，肖驰问："冷吗？"

齐鹭点点头，说："我讨厌冬天。"

"走吧，请你喝奶茶。"

齐鹭做了个手枪的手势，指着肖驰说："你说的呀，那我不客气了。"

"千万别客气。"

学校附近有条老巷子，里面藏了家糖水铺，齐鹭说想吃那家的红豆丸子。

肖驰走在前面，她跟在他身后。壁灯在狭窄的石板路上投下昏黄的光，深秋的夜晚安静极了。

"老板，要一份红豆丸子，热的。"齐鹭回头看肖驰，问，"你要什么？"

"和你一样。"

店里没有空位了，来的客人大多都是大学生，老板夫妇俩忙前忙后的，齐鹭和肖驰站在门口耐心等候。

她搓搓手，捧住自己的脸问："你怎么没和他们一起去吃饭呀？"

肖驰双手插在外套口袋里，说："我晚上还要看书。"

"那我岂不是耽误你的学……"齐鹭突然住了口，沉下脸问，"你有没有听到什么声音？"

肖驰左右看了看，说："没有呀。"

齐鹭不觉得那是自己的错觉。她往店外走了两步，竖起耳朵仔细听。

"好像是小孩儿的声音。"天太黑了，什么也看不清，齐鹭继续往石桥上走，眯着眼仔细察看。

"河里有人！"

肖驰还没反应过来，就看见齐鹭拔腿跑下石桥，向岸边奔去。

只听到"扑通"一声，肖驰深吸一口气，没来由地感到一阵恐慌。他赶到河边的时候，齐鹭正奋力把一个小孩儿拖上岸。

听到有人喊了一嗓子，店主夫妇才意识到不对劲儿，慌慌张张地跑了出来，发现自家孩子不见了。

肖驰先把那小男孩抱上来，又一只脚踩进水里去拉齐鹭。

水不深，岸边常有附近的居民洗菜。河边的石头上长了青苔，很滑，小孩摔了一跤跌进水里，没大碍，就是受了惊吓，呛了两口水。

齐鹭浑身都湿透了。肖驰把她抱在怀里的时候发现她整个人都在抖。

"没事吧？"

齐鹭摇摇头。

"谢谢你，小姑娘。"老板娘哽咽着说。

齐鹭连嘴唇都在哆嗦，说不出话。肖驰脱下外套裹住她。

"我们家就在楼上，我带你们上去换身衣服吧。"老板娘说道。

肖驰说："那麻烦了。"

"不麻烦，不麻烦，还好你们发现了。哎哟，我们在里面忙着生意，都不知道他什么时候不见的。"老板娘拍着胸口，感到一阵后怕。

走到灯光下，肖驰才发现齐鹭的手上有血，皮肤都被冻成了青紫色。

他皱着眉头沉声问："伤到哪里了？"

齐鹭颤抖着身子回答："不知道，身上都麻了。"

肖驰搂着她肩膀的手臂更用力了些。

他们跟着老板夫妇回到家，小男孩哭了一路，被老板娘带进卧室里换衣服。

281

老板把他们带进房间,从柜子里找了身干净衣服递给肖驰。

"家里有医药箱吗?"肖驰问。

老板摇摇头,紧张地说:"她受伤了?"

肖驰说:"应该是蹭到了,麻烦您帮我买点碘伏和棉签。"

"好,我马上去。"

齐鹭坐在床上,弓着背,蜷缩着身体,脸色惨白。

"自己能换吗?"

齐鹭犹豫了一下,老实说:"我的右手抬不起来。"

肖驰轻轻叹了口气,上前一步,闭上眼睛说:"你放心,我不看。"

针织外套容易脱,但衬衫的纽扣难解。

肖驰半蹲在齐鹭面前,闭着眼睛,手倒是很稳,摸到第一颗后就大概知道了位置,慢慢地一颗一颗解下去。

齐鹭稍微缓过来些了。她盯着肖驰的脸——他的睫毛很长,在眼下投映出两片阴影,像蝴蝶翅膀般轻轻颤抖。

听到她笑了一声,肖驰问:"怎么了?"

齐鹭说:"你真的很适合做医生哦,面不改色的,我感觉你现在像在做手术一样。"

肖驰的嘴角抽了抽,没两秒耳朵就开始变红。

"你别瞎动。"肖驰找到她的衬衫领口,轻轻地帮她剥下衣服。湿衣服碰到伤口,她没忍住,疼得倒吸一口气。

肖驰下意识地睁开眼睛问:"没事吧?"

白炽灯照亮空中的灰尘,肖驰感觉眼前的画面有些失焦,他手里还攥着潮湿的白色衬衫,世界仿佛在这一刻静止了。

齐鹭的嘴唇动了动。肖驰飞快地松开手,背过身去,说:"我还是去找大姐来帮你吧。"

"欸。"齐鹭叫住他,咬紧牙关,活动着胳膊,脱下了湿衣服，然后说，"你没听到那个小朋友一直哭吗？这种时候别跟他抢妈妈了，我自己可以的。"

肖驰还背对着她，拿起毛巾反手递过去。

齐鹭给自己擦了擦。河边太暗了，她一头扎进水里，也不知道右胳膊撞到了哪儿，手背上还被割了道口子。

"欸，你卫衣里面还有衣服吗？"

"有件T恤。"

"那把你的衣服脱给我。"

肖驰偏了偏头，问："那大哥不是给你拿了一件衣服吗？"

齐鹭瞥了一眼，说："那上面有米老鼠，我不想穿。"

肖驰抿了抿唇，脱下卫衣丢给她。

"能自己穿吗？"

"应该行。"

从隔壁房间里传来小男孩断断续续的哭声。肖驰面对着墙壁，站姿笔直，一动不动。

齐鹭费了好大的力气才穿上他的卫衣，然后长长地叹了口气。

"那个……"肖驰上半身就穿着一件短袖，胳膊裸露在外面，皮肤冷得起了鸡皮疙瘩。

他的喉结滚动了一下，手指攥紧衣服下摆，问："你胸口的，是文身吗？"

"你看见了？"

肖驰没回她。

齐鹭揉了揉鼻子说："是胎记，我妈说形状像只飞鸟。"

"所以你叫齐鹭？"

"对，不过鹭明明是种水鸟，我瞅着这倒更像只海鸥。"

"确实。"

齐鹭沉默了几秒，突然问道："你就瞥了一眼，看得那么仔细？"

肖驰又采取了战术性沉默。

这件卫衣对齐鹭来说太大了，垂到了大腿根。她站起身，湿裙子沉甸甸的，拽着她向下坠。她现在只想回宿舍洗个热水澡。

"我想回去了。"

肖驰转过身面对着她。他的耳朵红得太明显，让人想不注意到都难："大哥买药去了，把伤口处理一下再走吧。"

齐鹭抬起自己的手背看了看，说："没事，就划破了一点儿，我回去自己消炎也行。"

"齐鹭。"他突然郑重地喊她的名字。

齐鹭一怔，低头说："如果是想教育我，可以不用说了。"

肖驰咧开嘴笑了一下，问："你怎么知道？"

齐鹭吸吸鼻子，交叉手臂抱住自己，说道："你难道会夸我见义勇为吗？我知道这样做很危险，你不用说。我不求夸奖，你也别在这个时候说教。"

肖驰看着她的侧脸，说："知道了。"

等大哥回来，肖驰帮她把伤口清理了一下。大姐又去厨房煮了姜汤给他们驱寒，一定要看着齐鹭喝完才肯让他们走。

肖驰的卫衣在齐鹭身上，他本来还想把外套脱下来给她，被她拒绝了："你自己穿着吧，我不冷了。"

"真的？"

"真的。"

"要不我还是去找大姐借件衣服吧。"他说着就要往回走。

齐鹭伸手拉住他，说："不用，借了还得洗完再还回来，太麻烦了。"

肖驰抓住她的手，问道："这么冰，真不冷？"

齐鹭用力抽回自己的手，嘟囔道："那也不能让你就穿着一件短袖呀，被人看到以为我虐待你呢。"

肖驰不想再和她多费口舌,把外套向两边敞开。

齐鹭看不懂他想干什么,后退半步问:"你要干吗?"

肖驰面无表情地说:"绑架你。"

齐鹭眼里带着疑惑。

"过来。"

齐鹭将信将疑地靠近一小步,肖驰立刻把她拢进怀里。

他搂着她的肩,暖意包裹住两个人。

"走了。"

齐鹭像只小鸡崽,被他带着往前走。

她的眼睛睁得圆圆的,她有些意外又觉得好笑,问肖驰:"这是谁教你的?"

"什么谁教我的?"

齐鹭斜着眼打量他:"没谈过十七八个女朋友,做不出来这种动作吧?老实交代。"

肖驰不想搭理她,但还是说:"你都成我的人质了,能不能少说两句?"

齐鹭撇撇嘴,翻了个白眼。

女孩儿的肩背单薄,白皙的皮肤上,血管清晰可见。

感觉到她在发抖,肖驰用手掌搓了搓她的胳膊,叮嘱说:"回去赶紧洗澡,喝点儿热水。"

齐鹭嘀咕:"还用你说!"

肖驰叹了口气,无奈地说:"你自己听听,我们今天到底是谁说话夹枪带棒的?"

齐鹭吸了吸鼻子,有点儿想打喷嚏。

消停了一会儿,齐鹭又憋不住了,问:"欸,所以你到底谈过几个女朋友呀?"

肖驰没回答。

"几个？"齐鹭用胳膊肘去碰他，又问了一遍。

"没有。"

齐鹭不相信，故意说："不想说实话就算了。"

"真没有，谁像你一样闲，我过去都在认真学习。"

齐鹭不服气地嚷嚷起来："你不人身攻击我就不会好好说话了，是不是？"

"我没有。"

"没有，没有，你除了'我没有'还会说别的话吗？"

肖驰没话说了。

齐鹭又问："那上了大学，总有人追你吧？"

"没有，追王子尧的人倒是挺多的。"

齐鹭好奇地说："为什么？你还不够招人喜欢吗？我第一次见你的时候，就觉得你在学校里应该很受欢迎。"

"为什么？"

"你帮我搬行李，还送我奶茶呀。"

肖驰说："那也就是对你。"

"什么意思？"

"看你合眼缘吧。在校门口看见你一个人坐在树底下，就忍不住走了过去。王子尧不是老开玩笑说我们是龙凤胎兄妹吗？可能我们之间真的有什么心电感应？"

他半天没听到齐鹭再说话。空气突然安静下来，让他觉得不习惯，忍不住低头看她。

"怎么了？"

快到校门口的时候，齐鹭挣脱他的怀抱，说："我自己回去吧，拜拜。"

说完，她就自顾自地跑远了，留肖驰在原地发愣。

他哪句话说错了吗？她这是怎么了？

03 春暖花开

一眨眼,一学期就过了大半。下了课的齐鹭突然想吃小蛋糕,便跑到校外的咖啡馆去买,却没想到在这里遇到了好久不见的郁攸。

"郁老师,你还记得我吗?"齐鹭热情地挥手打招呼。

郁攸故作严肃地说:"我怎么会忘了你?你可是全校申请心理咨询最多的学生。"

齐鹭不好意思地笑了笑,在郁攸对面坐下。

"大学生,最近过得怎么样?"郁攸问。

"还行吧,我们这个学期课还不算多,听说下学期开始就是'地狱模式'了。"

郁攸端着咖啡杯,嘴角翘起一个好看的弧度,说:"反正比高中有意思。"

齐鹭认可地点点头。

郁攸问:"对了,你的那篇小说写完了吗?"

齐鹭之前只是随口一提,没想到对方还记得。她不好意思地笑了笑，回答说："写倒是写了，就是不知道要怎么结尾。"

郁攸笑着安慰她："别着急，慢慢想。"

齐鹭提议："欸，老师，要不您帮我看看？给我提点儿建议？"

郁攸怔了怔，点头应下："好啊。"

齐鹭把文档存在了U盘里。她伸长手臂将U盘递给郁攸，袖口往后移了移，露出了手腕上的黑色手表。

郁攸看着觉得新鲜，问她："你这块手表，是男式的吧？"

齐鹭摸了摸表盘，说："对，一个学长送我的，他和我同年同月同日生，巧吧？"

郁攸笑着点点头，端起面前的咖啡杯。

当天晚上，郁攸就看完了她的小说。她发消息给齐鹭，说她觉得这个故事已经很完整了，不需要再续写下去。

齐鹭问她："你不觉得遗憾吗？"

郁攸回答说："有一点儿吧。"

齐鹭又问："下一世他们会成为毫不相干的陌生人，如果你是神，你会帮助他们重逢吗？"

郁攸回复她："比起重逢，不如让他们去遇见这一世他们要爱的人。"

齐鹭看着屏幕上的这句话，好久才回过神来。

也许郁攸说得对。

齐鹭把手机熄屏，缩进被窝里。

怎么写结局这事儿已经困扰了她好几天，郁攸的话给了她新的启发。她闭上眼后，在脑海里重新思索起故事的走向，不出意外地失眠了。第二天起床，她整个人都浑浑噩噩的。

中午心理部开例会，肖驰大概是注意到她的状态不对，散会后问她："不舒服？"

齐鹭摇摇头，说："没有。"

他们并肩走出院楼,齐鹭喊:"肖驰。"

"嗯?"

"我问你,有一对恋人,因为种种原因没办法在一起。如果你是神,你会想修改他们的命运,让他们在下一世重新相遇,然后好好相爱,最终有一个圆满的结局吗?"

肖驰皱了皱眉,问:"这是什么问题?"

"你别管,你就说,你想不想?"

肖驰沉思片刻,给出了一个模棱两可的答案:"得分情况吧,如果转世后的他们和上辈子的他们性格、样貌截然不同,那就没有必要重逢。你想呀,万一男主上辈子是个善良的老实人,下辈子却是个无恶不作的人呢……"

齐鹭已经没耐心继续听下去,就知道问他也是白问。

"你去哪儿?我还没说完呢。"

"吃饭,我饿死了。"

"我也没吃。"肖驰三两步跟上她,说道,"一起吧。"

这个星期大降温,天气预报说可能会下雪。

齐鹭每天早上醒来的第一件事,就是拉开窗帘往外瞟一眼。可惜连续几天都是雾气迷蒙的阴天,连雨滴都没见着,只有寒风在肆虐。

她真的一点儿也不喜欢冬天,唯一盼望的雪还迟迟不来。

星期五难得地出了太阳,下课后,齐鹭没急着回宿舍,而是去学校里的咖啡小站买了杯热拿铁,在学校人工湖边的长椅上坐下。

她捧着纸杯,浅浅地抿了一口咖啡。暖和的阳光晒得人骨头酥,她压抑多天的心情也好转了一些。

她看到不远处有个举着相机的男生,乍一看觉得那个人的身形有些眼熟，等他放下手，她才认出那人原来是肖驰。

齐鹭朝那个方向挥了挥手，脸上露出笑容。

肖驰看见她后，径直向她走了过来。

"这么有兴致吗？"齐鹭打趣说。

肖驰举了一下相机，说："作业。"

"什么作业呀？"

肖驰回答："校选课，讲摄影里的光线和照明技巧。老师给我们布置的期末作业是自己拍一组图。"

齐鹭点点头，问他："那你在拍什么？学校里的美好瞬间？"

"差不多吧。"

齐鹭挺直脊背，整理了一下头发，摆好姿势说："那你也给我拍一张呗？"

肖驰摸了摸后脑勺，说："老师只教了我们如何拍景，没教我们怎么拍人。"

空气凝固住，齐鹭倒是没想到他会用这样的理由拒绝她，干笑了两声："这样哦。"

她往身后看了一眼，树木掩映下的人文学院的教学楼，也是学校里最有年头的建筑物，庄严大气，在申大是地标式的建筑。

"你刚刚是在拍这个吗？我是不是挡住你的镜头了？"齐鹭问。

"啊？"

齐鹭识相地端着咖啡杯起身，说道："那我不打扰你了，我先回宿舍了。"

"行，再见。"肖驰侧过身子，给她让路。

等两个人擦肩而过，齐鹭的嘴角立刻放平，好心情又全没了。

天气预报骗了人，这个星期根本没下雪。湿冷的冬天对齐鹭来说太难熬了。

好在期末考试完就是寒假，她不用收拾太多行李，和齐钰坐着地铁就到家了。

父母依旧在忙碌饭店的生意,齐钰懒得做饭,她们就点外卖吃。

过年前一个星期,齐钰和她男朋友相约去隔壁省旅游,走之前问齐鹭要不要跟着去。

"我不去,你们好好玩吧。"

齐钰在房间里收拾行李,说:"你都半个月没出门了吧?大小姐。"

"哪有,我前天不是才去了超市吗?"

齐钰翻了个白眼:"小区门口也算?你天天在家不觉得无聊吗?"

齐鹭摇摇头,说道:"不觉得呀。"

"妹。"齐钰拉上化妆包的拉链,语重心长地说,"你该找个男朋友了。"

齐鹭抬起头,推了推鼻梁上的眼镜,问:"为什么?"

"你太无聊了。"齐钰又补充道,"我是说 boring。"

齐鹭撇撇嘴,赌气说:"我又不是没在找。"

"哟,"齐钰竖起耳朵,"有情况了?谁呀?"

"没情况。"

"你又被拒绝了?"

"没有!"

"我……"齐鹭有些难以启齿,小声说,"我不知道他到底是怎么想的。"

"什么意思?"

"他上次说,他把我当妹妹。"

齐钰沉默了一会儿,大概是想找什么话安慰她,但最后只叹了一口气,继续收拾她的行李。

齐鹭伸展四肢,无力地瘫倒在沙发上。

"姐,我这种情况还有救吗?"

齐钰的声音从卧室里传来:"你的魄力呢?"

齐鹭"哼"了一声:"不知道,被风吹散了吧。"

除夕夜,齐鹭的社交平台上一片热闹,有人晒年夜饭,有人发新年愿景,各种节日祝福不断。

王子尧在部门群里发了一个大红包,有人一下子抢了一百多块,齐鹭的手气不行,才抢到八块二毛。

领完红包,她回了一句"谢谢部长",外加一朵玫瑰。

齐鹭退回到消息列表,惊奇地发现肖驰给她发了消息。

没有多余的话,只有一个转账。

齐鹭挑挑眉毛,手指点击屏幕。看到转账数额是六百六十六元,她的眼睛都瞪圆了。

齐鹭:"你没发错吧?"

肖驰:"给齐鹭的,发错了吗?"

齐鹭:"哦,哦,那没有。"

厨房里,齐妈妈喊:"齐钰、齐鹭,过来洗碗。"

和男朋友打视频电话的齐钰踹了一脚齐鹭,说:"让我妹去。"

齐鹭也盯着手机,说:"我也忙,老爸去。"

躺倒在沙发上的齐爸爸摆摆手,说道:"老爸酒喝多了,动不了。"

齐鹭撑着下巴琢磨,是不是肖驰也喝多了酒?他眼花打错数字了吧?

部门群里又发了好多条新消息,齐鹭点进去,看到他们都在喊肖驰,说副部长也得表示表示。

很快肖驰也在群里发了个红包,大家抢完后又开始刷屏感谢。

肖驰发现齐鹭没领，发消息提醒她。

肖驰："群里还有红包，你是不是没看见？"

齐鹭："看见了，但我已经领过一个了。"

肖驰："不一样，去领了。"

齐鹭回到部门群，点开肖驰的红包，这次手气还行。

她不傻，也不迟钝。

齐鹭捧着手机，大脑飞速运转，她借用了一句《红楼梦》里的话，问肖驰："是单送我一人的，还是别的姑娘们都有呢？"

消息发出去后，她屏息凝神，眼睛紧盯着屏幕。

手机屏幕上每出现一次"对方正在输入中……"，齐鹭的心都要提起来一次，就像坐过山车一样，她觉得此时的每一分一秒都过得特别慢。

肖驰："只有你有。"

齐鹭的心头的石头落地了，然后心开始一阵狂跳。

齐鹭追问："为什么？"

他说："怕某人觉得自己太倒霉。大年夜了，送你个好彩头。"

齐鹭不自觉地咧开嘴，年夜饭时喝的那一小杯红酒这会儿开始上头了，她眼神迷离地笑着，打字回复："新年快乐，小驰。"

其实她打错了，她想打的是"肖驰"，但懒得撤回修改了。

几秒后，屏幕上多出一条新消息。

"新年快乐，小鹭。"

开学前的周末，王子尧组织心理部的成员去游乐园团建。

齐鹭是本地人，从小就被大人带着来这里玩，城堡和公主对她来说早就不新鲜了。

其他人去附近逛，她走不动了，就在外面找了张椅子坐下休息。

没一会儿,肖驰出来了,看见齐鹭,走到她身边坐下。

"你逛完了?这么快?"

"嗯。"

天气晴朗,身处糖果色的童话世界里,本身就让人心情愉快。

估摸着其他人快要出来了,齐鹭挠挠脸,正在想要怎么开口,就听到肖驰说:"花车游行是不是要开始了?走吧。"

齐鹭问:"不等他们了吗?"

"不等了吧。"

齐鹭抿唇,说:"好啊,那我们先去吧。"

转眼都三月份了,春暖花开的季节,万物苏醒,人心也躁动。

在欢快的音乐声里,花车缓缓开动,那些经典的卡通人物陆续登场,热情地和游客们打招呼。

齐鹭和肖驰没去抢前排的位子,远远地感受着节日的气氛。

四周很喧闹,齐鹭抬头去看身边的人。

大概是被现场的气氛感染,肖驰的眼睛变得乌黑明亮,分外有神。他的嘴角微微上扬,脸颊凹陷,出现了酒窝。

齐鹭扯了扯肖驰的衣袖,他转头看过来。

"问你个问题。"

"什么?"

"你最喜欢谁啊?露露、饼饼,还是贝儿?"

肖驰想了想,问她:"你说的是这里面的人物吗?"

齐鹭点点头:"嗯。"

肖驰回答说:"那我比较喜欢屹耳。"

"屹耳?"齐鹭满脸疑惑,"百亩森林里的那头驴子?"

"对,你不觉得他很有趣吗?说话还特别有哲理。"

齐鹭咧开嘴笑了一下,指着花车上蹦蹦跳跳的三姐妹,重新问:"我的意思是,如果要你选,你会选她们中的哪个人当你的女朋友?"

显然肖驰没领悟到齐鹭的用意,拧着眉毛回答说:"谁会从玩偶里选理想型呀?"

齐鹭急了,气冲冲地说:"我呀,我从小就想当高飞的女朋友。"

肖驰愣了愣,点头:"不错。"

"不错你个头。"

花车游行结束了,齐鹭转身往回走,嘴里嘟囔着"傻大个儿"。

肖驰站在原地怔了一会儿,没明白发生了什么。

齐鹭走了一会儿,发现他没跟上来,于是回头去找他。就在她回头找他的时候,他反应过来了。

她拐弯抹角地提问题,其实不就是想问他喜欢什么样的女生吗?是温柔的、可爱的,还是活泼开朗的?

他笑着摇了摇头,走到她身边。

"我……"齐鹭的眼神飘忽,不好意思地说,"我刚刚其实就是想问你,你喜欢什么样的女孩儿。"

"你也太隐晦了吧,谁听得懂啊?"

齐鹭为自己辩解:"那我不隐晦一点儿,目的性不是太强了吗?"

肖驰明知故问:"什么目的?"

这下把齐鹭问住了,她只好举起手机岔开话题:"刚刚学长在找我们了,走吧,要集合了。"

"齐鹭。"

"嗯?"

肖驰说:"我上学期那门选修课满绩,九十七分。"

"哦,我看到你拍的照片了,拍得不错,你值得。"齐鹭冲他竖大拇指。

"你全部看完了吗？"

"那倒没有。"

之前肖驰把作品做成视频发在网上了，一共一分多钟。齐鹭看了七八秒，见拍的都是学校里的风景，她没耐心看完，象征性地点了个赞。

肖驰叹了口气，像是很无奈的样子，说道："我就知道。"

"怎么了？"齐鹭隐隐觉得自己好像错过了什么。

"有机会好好欣赏一下。"肖驰的右手掌覆在她的脑袋上，轻轻往下压了压。

在回程的地铁上，齐鹭找出了肖驰的那条视频。文案只有一个字——光，这应该就是作品名。

齐鹭点开视频，画面上出现了波光粼粼的湖面、披着橘色光芒的建筑物，这些她都看过。接下来是投射在课桌上的一片光圈、雨夜的路灯、心理剧演出时打在主角身上的追光……

每一张照片上，都有肖驰记录的"光"。

快到结尾时，视频里响起了配音，齐鹭赶紧调低音量，从口袋里摸出耳机戴上。

她听到肖驰的声音。他说："光，随处可见，又转瞬即逝。在寻找光的过程中，我按下快门，尝试留住光。然后我发现，我的光，原来就在这里。"

下一幕，取景框对准了晴朗冬日下的人工湖。

齐鹭记得，当时她就坐在那里的长椅上晒太阳。

镜头开始放大，一瞬间的模糊后，照片上的一个小点有了清晰的轮廓和身形。阳光打在她身上，发丝都被映得透亮。

画面中的齐鹭捧着咖啡，戴着耳机。她的嘴唇微微张开，那是在跟唱，穿着蓝色帆布鞋的脚在一下一下地打着节拍。

原来在她看见肖驰之前,他就已经发现了自己。

视频播放完,齐鹭的目光从手机屏幕往上移。

肖驰站在她的左前方,一只手扶着栏杆,视线不偏不倚地落在她身上。

她从他的脸上看不出什么。他用口型问她:"看完了?"

齐鹭低下头,用手机给他发消息。

齐鹭:"我们到底谁更隐晦?"

肖驰:"老师本来给我打了九十三分,说是要给我扣两分。"

齐鹭:"为什么?"

肖驰:"他布置的作业是拍风景,说我最后好像拍到了一个人。"

齐鹭:"那后来怎么又给你打了九十七分?"

肖驰:"我和老师说,我拍的就是风景,我眼里的风景。"

列车到站,车上的乘客鱼贯而出。

心理部的其他人叽叽喳喳地吵着要去吃夜宵,肖驰说他不去了。

齐鹭紧跟着举手,说:"那个,我也不去了。"

王子尧眯起眼,打量他们,不知是开玩笑还是真看出了什么猫腻:"你们约好了的?"

"没有。"齐鹭否认。

肖驰却不打算再说什么,抓着齐鹭的手腕就走:"走了。"

齐鹭听到身后的人都倒吸了一口气,赶紧扭过头来解释:"他是要送我回去,别多想。"

"不多想。"王子尧笑得不怀好意,摇摇手说,"我们想得一点儿也不多。"

齐鹭被肖驰牵着手带走,留下身后一群起哄的人。

他把视频发在网上都是寒假前的事了。齐鹭想不明白，问："我没发现，你也不提醒我吗？而且用这种方式表白，你是哪个年代的人哪？"

肖驰反问："这算表白吗？"

齐鹭愣住了，然后问："不算吗？"

"不算吧，都没说'我喜欢你'什么的。"

齐鹭眼睛扑闪着，轻声问："那你喜欢我吗？"

三月的晚风微凉，街边的花草树木穿上了绿色的新衣。

"齐鹭。"肖驰没有直接回答她的问题，而是说，"我每次见到你，都会觉得我们之间少了点什么。"

"少了什么？"

肖驰摇摇头："我不知道，只是这种空缺感，总会驱使我想要走近你。"

看着齐鹭一脸茫然的样子，他勾了勾嘴角，说："你不要觉得我在故弄玄虚，我是认真的。"

"所以呢？"

肖驰张开手臂，把她揽进怀里抱住，说道："所以我喜欢你，可能从第一次看见你的时候，就喜欢你。"

风吹得树枝摇晃，白色的花瓣飘落下来，落在她的发间。

"肖驰，春天到了。"

肖驰把那枚花瓣取下，握在掌心："嗯，冬天终于结束了。"

（全文完）

番外 平行时空

陆氧，一个生前靠着父母给的生活费度日的女大学生，没怎么经历过社会险恶，死后在神界给无常双子打起了工，任凭他们差遣，跑腿打杂，样样都得干。

这事儿说起来只能怪她自己。她从小身体就不好，没有同龄玩伴，也很少与外界接触，除了父母、家人，她见得最多的人就是医生、护士。

所以本着"少管闲事不害人"的人生信条，她上一辈子没作过恶，但也没行过什么善。

在神界有这么一条规矩：一个人若前世作恶多端，那么无常神便会给他安个多灾多难的命格，在来世受尽苦难，偿还罪孽；若这个人生前乐善好施，那么他的善举便会为这个人的下辈子积攒福报，来世不说大富大贵，少说也能一生平安顺遂。

每个人的生平往事都被无常双子记录在册，死后他们依据这些记录给出一个"评分"，称为功为值。一个分数对应一种命格，他们会按照标准指引去世的人踏上前往来生的路。

陆氧的功为值不多不少,是零。

无生相门前,两个无常神对视一眼,被难住了。

他们见过有人的功为值是负数,也见过有人的功为值是十位数,这还是头一次见到人的功为值在这么一个尴尬的位置。

这是要给她一个好命格,还是一个差命格?

一番商讨后,岁朝神决定让她暂留在神界,本着为来世赚功为值的目的,让她成了无生境的编外人员。

好在陆氧脑子机灵,办事麻利,对新身份适应得很快,几个月下来,她的功为值已经有三十七了。

岁聿开玩笑说,干脆把她留下来,有个端茶倒水的小妹多好。

岁朝笑着摇摇头:"未必是件好事。"

果然没过多久,陆氧就"不负众望"地闯了祸。

那天她受岁朝之托前往寺庙,给金系的一位主管者送文件。

回去时,陆氧走在桥上,看见河边有个男孩摘了肩上的包,脱了外套,要跳入水中。

这寒冬腊月的,就算水不深也得冻死,挑这种方式轻生,看来这个人是一心求死。

陆氧的眼珠一转,救人一命可是件大好事吧?

说时迟那时快,她闪现过去,拦腰抱着人家往后拽,嘴里说:"你那么年轻,有什么想不开的?人生还长,活着才是最重要的呀。"

男孩不知道她是从哪里突然冒出来的,奋力挣脱:"松开!"

陆氧抱得更紧了,仰起脑袋拼命喊:"来人呀!救命!"

男孩说了什么,她全然不顾,只是一个劲儿地大喊"救命"。

很快有零零散散的路人围了过来,询问情况。

陆氧的手臂看着纤细,却很有力气,越箍越紧。男孩无力挣脱了,只能指着河,着急地吼:"狗!狗!"

"狗？"陆氧蒙了，问，"什么狗？"

她定睛一看，有一只小狗不知道什么时候落入了水中。

路人里冲出一位大哥，二话不说就跳进河里，捞起了那只在水中拼命扑腾的小狗。它冻得浑身发抖，毛发湿漉漉的。

"啊。"陆氧松开手臂，尴尬地挠了挠头。

好在小狗安然无恙，男孩叹了口气，对她说："不管怎样，还是谢谢你。"

陆氧低着头，扯了扯嘴角，这就是为什么她以前不爱管闲事。

回到无生境，岁聿看见她，阴森森地冷笑了一声，拍了拍她的肩膀。

陆氧不明所以地眨眨眼，问："怎么了？"

她的功为值变成了负十三。

陆氧两眼一黑，差点儿站不稳。

岁朝说，河边的那个男孩叫汪澈，是H大法学院的学生。他是个善良热心的人，原本他要救下落水的小狗，积攒一笔功为值，但被陆氧拦住了。

神不得无缘无故插手人类之事，她犯了规矩，得扣她五十功为值。另外，损人功德是大忌，还得罚她去向他赔罪。

"怎么赔罪？"陆氧哭丧着脸问。

岁朝回答她："去帮他实现三个愿望。"

陆氧摸着下巴琢磨了一下，这似乎不是件难事。

第二天下午，她找到汪澈的大学，在教室门口等他。

"嗨，同学。"

男孩儿瘦高，穿着黑色的羽绒服，回过头看她。

陆氧指着自己问："你还记得我吗？昨天河边那个。"

汪澈点了点头，问："有事吗？"

陆氧向他伸出手，问道："我们能交个朋友吗？"

汪澈被她猝不及防的举动搞得有些蒙："啊？"

"我叫陆氧。"

"汪澈。"汪澈犹犹豫豫地从口袋里伸出手，被陆氧一把拽过去，"友好"地握了握手。

"你好。"陆氧翘起嘴角，向他走近一步，一双眼睛乌黑清亮，直直地盯着他。

她用只有他俩才能听到的声音说："从今天开始，我就是你的守护神了。"

寒风吹动树梢，卷起了地上的枯枝和尘土。

汪澈平静地望着她，几秒后开口："没什么事我就先走了。"

说着他整理了一下书包带子，迈步往前走。

"欸。"陆氧小跑着追上汪澈。

"算了，我不需要你相信我是谁，你只要告诉我，你有什么愿望就行。"

汪澈停下脚步，问她："你是我们学校的学生吗？"

陆氧摇摇头。

汪澈又问："你多大了？"

这问题还真不好回答，陆氧动了动嘴唇，不太确定地说："二十岁？"

汪澈说："你要是实在无聊就去找个工作。"

陆氧挠挠头，自己其实是有工作的。

汪澈又自顾自地往前走。陆氧默默跟在他身后，看着他走进一家烤肉店。

他不像是去吃饭的，背着书包径直走进了后厨，再出来时他已经换上了工作服，脸上戴着口罩。

没想到他还是个勤工俭学的高才生。

陆氧脑中灵光一闪，问汪澈："要不这样，我帮你这个学期拿'满绩'好不好？"

汪澈置若罔闻，把餐盘里的小菜放到桌上。

陆氧继续说："这样你就可以申请奖学金了。或者我帮你做作业，给你减轻点儿负担？"

汪澈深吸一口气，皱着眉看她，问道："你到底想干什么？"

"说了，我要帮你实现愿望。"

"不需要，奖学金我自己会拿，作业我也可以自己写。"

陆氧问："那你有什么其他的愿望？"

汪澈想打发她走，随口说了句："店里的空调坏了，你能修好吗？"

陆氧环顾一圈，指着角落的立式空调问："那个？"

"嗯。"

"简单。"她勾起嘴角，打了个响指。

"嘀"的一声，挡风板自动掀开，机器开始"嗡嗡"运作，送出暖风。

汪澈手里握着托盘，愣在原地。

陆氧问："还有呢？你还有两次机会。"

那空调坏得有多严重，汪澈比谁都清楚，他吞了一下口水，一脸不可思议地看着她，问："你到底是谁？"

陆氧歪了一下脑袋，笑着回答："说了，你的守护神。"

回家的路上，汪澈向陆氧提了第二个愿望："我想要我的奶奶身体健康，长命百岁。"

陆氧面露难色，告诉他："这个不行，人类的生老病死我管不了。"

汪澈"哦"了一声，倒也没露出什么失望的神色。

深冬的冷风吹在脸上像刀在刮一样,而汪澈身边的女孩儿只穿了一件单衣。

风吹来时,她的黑色长裙被吹得鼓起,白皙的小腿肚若隐若现,风停了后,长裙又迅速地瘪了下去。

汪澈忍不住问:"你不冷吗?"

陆氧回答他:"不冷。"

汪澈放慢了脚步,脱下身上的外套丢给她。

"我都说了我不冷,我感觉不到温度的。"

他只说:"穿着吧。"

路灯昏黄,汪澈望着地上的影子,只有他的。

他问她:"你是从哪里来的?"

陆氧脸不红心不跳地说:"天上,我是仙女。"

"哦。"汪澈点点头。

陆氧小跑两步,跳到他面前,倒退着走路:"你不怕我吗?"

汪澈看着她,反问:"为什么要怕你?"

"我是孤魂野鬼呀。"

汪澈勾了勾嘴角,浅笑了一下:"刚刚不还说你是仙女下凡吗?"

陆氧挑眉,问他:"你信?"

"信。"他顿了顿,说,"你很漂亮。"

陆氧转过身,把下半张脸都埋进领子里。

汪澈家在一栋老房子里,院子前栽着两棵茉莉树。

陆氧像个好奇宝宝似的东张西望,问他:"这是什么树?"

"茉莉。"

"什么时候开花?"

"夏天。"

汪澈压低声音提醒她:"轻点儿,我奶奶睡下了。"

陆氧点点头,猫着身子,悄悄地问:"你爸妈不在家吗?"

"不在。"他看了一眼旁边的女孩儿,无奈地叹气,"让你轻点儿,不是让你像做贼一样。"

陆氧重新挺起背脊,问他:"想好了吗?第二个愿望。"

汪澈说:"我没有什么愿望。"

"算了,你好好想吧。"陆氧打了个哈欠,"我改天再来找你。"

翌日清晨,汪澈起床后拉开窗帘,发现屋外浓雾缭绕。

奶奶在厨房里煮粥。刷牙时他看着镜子里的自己,想起昨天见到的女孩,渐渐地出了神。

泡沫一不留神塞满了嘴,沿着牙刷往下滴,汪澈回过神来,慌忙漱口。

这世上真的有守护神吗?是老天爷看他太不幸了才派她来的吗?

星期五下午上完课,汪澈去了一家叫作"栖息地"的酒吧。

这里的工作更累,动辄就要熬到夜里三四点,但老板给的工资高。

他擦着桌子,感觉肩膀被人拍了一下,回过头,看到了微笑着的陆氧。

"嗨,想好了吗?"

汪澈摇摇头。

陆氧收起笑脸,不满意他的回答。

老板喊他的名字,他应了一声,越过陆氧朝后厨走。

后门打开是条老旧的巷子,臭味从下水道里飘出来,这里空旷又肮脏。

汪澈丢完垃圾,没立刻回去,而是背靠着墙休息。

"给你。"

他看着眼前的棒棒糖，缓缓抬高视线，对上了陆氧平静而坚定的目光。

"谢谢。"汪澈接过红色包装纸包着的糖果。

陆氧学着他的样子，靠在墙边，抬起下巴，看着夜空。

"你活得太累了。"她说。

"没有人活得轻松。"

"生命是很脆弱的，时间又那么有限。"陆氧借着月色看着他的侧脸，问，"你有为你自己活过吗？"

汪澈握着那根棒棒糖，低下头，没出声。

他的眼里没有热情，没有对这个世界的热爱，好像什么事对他来说都无关紧要。他看似充实的每一天，实际都无趣到极点。

陆氧有种熟悉感。他的困顿，她能感同身受。

"随心所欲一点儿。"陆氧说，"其实这个世界上没有什么东西是留得住的，所以你要抓紧眼下的每一分、每一秒，去哭、去笑、去做你想做的事情。"

他依旧是那个回答："我没有想做的事。"

"你有。"陆氧语气肯定，像是能洞悉他的内心，"你明明就有。"

她把摊开的手掌伸到他面前。汪澈把手指缓缓搭了上去。

世界开始碎裂，刺进来无数道白光，汪澈难受地闭上了眼睛。再睁开眼时，他们到了一个无人的天台。

四周黢黑安静，荒凉得有些可怖，远处山峰连绵，夜空中悬着一弦残月。

陆氧站在原地环顾一圈，问："这里就是你最想来的地方？"

"嗯。"汪澈抬头看着月亮，月光清冷、朦胧。

"为什么？"陆氧问。

汪澈没有回答，只是问她："你喜欢冬天吗？"

陆氧摇头："我最讨厌冬天了，太冷了。"

"你不是说你感受不到温度吗？"

她改了种说法："我以前最讨厌冬天。"

"什么叫以前？"

陆氧耸了耸肩："和你没关系。"

汪澈收回目光，告诉她："我也不喜欢冬天。"

他鼓起勇气，朝着远方喊："我讨厌冬天！"

"我讨厌上班！我讨厌小组作业！我讨厌生老病死！我讨厌自己什么都做不了！"

他急促的呼吸让他喷出一阵阵白雾，胸膛起伏着。他终于笑了。

这就是他最想做的事。

陆氧看着他，再次伸出手，像是在邀请他。

那个晚上，她带他去看了夏日里波光粼粼的海，去爬了春日里繁花盛开的山。

老屋门口的茉莉花盛开又凋零，这个晚上，时间失去了意义。他看到了纷繁复杂、五彩缤纷的世界，像一场漫长又绚丽的梦。

"这就是你的第二个愿望啦。"陆氧说。

"好。"

"人生苦短，及时行乐。"

汪澈低低地笑出了声："你看起来年纪轻轻的，怎么这么看得开？"

陆氧也翘起嘴角，心想：你死过一回也会变得通透了。

还剩最后一次机会，汪澈却迟迟没有告诉她第三个愿望。

岁朝说，她的功为值已经够了，等这桩事了结，她就可以过无生相门了。

陆氧把这件事告诉汪澈的时候,他们又坐在荒废的天台看月亮。

"你是怎么死的?"汪澈问她。

陆氧摇摇头,表示记不清了。

"痛苦吗?"

"不痛苦。听无常神说,只有从无生相门走出去才痛,进来时没有什么感觉。"

汪澈又问:"那你害怕吗?"

许久后,陆氧点了点头,说:"怕。"

她自嘲地笑了笑:"死都死过了,怎么反倒怕起了生。"

汪澈突然问她:"你有没有看过博尔赫斯的诗?"

陆氧摇头,揶揄他:"知道了,你最有文化,高才生。"

天气回暖,春天要到了。

一个意外闯入他人生的不速之客,一个奇怪的朋友,一个会倾听他烦恼的对象,一个自称是他的守护神的女孩儿。她看上去无所不能,抬抬手便能呼风唤雨。

可她又那么脆弱。

他可以怜悯她吗?

她是汪澈孤寂人生里为数不多的温柔月色。

他低声念着:"我用什么才能留住你?我给你贫穷的街道、绝望的日落、破败郊区的月亮。我给你一个久久地望着孤月的人的悲哀。"

…………

他不欢迎她的到来,却也舍不得她的离去。

在漫长的冬季终于快要结束的时候,汪澈许下了他的第三个愿望。

"我希望每个冬天陆氧都在我身边。"

他虔诚而认真地许愿。神听见了。

她真的被留在了人间,重新拥有了寒与暖,苦与甜,拥有了腐枝秋叶,也拥有了春花夏果。

她正在死去,她终获新生。

当时陆氧的一句戏言似乎成真了,她真的成为他的守护神了。

他们又有了看不完的月亮,她会帮他实现他余生所有的愿望。

无常双子这次的破例之举,让神界吵翻了天。人死不得复生,这是铁律,即便是掌管人类生死的神也不得滥用私权。

岁朝和岁聿对这些指控都不以为意,只称他们从未使用过这样的权力。她不是被神复生的,是被爱复生的——一个凡人的爱。

这足以打破那些冰冷的规则和戒条,改变他们原本苦涩多舛的命运。

也许世间从未有心软的神明。人类渺小却又强大,他们用爱让这个世界长盛不衰。

他们将在爱里永生。

图书在版编目（CIP）数据

你的心跳 / Zoody 著. — 北京：中国致公出版社，2023
ISBN 978-7-5145-2063-7

Ⅰ.①你… Ⅱ.①Z… Ⅲ.①言情小说 – 中国 – 当代 Ⅳ.① I247.5

中国版本图书馆 CIP 数据核字（2022）第 241231 号

你的心跳 / Zoody 著
NI DE XIN TIAO

出　　版	中国致公出版社
	（北京市朝阳区八里庄西里 100 号住邦 2000 大厦 1 号楼西区 21 层）
发　　行	中国致公出版社（010-66121708）
特约监制	鹿玖之
责任编辑	付　阳　高　瑞
责任校对	魏志军
策划编辑	鹿玖之　晗　光
封面设计	封　狼
责任印制	长　安
印　　刷	艺通印刷（天津）有限公司
版　　次	2023 年 3 月第 1 版
印　　次	2023 年 3 月第 1 次印刷
开　　本	880mm×1230mm　1/32
印　　张	9.75
字　　数	236 千字
书　　号	ISBN 978-7-5145-2063-7
定　　价	49.80 元

（版权所有，盗版必究，举报电话：010-82259658）
（如发现印装质量问题，请寄本公司调换，电话：010-82259658）